BRETONISCH MIT FLAMMEN

Gabriela Kasperski war als Moderatorin im Radio- und TV-Bereich und als Theaterschauspielerin tätig. Heute lebt sie als Autorin mit ihrer Familie in Zürich und ist Dozentin für Synchronisation, Figurenentwicklung und Kreatives Schreiben. Den Sommer verbringt sie seit vielen Jahren in der Bretagne.

GABRIELA KASPERSKI

BRETONISCH MIT FLAMMEN

Kriminalroman

emons:

Bibliografische Information der Deutschen Nationalbibliothek
Die Deutsche Nationalbibliothek verzeichnet diese Publikation in der Deutschen Nationalbibliografie; detaillierte bibliografische Daten sind im Internet über http://dnb.d-nb.de abrufbar.

MIX
Papier | Fördert gute Waldnutzung
FSC® C083411
FSC
www.fsc.org

Umschlagmotiv: shutterstock.com/Aastels
Umschlaggestaltung: Nina Schäfer
Gestaltung Innenteil: DÜDE Satz und Grafik, Odenthal
Lektorat: Susann Säuberlich, Neubiberg
Druck und Bindung: CPI – Clausen & Bosse, Leck
Printed in Germany 2024
ISBN 978-3-7408-1842-5
Originalausgabe

Für Gérard Drévillon, † 28.12.2021

O Breizh, ma Bro, me ’gar ma Bro,
tra ma vo mor ’vel mur ’n he zro,
ra vezo digabestr ma Bro!

Oh, Bretagne, mein Land, ich liebe mein Land,
wie das Meer es umgibt, einer Mauer gleich,
so soll es frei sein, mein Land!

Bretonische Hymne

Prolog

Camaret-sur-Mer, 19. September 1944

Ein Horn ertönte, das Schiff unter der Aufsicht eines englischen Offiziers stach ins dunkelblaue Meer.

»Nein, nicht losfahren!« Selimène rannte über den Hafenplatz von Le Fret zur Anlegestelle. »Jacques, bleib hier!«

»Selimène, bist du verrückt?« Eine Hand packte sie und stoppte ihren Lauf. »Sei froh, dass sie endlich verschwinden, diese stinkigen Läuse.«

Laurent, der alte Fischer, zog sie an die Seite, weg von den etwa fünfzig Einheimischen, die verfolgten, wie das Schiff mit deutschen Kriegsgefangenen und der Familie Kéravel losfuhr. Die Überfahrt nach Brest würde eine halbe Stunde dauern, und der Meeresboden war mit Minen gespickt.

Wenn sie sich überlegte, wie es ihrem Freund Jacques, dem jüngsten Sohn der Kéravels, auf dem Boot ergehen würde, war Selimène versucht, ins Meer zu springen, um ihn zu retten. Was ein Irrsinn gewesen wäre, sie würde erschossen werden oder ertrinken. Und dabei hatte der Gedanke sie beherrscht, seit die ersten deutschen Soldaten das Wirtshaus direkt am Hafen von Le Fret okkupiert und Jacques' Eltern zu ihren Bediensteten gemacht hatten. Jacques war nicht mehr zur Schule gekommen und hatte Selimène nur noch heimlich treffen können, meist in der Nähe des kleinen Dorfes Kersiguénou, wo sie wohnte. Er nannte »ihren« Strand *La Boule bleue*. Die blaue Kugel von Kersiguénou.

»Weil bei dir die Sonne immer ein wenig mehr strahlt als auf dem Rest der Halbinsel.«

Vor einigen Tagen war er mit der Nachricht gekommen, dass Fallschirmjäger der Alliierten gelandet waren.

»Engländer und Amerikaner, sie haben sich Zugang zum

Gasthaus verschafft und die Deutschen gefangen genommen.« Er hatte sie umarmt. »Bald ist es vorbei.«

Aber die Pläne für eine gemeinsame Zukunft hatten sich zerschlagen, als Jacques zusammen mit den Eltern und den Geschwistern verhaftet worden war.

»Was schaust du so traurig, Selimène«, sagte Laurent, der Fischer. »Das Schiff ist weg. Die kommen nicht mehr.« Er machte ein Kreuzzeichen.

»Aber warum die Kéravels?«, fragte Selimène. »Sie sind Bretonen wie wir.«

»Verräter. Sie haben die Deutschen bei sich wohnen lassen.«

»Sie wurden gezwungen.«

»Trotzdem hatten sie Butter. Und wir Algenkuchen.«

»Was wird mit ihnen passieren?«

Laurent senkte den Blick. »Vergiss Jacques.«

»Es ist ungerecht«, sagte Selimène mit erstickter Stimme.

»Wer hat gesagt, dass das Leben gerecht ist?« Laurent nickte ihr zu. »Lauf nach Hause zu deiner Mutter. Feiert.«

***

Die Tränen kamen erst später, als Selimène neben dem alten Ziegenstall ganz am Ende des Grundstücks ihrer Eltern auf der Düne stand. Der Stall war geschützt durch hohes Dünengras, vom Weiler her sah man ihn so wenig wie vom Strand aus. Die Soldaten hatten diesen besonderen Ort nie entdeckt, was ein großes Glück war. Hier hatten Jacques und sie ein kleines Häuschen bauen wollen, die Pläne hatte Selimène im Kopf.

Sie trat einen Schritt vor, um den Strand in seiner ganzen Breite zu sehen. Woge um Woge brandete heran. Die Gischt brach und floss wie ein silberner Teppich über den weißen Sand, bevor sich das Wasser wieder zurückzog, Algenhaufen hinterlassend, auf die sich die Möwen stürzten. Weit draußen stand eine Figur, die Silhouette dunkel gegen das Orange der sinkenden Sonne, reglos, versunken in dem immerwährenden Spektakel. Auch wenn Sturm und Unwetter herrschten, abends, kurz vor Sonnenuntergang, wurde es hier wieder hell, ein Fenster zum Himmel.

»Jacques!«

Selimènes Schrei brachte die Möwen zum Schweigen. Sie rannte über den Sand, an dem handgeschriebenen Schild vorbei, das auf die Minen aufmerksam machte. Aber je näher sie der Figur kam, desto mehr löste sie sich auf.

»Bleib!«

Selimène sprang und tauchte tief, mit offenen Augen, wie sie das meistens tat. Da bemerkte sie wieder die Gestalt. Es war nicht Jacques. Es war die Meerprinzessin. Ihr Name war Dahut, und sie war ihr schon mal erschienen, vor vielen Monaten. Sie hatte ihr Schutz versprochen, ihr und ihrer Familie. Dafür hatte sie ihr auch ein Versprechen abgenommen.

»Pardon«, schrie Selimène, »ich habe es nicht geschafft!«

Sie tauchte auf und krallte die Zehen in den Sand, während sie verfolgte, wie die Prinzessin von Welle zu Welle hüpfte, bis sie direkt vor ihr stehen blieb. Ihre Nasenflügel bebten, ihre Wimpern ebenso, die ganze Gestalt bebte. Während die Augen glühten, als ob der letzte Strahl der Abendsonne durch sie hindurch bis zu Selimène gelangen sollte.

»Du wirst jede Mine ausgraben, bis das Land wieder sicher ist. Und du wirst keine Fremden mehr an diesen Strand lassen. Hörst du, keine Fremden! Heute in einem Jahr und ab dann jedes Jahr werde ich da sein, um unseren Pakt zu erneuern.«

1

Camaret-sur-Mer, Samstag, 15. Juli

Immerblauer Himmel, die Gischt der Brandung, die leuchtende Kugel der Sonne auf ihrem trägen Sinkflug – ich, Tereza Manon Elektra Berger, saß auf einem Felsvorsprung der Presqu'île de Crozon, diesem paradiesischen Fleck bretonischer Erde, und erlebte einen Sonnenuntergang vom Feinsten. Der Fels hieß Château de Dinan, Kastell von Dinan, und war ein von den Gezeiten geformtes Felsschloss, das auch bei schönstem Wetter von Wind und Wellen umtost war. Um es zu erreichen, hatten wir über einen Pfad balancieren müssen, der so schmal war, dass selbst mir, die ich schwindelfrei war, der Atem stockte. Aber es hatte sich gelohnt. Und wie.

»Vielen Dank«, sagte ich zu Gabriel Mahon. Er war der örtliche Commissaire der Police nationale, eingewandert aus Schottland, in seiner Art ähnlich wie das Gestein hier – verwittert bis bröcklig – und ziemlich sexy. Vor allem jetzt, da er eine Papiertüte aus der Tasche seines Ledermantels zog.

»Ein Croissant? Abends um neun?«

Statt einer Antwort übergab er mir die Tüte und kraulte das dichte Fell von Merguez, meinem Hund, der zwischen uns lag und einen wohligen Pups von sich gab.

»Jetzt fehlt nur noch der *café avec énormément du lait*.«

Dass ich meinen Milchkaffee mit sehr viel Milch und sehr wenig Kaffee trank, wusste Gabriel mittlerweile.

»Mach jetzt auf, Tereza.«

In dem zerknitterten Papier fand ich keine Kalorienbombe, sondern ein schmales Couvert mit einem Ring. Ein schlichter silberner Ring von runder Form mit einer feinen, eingravierten Zeichnung.

»Ein Triskel … Erde, Luft, Wasser, meine Elemente.«

Als Gabriel keine Anstalten machte, mir den Schmuck über den Finger zu streifen, tat ich es selbst. Vor einigen Wochen hatten wir das gleiche Spiel gespielt, nur war jener Ring nicht für mich bestimmt gewesen, und Gabriel hatte offensichtlich Ersatz besorgt. Auf halbem Weg blieb der Ring jedoch stecken.

Gabriel wirkte etwas ratlos. Seit er von der Insel Ouessant zurückgekehrt war, hatte er jede Nacht bei mir im Atlantique, dem Dachzimmer der Villa Wunderblau, verbracht.

»Wir können ihn umtauschen.« Er steckte den Ring in die Manteltasche.

Seine Augen hatten dieselbe Farbe wie das Meer, La Mer d'Iroise, wo der Kanal, die irische See und der Atlantik sich in einem wilden Wirbel zusammenfanden. Die Farbe hieß Glaze. Sie war geheimnisvoll und wunderbar, und ich war ihr verfallen. Bis Merguez erneut pupste.

»Ich weiß nicht, was er gefressen hat«, sagte ich und versuchte, mein verwehtes Haar in einen Knoten zu fassen. »Wahrscheinlich im Laden.«

Immer wieder kam es vor, dass die Kundinnen Merguez mit Leckerlis vollstopften, weil er so artig vor den Buchregalen lag. In jüngster Zeit allerdings eher selten, die Bücherverkäufe hatten mehr als gedümpelt. Die Hitzewelle war der Grund dafür, wir hätten Eis oder Ventilatoren in unser Angebot aufnehmen sollen.

»Hundepupse sind die schlimmsten. Die trotzen jedem Wind.« Gabriel gab mir über Merguez hinweg einen Kuss. Und, was soll ich sagen, meine Geldsorgen wären vergessen gewesen, hätte uns nicht ein Handyklingeln aus der Stimmung gerissen.

»Shit, was will der von mir?«

Bevor Gabriel den Anruf wegdrückte, konnte ich nicht umhin, den Namen auf dem Display zu lesen. Mael Abelas. Wenn der Leiter des Bauamts von Crozon nach Feierabend anrief, war es vermutlich dringend. Neben der Bürgermeisterin war er die wichtigste Person im Ort. Ich kannte ihn nur vom Sehen, da Isidore Breonnec die Bewilligungen vom Bauamt jeweils für mich einholte. Isidore war ein waschechter Camarétois und ein handwerklicher Alleskönner, außerdem ein lieber Freund. Er wollte später vorbeikommen und mit uns anstoßen.

Als Gabriels Handy zum dritten Mal klingelte, stand er auf und entfernte sich, um den Anruf anzunehmen.

Ich raffte die Jeansjacke um mein geblümtes Kleid, rappelte mich ebenfalls hoch und ging vorsichtig zu Sylvie Meerwein, meiner Freundin und Arbeitskollegin, die sich während unseres kleinen Intermezzos am Picknickkorb zu schaffen gemacht hatte. »Hast du mir das Geld mitgebracht?«, fragte ich.

Sie zog einen Schein aus der Tasche ihres Overalls, ihrer Arbeitskluft. »Zweihundert Euro, danach ist die Barkasse leer.«

Sylvie kümmerte sich um die Buchbestellungen und den Verkauf, während ich häufig für unsere antiquarische Abteilung unterwegs war, um auf Dachböden und in Kellern verstaubte Trouvaillen sicherzustellen.

»Nicht nur die Barkasse ist leer, auch mein Konto«, sagte ich.

»Nicht mehr lange, dann geht's los mit den Vermietungen der Cabane Wunderblau.«

Die Cabane Wunderblau war der ehemalige Gartenschuppen, den wir in ein kleines vermietbares Ferienhäuschen umbauten. Die Fertigstellung hatte sich wegen unvorhergesehener Herausforderungen wie dem nicht vorhandenen Zufluss zur Naturdusche verzögert, was mein Budget überstrapazierte.

»Die Agentur Amèr hat mich übrigens kontaktiert«, fuhr Sylvie fort.

»Der Name sagt mir etwas.«

»Du kennst vielleicht Xavier Amèr. Seine Katamaranausflüge sind legendär und immer ausgebucht. Und er ist der beste Kitesurfer der Halbinsel.« Sie deutete aufs Meer hinaus, wo ein Surfer mit seinem Brett aus dem Wasser schoss und durch die Brandung zum Strand zurückkreuzte. »Das muss er sein. So wie er surft keiner.«

»Und was will der von uns?«, fragte ich.

»Er und seine Schwester Aude haben eine Ferienhausvermittlung.«

Bei der Erwähnung bekam ich ein ganz klein wenig schlechte Laune. Bislang hatte mich das Geschäft mit den Vermietungen wenig interessiert. Aber man hatte mir erzählt, es sei ein echtes Haifischbecken.

»Erfolgreich?«

»Sehr. Sie haben angeboten, die Cabane Wunderblau in ihren Katalog aufzunehmen.«

Das ging mir eindeutig zu schnell. »Wir wissen nicht, wie lange der Bau noch dauert.«

»Ist ihnen wurscht. Sie suchen die leckersten Häuser der Halbinsel.«

Leckere Häuser? Ein typischer Sylvie-Ausdruck.

»Das will ich nicht. Wir machen die Vermietung selbst. Ich habe einen großen Bekanntenkreis.«

»Das sagst du immer. Aber bis jetzt hat sich niemand gemeldet. Du musst doch Geld verdienen, Tereza.« Sylvie beugte sich zu mir, sodass ihr Haar meine Nase kitzelte. »Die Amèrs haben ein riesiges Kundennetzwerk in Deutschland. Damit die Cabane sich rentiert, brauchen wir auch Gäste im Oktober oder im April. Sie würden uns alles abnehmen, wir hätten nichts zu tun mit den Daten und dem ganzen Kram. Und das Beste: Sie haben einen eigenen Putzbetrieb. Les Jeunes de Ménage, die sollen top sein.«

»Wie viel wollen sie dafür?«, fragte ich.

»Fürs Putzen?«

»Ich meine die Provision. Fürs Vermitteln.«

»Das ist Verhandlungssache. Bei dir wären es vermutlich etwa zwanzig Prozent.«

»Ganz schön viel.«

In dem Moment tauchte Aimon auf, Gabriels bester Freund. Mit einer Flasche Schaumwein und Pappbechern balancierte er in voller Motorradmontur über die Felsbrücke.

»Hei, Gabe.« So nannte er Gabriel, der sein Telefonat beendet hatte und wieder zu uns kam.

»Aimon, mein Freu…«

»Mein Medienstar«, übertönte Sylvie Gabriel. Sie und Aimon waren seit mehreren Jahren ein Paar. »Wie ist es gelaufen bei den Breizh News?«

Aimon hatte bei dem Radiosender an einer Diskussion über Abwanderung in Küstengebieten teilgenommen.

»Eine Katastrophe.« Er als Vertreter der alten Generation hatte mit zwei Jungen diskutiert, einer Studentin aus Rennes und einem Schreiner aus Paris. Er war sichtlich aufgewühlt und erzählte, während Gabriel erneut einen Anruf bekam.

»Ich kapiere diese Jungen nicht. Die sind beide abgehauen. Keine Bildungs- und Arbeitsmöglichkeiten hier, sagen sie. Und dabei ist im Sommer so viel zu tun. Im Relais zum Beispiel suchen sie seit Wochen eine Arbeitskraft. Vergeblich.«

Das Relais des Pêcheurs war eine Kneipe im Hafenstädtchen Morgat, wo Aimon mit Gabriel und anderen jeweils sein Feierabendbier trank.

Sylvie machte eine skeptische Miene. »Das Relais ist eng, und es stinkt, der Lohn ist mager. Da zu arbeiten ist echt keine Perspektive.«

»Verwöhntes Pack. Wir sind früher morgens zum Fischen, mittags zum Bauen und nachts zum Servieren.«

»Und im Winter, wenn der Tourismus schläft?«, fragte ich.

»Dann haben wir Netze geflickt …«

»… und die Ersparnisse des Sommers aufgebraucht«, sagte Sylvie. »Darum lebst du bis heute von der Hand in den Mund.«

»Ich habe mein Motorrad, meine Motte und mein Haus. Was will ich mehr?« Mit der Motte meinte er Sylvie.

»Ein renoviertes Haus, zum Beispiel. Dein Dach leckt, es regnet herein.«

»Isidore kümmert sich darum. Er hätte übrigens längst hier sein müssen.«

Ich blickte zum Küstenwanderweg, der sich gut sichtbar vom Campingplatz her über das Plateau bis zu unserem Standort zog, aber da war niemand unterwegs.

Sylvie entwich ein Laut. »Er wird wohl wieder illegale Nachtarbeit machen … und hat uns vergessen.«

»Warum bist du so abschätzig?«, fragte ich und blickte sie erstaunt an. »Und was meinst du mit illegal?«

Schweigen. Sylvie wollte mir nicht antworten.

»Nein, sag, warum illegal? Sylvie?«

»Nichts. Erzähl ich dir ein anderes Mal.«

Gabriel, der den Anruf beendet hatte, mischte sich ein. »Der Breonnec kommt nicht? Wunderbar.«

Dass er Isidores und meine Vertrautheit nicht sonderlich mochte, war ein offenes Geheimnis.

»Prost allerseits«, sagte Aimon, der nichts von der Spannung gespürt hatte. »Lasst es euch schmecken.«

Aber Gabriel hatte keine Zeit mehr. »Ich muss gehen. Es brennt.« Er zeigte in Richtung Camaret-sur-Mer. »Schaut mal!«

Ich kniff die Augen zusammen. »Tatsächlich, eine Rauchwolke.«

»Bei den Dünen von Kersiguénou«, stellte Aimon fest. »Ein Feuer im Schilf? In den Büschen, im Dünengras?«

Gabriel wusste es genauer. »Mael Abelas hat mir durchgegeben, dass es sich um das Haus von Selimène Lacroix handelt.«

»Wer ist das?«, fragte Sylvie.

»Die Gründerin von Notre littoral, das ist die Naturschutzorganisation Crozons.«

Selimène Lacroix mit dem wilden grauen Haar und der Latzhose war eine beeindruckende Person, die ich flüchtig kannte. Sie hatte mal bei mir im DEJALU ein Buch gekauft.

»Der Rauch wird immer mehr«, sagte Gabriel. »Ich muss mir das anschauen. Sylvie, Aimon, könnt ihr Tereza nach Hause bringen?«

Es war unser freier Abend, und ich hatte nicht vor, den wegen eines Brandes allein zu verbringen. »Ladet bitte gern Merguez in der Villa Wunderblau ab. Ich fahre bei Gabriel mit.«

2

Die Fahrt mit Gabriels Motorrad, einer alten, aber äußerst charmanten Royal Enfield Bullet, verlief schnell, und keine Viertelstunde später hielten wir vor dem Ortsschild von Kersiguénou.

»Ich frage kurz nach, wo die Abkürzung zu Selimènes Haus ist«, sagte Gabriel und bedeutete mir abzusteigen. »In diesem Dorf gibt es jede Menge winziger Sträßchen, da verfahre ich mich immer.« Er griff zum Handy und rief jemanden an, während ich abstieg.

Nachdem ich den Helm abgenommen hatte, blickte ich mich um. Auf der einen Straßenseite waren mehrere Steinhäuser aneinandergebaut, auf der anderen begann die Dünenlandschaft.

»Komm, Tereza, ich kann hier parken.« Gabriel schob das Motorrad in die gekieste Einfahrt des einzigen frei stehenden Hauses. Es war wie die anderen ein Penty, aber renoviert, mit großflächigen Fenstern, herrschaftlicher Ausstrahlung und einem Garten voller lila Orchideen und pinkfarbener Hortensien.

»Agentur Amèr«, las ich auf dem Schild neben dem blechernen grünen Briefkasten. »Ihr Zuhause in den Ferien. Seien Sie willkommen.«

Das also war die Agentur, von der Sylvie eben gesprochen hatte. Und der gut trainierte Mann mit den nassen dunklen Locken, der auf uns zueilte, musste Xavier Amèr sein.

Nach einer hastigen Vorstellung folgten wir ihm über die Straße zu den Dünen. Die gesuchte Abkürzung entpuppte sich als schmaler Weg, eingerahmt von Bäumen und dichtem Gebüsch, die eine Art natürlichen Tunnel bildeten. Diesen durchliefen wir schweigend und so schnell, dass ich mich konzentrieren musste, um nicht zu stolpern. Obwohl die Abendsonne immer noch hoch am Himmel stand, war es hier düster und kalt, und ich war froh, als wir wieder draußen waren.

Direkt vor uns erhob sich ein hohes Gebäude, aus dessen Dach Rauch quoll. Der Wind hatte eine Pause eingelegt, die Rauchglocke waberte an Ort und Stelle, es wirkte wie eine Teekanne kurz vor einer Explosion.

»Ist das ein Reetdach?«, fragte ich.

Xavier Amèr bejahte. »Wenn sie den Brand nicht gestoppt kriegen, wird es gefährlich. Der Frühling war heiß, das Stroh ist ausgetrocknet, es braucht nur wenig, eine defekte Leitung oder ein Streichholz, und schon … Puff!«

»Und Selimène Lacroix?« Ich wagte nicht, daran zu denken. »Ist sie zu Hause?«

»Ich hoffe nicht. Sie wohnt offiziell nicht mehr da, weil eine Renovierung im Gang ist. Aber ab und zu schaut sie vorbei.«

Er blickte alarmiert zu Gabriel, der bereits wieder telefonierte. Der normalerweise kaum hörbare schottische Akzent verriet mir sein Stresslevel.

Eine Sirene schwoll an, über die geteerte Straße, die sich zwischen den Häusern den Hügel hinunterwand, näherte sich ein Feuerwehrwagen und hielt nur wenige Meter von uns entfernt. Sechs Männer in Overalls sprangen heraus.

Gabriel trat zum Hauptmann, erkennbar am Helm, der im Gegensatz zu den anderen golden war. Eine Flamme schoss unvermittelt aus dem vorderen Teil des Daches, das gleißende Orange hob sich vom samtblauen Himmel ab.

Der Feuerwehrhauptmann gab pantomimisch einen Befehl, der eine Kaskade von Aktionen in Gang setzte. Ein Schlauch wurde ausgerollt, eine Leiter ausgefahren, zwei Feuerwehrleute rannten in Richtung Meer, während zwei weitere mit Atemschutzmasken und bewaffnet mit Löschdecken und Feuerlöschern durch einen seitlichen Eingang im Haus verschwanden.

»Ist das nicht riskant?«, fragte ich.

»Sie müssen erstens ausschließen, dass jemand da drin ist, und zweitens den Brandherd finden. Sollte das Feuer durchschlagen, würde der Dachstuhl abbrennen.«

Als der erste Strahl aus einem Schlauch spritzte, traf er mein Kleid, meine Jacke und meine Stoffturnschuhe. Gleich darauf brachte das Wasser die Flammen zum Tanzen, und glühende Asche regnete auf die Umgebung, sodass Xavier und ich zurückwichen.

Gabriel hatte aufgelegt. »Ein zweites Löschkraft-Team ist im Anflug. Tereza, Xavier, könnt ihr solange die Leute da oben zurückhalten?« Er deutete in Richtung Straße, wo sich ziemlich viele Menschen versammelt hatten, alle in verschiedenen Stadien der Bekleidung.

»Aber gern.«

Nachdem einige Feriengäste kaum Französisch verstanden, erläuterte ich die Lage auf Deutsch und Englisch, während ich gleichzeitig in meiner Tasche wühlte. Die Boule-rouge, ein Original aus einem gleichnamigen Laden in Zürich, enthielt alles, was ich zum Überleben brauchte, in dem Fall war es ein buntes Wollknäuel, das ich Xavier zuwarf, um eine improvisierte Absperrung zu errichten. Jäh wurde ich durch den Feuerwehrhauptmann unterbrochen, der zu uns hochlief.

»Sie im nassen Kleid, was tun Sie da?«

Erst als er den Helm abgenommen hatte, erkannte ich ihn. Es war Mael Abelas, der offenbar nicht nur der Baudepartements-Vorsteher, sondern auch Chef der Feuerwehr war. Deswegen also hatte er Gabriel angerufen. Er war groß, mit kantigem Kinn und silbergrauem Haar, und nicht gut auf mich zu sprechen.

»Das ist ein Brandplatz, verschwinden Sie.«

Ich kam nicht dazu, ihm zu erklären, dass ich als Begleitung des diensthabenden Commissaire hier war.

»Gehen Sie nach Hause, geht alle nach Hause. Jetzt! Das ist ein Befehl!« Ohne abzuwarten, ob ihm jemand Folge leistete, eilte er wieder nach unten zu seinen Leuten.

Mittlerweile hatte sich der Himmel im Osten zu einem satten Tintenblau verfärbt, und davor zuckten die Flammen. Es sah irre aus.

Ein weiterer Schlauch wurde ausgerollt.

»Wo kriegen die das ganze Wasser her?«, fragte ich Xavier. »Vom Meer?«

Es lag bestimmt einen halben Kilometer entfernt. Dass wir die Uferlinie von hier sehen konnten, war nur der kleinen Anhöhe zu verdanken.

»Nein, im Wald ist eine *source*.«

Er meinte eine natürliche Quelle, die aus dem Boden sprudelte und für alle zugänglich war. Auch wir hatten eine im Garten, sie war mehr wert als Gold.

»Was denken Sie, Xavier, ist das Feuer unter Kontrolle? Ich sehe nur noch sehr viel Rauch und keine Flammen mehr.«

Er wirkte skeptisch. »Der Dachstuhl besteht aus uralten, wurmstichigen Balken. Er hätte längst ersetzt werden müssen, aber es ist ein historisches Gebäude. Das ist problematisch, weil …«

»… die Renovierung teuer wird«, sagte ich. »Ich kenne das gut.«

»Haben Sie auch ein Reetdach?«, fragte er.

»Nein, dafür habe ich mal auf dem Dachboden eines Reetdachhauses die zweihundertjährige Ausgabe eines Gedichtbands von Marie de France ergattert. Am meisten ist mir mein erster Gedanke geblieben: Da kann man nur beten, dass es niemals brennt.«

Mein Handy klingelte. Gabriel. Ich trat einen Schritt beiseite.

»Gerade habe ich verifiziert, dass sich Selimène im Altersheim des Leuchtturmklosters von Sœur Nominoë aufhält. Sag das bitte weiter.«

Was für eine gute Nachricht! Sœur Nominoë war eine bejahrte Nonne, die ich sehr mochte. Ich teilte viele Erinnerungen mit ihr. Eine meiner emotionalsten war, wie wir die Asche meiner Großtante Annie von einem Kliff in den atlantischen Wind geworfen hatten. Während ich Nominoë jahrelang beinahe täglich gesehen hatte, war sie in den letzten Monaten durch den Aufbau eines Altersheims absorbiert gewesen. Es sollte älteren Leuten die Möglichkeit geben, ihre Häuser zu verlassen, um Platz zu schaffen für die jüngere Generation.

Als ich wieder bei Xavier stand, gab ich die Entwarnung durch.

»Zum Glück.« Er war sichtlich erleichtert. »Jetzt kann ich es ja gestehen: Sie wollte heute noch Blumen vorbeibringen, für die Gäste.«

So erfuhr ich, dass Selimène das leer stehende Haus über die Agentur Amèr für drei Wochen an Sommergäste vermietet hatte.

»Sie haben sich verspätet, weil sie in Paris die TGV-Verbindung verpasst haben. Meine Schwester hat sie am Bahnhof Brest abgeholt. Sie kommen gerade an.«

Er deutete zu einem offenen Jeep, der hinter den beiden Löschfahrzeugen zum Stillstand kam. Die Chauffeurin, Xaviers Schwester Aude, trug Küstenlook mit Strickmütze. Neben ihr saß eine Frau mit Millimeterschnitt und Spaghettiträgern, auf der Hinterbank eingequetscht eine weitere Frau, in einem beigen Regenmantel wesentlich unscheinbarer als die andere, sowie zwei Mädchen, die eine im Teenageralter, die andere an eine Barbiepuppe geklammert.

»So ein Scheißdreck«, sagte Aude mit lauter Stimme. Sie stieg aus, nahm Brille und Mütze ab und schüttelte ihr rotblondes Haar.

»Entschuldigen Sie mich.« Xavier eilte zum Jeep, wo Aude sogleich begann, auf ihn einzureden. Seine Antwort nervte sie sichtlich. Dennoch machte sie weiter, bis er abwinkte und an dem improvisierten Absperrband vorbei auf Mael Abelas zuging, der mittlerweile bei Gabriel stand.

Aude folgte ihm, ohne zu zögern. Zu meinem Erstaunen begrüßte sie nicht nur Abelas, sondern auch meinen Liebhaber mit den ortsüblichen schnellen Doppelküssen, gleich darauf zettelte sie erneut eine Diskussion an. Im allgemeinen Durcheinander gelang es mir, unauffällig so nahe zu kommen, dass ich alles verstehen konnte.

Das Gespräch drehte sich um die Ursache des Brandes.

»Es ist die Folge der Hitze«, sagte Aude gerade. »Strohdächer sind gefährlich.«

Gabriel sah es anders. »Die meisten Brände sind menschengemacht. Was ist mit den Renovierungsarbeiten?« Er deutete auf einen kleinen Bagger, der an der Seite stand.

»Die pausieren gerade«, sagte Aude, »solange die Gäste da sind, wird nicht gebaut.«

»Was wird denn überhaupt gemacht?«

»Eine Totalsanierung.«

»Deine Putzleute waren heute im Haus, Aude«, sagte Abelas. »Habe ich gehört.«

Sie nickte. »Les Jeunes de Ménage, genau. Sie haben nichts Ungewöhnliches vermerkt. Sie sind super geschult, ich lege meine Hand für sie ins Feuer.« Aude lächelte. »Das ja nun fast gelöscht ist.«

»Weißt du, was Selimène im Dachstock gelagert hat?«, fragte Mael Abelas weiter. »Seit der Gründung von Notre littoral haben sich da vermutlich Unterlagen von Jahrzehnten angesammelt.«

»Ich wollte sie überreden, alles bei euch im Gemeindehaus zu archivieren, aber vergeblich. Auch im Rest des Hauses gab es viel Krimskrams, wir mussten eine ganze Lastwagenladung wegbringen, um es vermietbar zu machen. Dabei haben wir ein Leck im Dach entdeckt, das Wasser ist monatelang reingelaufen. Die Reparatur habe ich bereits veranlasst. Was für ein Glück, dass alles feucht war, stellt euch vor! Vermutlich hat sich das Feuer darum nicht weiter ausgebreitet.«

Diese Aude war ein ziemliches Früchtchen, fand ich. Unterschwellig hatte sie gerade das Gerücht in die Welt gesetzt, dass an dem Brand nicht sie und ihr Putzteam schuld seien, sondern der demente Messie Selimène Lacroix.

Das konnte ich so nicht stehen lassen. Auch wenn ich Selimène nicht persönlich kannte – wir Frauen helfen uns hier.

»Kann es Brandstiftung gewesen sein?«, fragte ich und tat

naiv. »Ich meine, das Dach ist ziemlich hoch, vielleicht hat es jemanden gestört. Wegen der Aussicht, ihr wisst schon.«

Stille war eingetreten, alle drehten sich zu mir um.

»Es ist eine Möglichkeit, nicht?«, fuhr ich fort. »Ich habe mal von einem Brand gelesen, in der Zeitung, hier in der Nähe, es ging auch um ein historisches Gebäude –«

Gabriel unterbrach mich. »Das werden wir untersuchen.« Er klang genervt.

»Und wer ist diese Expertin? Stell uns doch vor, Gabriel«, sagte Abelas. Als das passiert war, musterte er mich von Kopf bis Fuß. »Sie sind also Tereza Berger? Ich habe schon einiges von Ihnen gehört.«

Der süffisante Ton ärgerte mich. »Während Sie mir völlig unbekannt sind. Aber ich habe selten mit der Gemeinde Crozon zu tun.«

»Sie haben doch umgebaut? Die entsprechenden Bewilligungen laufen alle über uns. Falls nicht, wäre es illegal.«

Der Stapel Unterlagen auf meinem Schreibtisch fiel mir ein und wie ich Isidore alle paar Tage gedrängt hatte, sich mit mir hinzusetzen.

»Machen wir im Winter, Tereza«, hatte er jedes Mal geantwortet. »Dann haben wir alle Zeit der Welt.«

»Natürlich habe ich die Bewilligungen.« Ich blickte Abelas in die Augen. »Bei mir ist alles superlegal, vielen Dank.«

Wind war aufgekommen und wehte Qualm und Rauch in unsere Richtung. Gabriel nahm mich am Arm und lotste mich von der Gruppe weg.

»Tereza, spinnst du?«, zischte er. »Was mischst du dich ein? Das sind Interna, die wir hier besprechen.«

»Aber diese Aude Amèr … die darf dann?« Sie erinnerte mich irgendwie an Gabriels verstorbene Ex-Frau, die schöne Yogalehrerin Nadège. Ob ich es wagen konnte, ihm das zu sagen? »Egal.« Der andere Punkt war mir wichtiger. »Sollte es Brandstiftung gewesen sein … die kehren meist an den Schauplatz zurück.«

Mit meiner Amateurinnenanalyse schockte ich Gabriel sichtlich. »Geh jetzt bitte«, sagte er.

Aber ich dachte nicht daran. Selimène Lacroix war eine Persönlichkeit, ihre Stiftung Notre littoral etwas Einzigartiges. Dass ausgerechnet ihr Haus brannte, schien mir verdächtig.

3

Die Menge war kleiner geworden, diejenigen, die geblieben waren, standen in Grüppchen zusammen. Während ich ein Stück weit den Hang hinaufstieg, um mir einen Überblick zu verschaffen, erinnerte ich mich an einen Brand, der in meinem ersten Jahr hier in der Nähe passiert war. Wo bloß?

Als ich beim Googeln auf meinem Handy nicht auf Anhieb fündig wurde, hinterließ ich Vivienne Danieau eine Nachricht. Sie war kaum Mitte zwanzig und bereits Moderatorin, Redakteurin und Sendechefin von Breizh News. Wir hatten verschiedene Herausforderungen gemeinsam überstanden. Auch als Journalistin war sie top. Wenn sie ein Thema aufgriff, konnte man sicher sein, dass es kurze Zeit später von den großen Sendern übernommen wurde.

»Die haben alle so pikiert reagiert, als ich von Brandstiftung sprach, dass da etwas dran sein könnte. Kannst du bei euch im Archiv nachschauen, ob du was findest über rätselhafte Brände an der Küste?«, bat ich sie.

Ich erreichte einen Platz mit einer Bank und bunten Blumen, eine Art Mini-Aussichtsplattform. Angrenzend daran standen einige Einfamilienhäuser, das auffälligste war eine Villa mit geschwungenem Eingangsportal und Palmen wie im Süden.

In der Einfahrt entdeckte ich ein mir bekanntes Gesicht. Es gehörte Corentin Lehenaff, einem schmalen, leicht gebückten, aber agilen jungen Mann, der als Mitarbeiter im Bauamt fungierte. Kennengelernt hatte ich ihn aber wegen seiner Tätigkeit für einen zwielichtigen Anwalt in Brest.

Er war ins Gespräch vertieft mit einem stämmigen Typen, dessen prollige Ausstrahlung im Gegensatz zu seinen violetten Birkenstocksandalen und seiner perlenden Sprache stand.

Eindeutig Paris, dachte ich. Mittlerweile lebte ich lang genug hier, um den Unterschied zum gutturalen Klang des Bretonischen zu erkennen.

Etwas abseits von den beiden stand eine Frau in einem steifen Kleid, mager und makellos.

»Sind Sie von hier?«, fragte ich, nachdem ich sie angesprochen und mich vorgestellt hatte.

»Unser Haus.« Sie deutete auf die Villa, die neben dem protzig wirkenden Eingangsbereich auch neobretonische Merkmale wie das Granitdach oder die Fensterläden aufwies. Ungewöhnlich waren der ockerfarbene Anstrich und die hohe Gartenmauer. »Ich habe auf der Terrasse gelesen, als ich den Rauch bemerkt habe. Er quoll durch ein offen stehendes Fenster direkt unter dem Dach von Selimènes Haus. Darauf habe ich meinen Mann angerufen. Sie hatten gerade eine Feuerwehrübung, darum waren sie so schnell hier.«

»Sie sind eine Heldin. Es hätte schlimm werden können.«

»*Merci.* Sie sind die Erste, die das erwähnt.« Ein kurzes Lächeln, dann stellte auch sie sich vor. »Myrthe Abelas.«

Oha. Die Frau das Bauamt-Vorstehers.

»Ich kenne Ihren Mann.«

Die Reaktion wirkte etwas gequält. »Wer kennt ihn nicht?«

»Und sind Sie von hier?«

»Mein Mann ja. Bei mir hört man es auch noch nach vielen Jahren … ich bin aus Paris.«

Ich griff in meine Boule-rouge-Tasche und zog eine Tafel Grain de Sail heraus. Die mit Sel de Guérande, dem körnigen Salz, und der dunklen Schokolade.

»Ich brauche was Süßes. Sonst kippe ich um. Mögen Sie?«

Sie nahm ein Stück, was mich erstaunte.

»Das Schlimmste ist vorbei«, sagte sie. »Außer dem Dach scheint alles in Ordnung. Aber die Feriengäste werden kaum einziehen können.«

Ich folgte ihrem Blick hinunter zu der Touristenfamilie, die etwas verloren um den Jeep herumstand.

»Hérvé wird sich freuen.«

»Wer ist Hérvé?«

»Unser Nachbar, ein alter Schulfreund von mir.« Damit meinte sie den rundlichen Mann mit den Birkenstocks, der immer noch mit Corentin Lehenaff diskutierte.

»Wieso sollte er sich freuen?«

»Er hatte Angst, es würde laut werden und seine Gäste könnten sich beklagen. Man hört hier oben recht viel, es ist ein wenig wie ein Trichter.«

»Vermietet er auch?«

Sie zeigte auf ein wesentlich unscheinbareres Häuschen, dessen Grundstück an die Mauer der Villa anschloss. Im Garten stand ein Campingwagen mit Stühlen und einem kleinen Plastiktisch.

»Jeden Sommer zieht er in den Camper da und vermietet das Haus dauerhaft an ein Ehepaar aus dem Süden.«

»Und wieso geht er in der Zeit nicht nach Paris? Wieso lebt er im Garten?«

Sie zuckte die Schultern. »Er hat gern den Überblick.«

»Vielleicht könnte er mir ein paar Tipps geben.«

Ich erzählte Myrthe von der Cabane Wunderblau. Da Corentin Lehenaff gerade davoneilte, nutzte ich die Gelegenheit, machte einige Schritte und stellte mich Hérvé vor.

»Sie sind vom DEJALU?« Er musterte mich neugierig. »Aber kürzlich waren Sie nicht da.« Ziemlich grob riss er einen Grashalm aus und begann, darauf herumzukauen. »Eine Deutsche hat mich beraten.«

»Sie meinen Sylvie, meine Mitarbeiterin. Was haben Sie denn gekauft?«

»Nichts. Ich lese keine Bücher.«

Nicht sehr sympathisch, der Mann.

»Und was war der Grund für Ihren Besuch? Wenn Sie keine Bücher mögen?«

»Bei mir im Haus muss dies und das gemacht werden, darum sollte ich einen Handwerker treffen, der gerade bei Ihnen zugange war.«

»Meinen Sie vielleicht Isidore Breonnec?«

Hérvé bejahte und riss erneut einen Grashalm aus. »Er hat den Termin nicht eingehalten, und das war gut so, wie sich zeigt. Er hat nämlich auch im Dach von Selimène gewerkelt, übles Flickwerk. Ein richtiger Monsieur Bricolage.«

»Isidore arbeitet für Selimène?«

Er nickte. »Er soll den Dachstock ausbauen.« Das passte ihm ganz offensichtlich nicht. Er fixierte mich wütend. »Wissen Sie, wie man unseren Dorfteil nennt? *La Boule bleue de Kersiguénou.* Die blaue Kugel. Weil es hier immer schöner ist als im Rest der Bretagne. Aber was nützt der blaue Himmel ohne Aussicht? Eine Schande war dieses Dach von jeher. Eigentlich sollte es bei einer Renovierung tiefer gelegt werden. Es würde mich jedoch nicht wundern, wenn Monsieur Bricolage ein Feuerchen entfacht hätte, um die Bestimmungen zu umgehen.«

Was streute dieser Idiot hier für Gerüchte? »Wenn Selimène seine Auftraggeberin ist, hat sie bestimmt nicht vor, sich über Bestimmungen, die sie selbst kreiert hat, hinwegzusetzen.«

Hérvé spuckte das zerkaute Gras aus. »Ich habe es auf jeden Fall dem Commissaire berichtet.«

Myrthe Abelas war dem Gespräch stumm gefolgt, nun räusperte sie sich. »Das hört sich für mich nach Denunzierung an, Hérvé.«

»Halt die Klappe, Myrthe! Isidores windigen Plänen kommt der Brand gelegen.«

Es reichte mir. Ich schrieb Isidore eine SMS und bat ihn um ein Treffen bei mir zu Hause. »Dringend. Hier ist die Kacke am Dampfen, und zwar im wörtlichen Sinn.«

»Tereza Berger?«, sagte Hérvé. »Ihr Typ ist gefragt.«

Xavier war ein Stück weit den Weg hochgekommen und rief meinen Namen. Ich konnte nicht schnell genug von Hérvé wegkommen. Anstatt den Weg zu nehmen, kletterte ich die Böschung hinunter.

»Wir haben ein Problem«, sagte Xavier, als ich bei ihm ankam.

Der Himmel war dunkel geworden, der Wind hatte schon wieder gedreht, und der Brandgeruch war nur noch schwach wahrnehmbar.

»Es ist der Höhepunkt der Hochsaison, da ist kein Bett mehr frei, unsere Gäste stehen auf der Straße.« Er zeigte auf die beiden Kinder und die Frauen. »Wären Sie bereit, die vier aufzunehmen?«

4

»Fühlen Sie sich ganz wie zu Hause«, sagte ich. »Bis morgen.«

Als die Tür hinter mir ins Schloss fiel, verharrte ich einen Augenblick. Hatte ich einen Fehler gemacht, Team Elke, wie ich die gestrandete Touristenfamilie heimlich getauft hatte, als Feriengäste zu mir einzuladen?

Nach meiner spontanen Zusage hatte uns Xavier Amèr mit dem Jeep zur Villa Wunderblau gefahren. Eingequetscht zwischen die schweigsame Teenagerin und die dauerquasselnde Fünfjährige hatte ich mich auf der Hinterbank so schmal wie möglich gemacht, während die Frauen, Elke mit dem Millimeterschnitt und Anna mit dem Regenmantel, vorn neben Xavier saßen. Für mein spontanes Einspringen hatten sie sich mit keinem Wort bedankt, und eben hatten sie mich förmlich aus meiner Cabane hinausgedrängt. Ich war nicht mal dazu gekommen, ihnen zu erklären, dass die Toilette leicht verstopfte, das Plastikpicknickgeschirr im Küchenschrank ein Provisorium und die aufblasbare Matratze im kleinen Zimmer nicht zum Springen geeignet war.

Andererseits war der Mietbetrag, den mir Xavier angeboten hatte, so hoch, dass ich fast zwei Monate davon leben konnte. Außerdem war es eine Notsituation. Tereza Manon Elektra Berger würde keine Obdachlosen im Stich lassen.

Ich ging gerade die kleinen Tritte hinunter, als ich bemerkte, dass Isidore bereits im Garten auf mich wartete, wie immer mit Käppi, Halstuch, hellblauem Hemd, Shorts und Flipflops.

»Saludo, ma chère.«

Die beiden Küsschen waren Routine, aber die Umarmung fühlte sich warm an, zum Reinsinken.

»Deine Jeansjacke ist feucht, und du stinkst nach Rauch«, sagte er. »Hast du ein Lagerfeuer gemacht und ein paar Würstchen gegrillt?«

»Erklär ich dir gleich. Ich habe dich mindestens zehn Mal angerufen. Wo warst du denn?«

Im Schein der von Nachtfaltern umschwirrten Halogenlaterne wurde er ein wenig rot. »Ich habe auf eine Freundin gewartet, es hat länger gedauert.«

Eine Freundin? Ich kannte drei seiner Ex-Freundinnen, aber nicht seine aktuelle.

»Also hast du es noch nicht gehört?«

Während wir zusammen zum Hintereingang der Villa Wunderblau schlenderten, klärte ich ihn auf.

»In Kersiguénou hat's gebrannt? In der Villa Selimène?« Er blieb stehen. »Schlimm?«

»Das Reetdach hat es erwischt. Ein Glück, dass die Feuerwehr so schnell gekommen ist. Stimmt es, dass du da arbeitest?«

»Ich? Na ja …« Er hob eine Hand und verschob sein Käppi, um sich zu kratzen. »Selimène und ich kennen uns seit ewig. Ich helfe ihr manchmal aus, ist wie bei dir, du weißt.«

»Manche meinten eben, du wärst fahrlässig gewesen.«

Das traf ihn sichtlich. »Wer sagt so was?«

Ich hatte das Gefühl, es sei besser, Hérvé nicht beim Namen zu nennen. »Ich habe es im Vorbeigehen aufgeschnappt. Sie nennen dich Monsieur Bricolage und meinen es nicht positiv.«

»Unsinn.« Plötzlich bemerkte ich Hektik-Flecken im Ausschnitt seines Hemdes. »Alles nur Gewäsch! Das Dach hat ein Leck, da stehen Eimer rum. Vor dem nächsten großen Regen wollte ich eine Lösung finden.«

»Warst du heute tagsüber da?«

Er zögerte. »Vielleicht, ich weiß es nicht mehr. Was machst du für ein Theater, Tereza? Glaubst du denen etwa?«

Sein Telefon klingelte. Als er den Namen auf dem Display sah, wandte er sich ab und ging ein paar Schritte in den Flur, bevor er den Anruf annahm.

»Hallo? *Oui.* Wo warst du? Ich hab auf dich gewartet«, sagte er mit leiser Stimme. Fast die gleichen Worte, die ich ihm gegenüber benutzt hatte.

»Aber nein, *ma puce.*«

Ein eigenartiger Kosename. *Ma puce* hieß »mein Floh«.

»Was stehst du da rum, Tereza, und schaust mich an wie Merguez?«, flüsterte er, die Hand auf dem Mikrofon seines Telefons. »Ich brauche etwas Privatsphäre.«

»Dann geh in die Küche.«

Ich wartete, bis er verschwunden war, bevor ich meinerseits Gabriel anrief. Er meldete sich sofort.

»Der Brand ist weitgehend gelöscht, nun schieben wir Wache.«

»Du kommst also nicht zu mir?« Hoffentlich hörte er die Erleichterung nicht heraus. Ich wollte unbedingt vermeiden, dass er auf Isidore traf.

»Ich würde gern, aber gleich kommt ein Brandexperte vorbei, wegen der Ursache. Ich muss dabei sein, verstehst du?«

»Okay. Und habt ihr schon einen Verdacht?«

Das interessierte mich brennend, vor allem seit ich wusste, dass Isidore auf dem Dachboden gearbeitet hatte.

»Möglicherweise haben wir einen defekten Elektroanschluss gefunden. Aber auch deine Theorie der Brandstiftung steht im Raum.«

Was hatte ich getan? Mein Herz stolperte. »Das war doch nur so dahergeschwafelt, musst du nicht ernst nehmen. Wer sollte hier ein Haus anzünden?«

»Das ist in der Tat die Frage. Sobald wir die Ursache im Detail ergründet haben, sind wir einen Schritt weiter.«

Nachdem wir aufgelegt hatten, betrat ich den Anbau, in dem das DEJALU untergebracht war. Es handelte sich um eine ehemalige Garage, die wir über die vergangenen Jahre gänzlich umgebaut hatten. Wie jedes Mal hatte der Raum eine beruhigende Wirkung auf mich. Er war rechteckig, mit zwei großen Schaufenstern und Aussicht auf die Hauptstraße. Die Wände waren mit gut gefüllten Holzregalen bestückt, in der Mitte thronte ein Tisch aus Strandholz, leicht uneben, mit Astlöchern und versteinerten Muscheln, auf dem sich englische Krimis, deutsche Liebesromane, Wanderführer, Fotobände sowie ein bretonisches Sagenbuch stapelten. Es duftete nach Vanille, Kaffee und Büchern. Es war mein persönliches Paradies auf Erden.

Während ich einen Bücherstapel zurechtrückte, vernahm ich aus der Küche Isidores Stimme, und mir wurde klar, dass die Durchreiche, wo tagsüber allerlei Gebäck stand, einen Spaltbreit geöffnet war.

»*Mais non, ma puce*, das geht nicht.«

Ich war gar nicht für Lauschen, aber das war eine Steilvorlage.

»Ich kann doch nicht … nein, ich …«

Er hörte wieder zu, bevor er erneut sprach. »Also gut, einverstanden. Sushi soll es sein. Ich liebe dich.«

Oh, là, là, dachte ich.

Er legte auf, nur um sofort einen zweiten Anruf zu starten, bei dem seine Stimme sachlicher klang. »Morgen hole ich das Gerüst, kein Problem. Auf Wiedersehen.« Noch ein Anruf. Diesmal sprach er zärtlich, wie mit einem Kind. »*Chérie*, es tut mir leid, ich muss bei Tereza was flicken …«

Die Stimme sank zu einem Murmeln. Oder war es eine Melodie? Sang er ein Lied? Ein Wiegenlied? Eine französische Version von »Schlaf, Kindlein, schlaf«? Dieselbe Freundin, eine andere Freundin? Auf jeden Fall schien sie mich zu kennen, danach zu urteilen, wie er meinen Namen genannt hatte.

Ein Jaulen aus der Küche nahm mir die Entscheidung, ob ich mich bemerkbar machen sollte, ab. Es war Merguez, der mich an der Tür schwanzwedelnd begrüßte.

»Nur nicht so wild, mein Lieber.«

Sylvie und Aimon waren also hier gewesen und hatten ihn wie verabredet hiergelassen.

»Und, fertig telefoniert?«, fragte ich Isidore. »Magst du einen Kaffee? Du bekommst auch meine Lieblingstasse.«

»Kaffee geht um jede Uhrzeit.« Wie aufs Stichwort schlug die Turmuhr von Camaret Mitternacht. »Morgen will ich früh raus, damit ich bei Selimène den Schaden begutachten kann.«

War er noch ganz bei Trost? »Du kannst da nicht aufkreuzen, das Haus ist von der Feuerwehr und der Polizei gesichert.«

»Sobald die abziehen, gehe ich rein. Ein offenes Dach ist nicht gut für ein Haus.«

»Trotzdem musst du abwarten.« Irgendetwas war mit ihm. Ich musste eine List finden, um ihn zum Sprechen zu bringen. »Leistest du mir Gesellschaft beim Essen?«

Als er nickte, öffnete ich den Kühlschrank. Auch hier machte sich die Ebbe auf meinem Konto bemerkbar. Ich vermied die Supermärkte, kaufte auf dem Markt, mit Sonderrabatt für die Einheimischen, und ab Sonntag aß ich nur noch Reste.

»Du kannst wählen. Schokolade? Oder Frischkäse in Olivenöl, drei Kirschtomaten mit Basilikum, etwas Baguette von gestern und die letzten Merguez.«

Isidore stand sonst auf die getrockneten Würstchen, die meinem Hund den Namen gegeben hatten. Diesmal jedoch lehnte er ab und begnügte sich mit seinem Kaffee, den ich ihm in meiner gelben Lieblingstasse mit dem roten Herz servierte.

Wir setzten uns an den Tisch, und er sah zu, wie ich die Vorräte dezimierte, bis nur noch ein Basilikumblatt im Öl schwamm. Zum Abschluss schenkte ich uns je ein Glas Bier ein, Breizh Bio, eine Eigenmarke von Basile vom Café des Beaux Arts. Basile war einer der wenigen Jungen, die zurückgekommen waren, um sich hier etwas aufzubauen. Darum kaufte ich alle Getränke bei ihm, selbst wenn ich das Geld dafür aus der Trinkgeld-Kaffeekasse zusammenklauben musste.

»Jetzt erzähl mal … seit wann arbeitest du für Selimène?«

Isidore war irritiert, mein munterer Ton hatte ihn nicht täuschen können. »Ist das ein Verhör?«

»Eine Befragung. Sieh es als Training an, wenn dir Gabriel auf die Pelle rückt.«

»Gabriel? Kommt der etwa her?« Der Schreck stand ihm ins Gesicht geschrieben.

»Keine Sorge, er macht Brandwache.« Ich stellte mein Glas weg. »Aber möglicherweise wird er bei dir nachfragen. Also?«

»Seit wann ich für Selimène arbeite? Schon als Schuljunge habe ich mir bei ihr mit Hilfsarbeiten ein Taschengeld verdient. Einer meiner Cousins hat sie gekannt und mich zu ihr geschickt. Ihr Grundstück ist schwer zu bewirtschaften, es geht bis zum Strand hinunter, der Teil der Anse de Dinan ist.«

»Und die Anse de Dinan ...?«

»... ist die kleine Bucht, an der auch Kersiguénou liegt. Sie reicht von der Pointe de Pen Hir und den Erbsenfelsen bis zum Château de Dinan.«

Damit meinte er die Felsenburg, auf der ich mich mit Sylvie, Gabriel und Aimon getroffen hatte. Was erst wenige Stunden her war, kam mir vor wie Jahre.

»Also ist Selimène Großgrundbesitzerin?«

»Einerseits hätte sie das Land schon für Abermillionen verkaufen können, andererseits gibt es ein Problem mit dem Grundbuchamt, weil die Grenzen nicht klar eingezeichnet sind. Zum Glück benennt eine Sage das ganze Gebiet, inklusive eines umstrittenen Ziegenstalls, ganz klar als Selimènes Eigentum.«

»Eine Sage? Als Beweis?«

»Natürlich.« Er nickte heftig. »Bretonische Sagen haben immer einen wahren Kern und beziehen sich auf tatsächliche Gebäude, Gegenstände oder Ländereien, das wissen auch die vom Grundbuchamt.«

In den vergangenen Jahren hatte ich verschiedene hiesige Sagen sozusagen hautnah erlebt, von der Geschichte von Morwen, der Meeresgöttin, die Männer in ihre Strömungen hinabzog, bis zu Poulipiquet, einer charmant verschlagenen Zwergin im Wald von Morgat.

»Erzähl sie mir.«

Isidore lehnte sich zurück, beim Geschichtenerzählen war er in seinem Element. »Es geht um Ys, du weißt schon, die prunkvolle Stadt, die nach einem höllischen Sturm im Atlantik versunken sein soll, mitsamt der Königstochter Dahut, die von ihrem Vater verraten wurde. Allerdings existieren verschiedene

Angaben über den genauen Ort. Die Suche danach ist wie bei Nessie, dauernd kommen neue Hinweise dazu. Am häufigsten wird die große Bucht von Douarnenez genannt, zu der auch Morgat gehört.«

Das Hafenstädtchen lag nur etwa zehn Kilometer von Camaret entfernt, es war aber wesentlich mondäner und moderner.

»Als es zwischen den beiden Weltkriegen in der Nähe des Strandes von Kersiguénou gebrannt hat, wollten die Bewohner des Dorfes im Feuerschein die Umrisse einer Schlosszinne im Wasser gesehen haben. In der Nacht darauf soll Prinzessin Dahut Selimènes Großvater am Strand erschienen sein und ihm und seinem Haus ihren Schutz angeboten haben, wenn er im Gegenzug Fremde fernhalten würde.«

»Und? Ist es ihm gelungen?«

Isidore nahm einen weiteren Schluck Bier. »Bis zum Zweiten Weltkrieg ja. Während der Besatzungszeit sollte jedoch auch der Strand von Kersiguénou okkupiert werden, sie planten eine Einsatzzentrale. Dauernd waren Wehrleute unterwegs, was Prinzessin Dahut erzürnte. Darauf schickte sie ihre Ritter los, die stiegen als Feuersalamander getarnt aus dem Wasser und steckten die Zelte der Eindringlinge und das Haus der Familie Lacroix in Brand. Eigenartigerweise hat man die Leichen von Selimènes Großvater und ihrem Vater nie gefunden. Manche behaupteten, dass sie die Gelegenheit genutzt haben, um abzutauchen.«

»Hatten sie denn was zu verbergen?«

»Sie waren Strandschmuggler. Möglicherweise haben sie auch Geschäfte mit den Besatzern gemacht.«

Das Thema kannte ich gut, nebst den Nachkriegswirren und der Fischerei kam es immer wieder aufs Tapet. »Eine tragische Geschichte. Und übrig blieb nur Selimène?«

Isidore nickte erneut. »Und der Ziegenstall vorn am Meer. Aber Selimène hatte schon damals einen ungeheuren Willen. Sie hat das große, schöne Haus samt Reetdach und Veranda gebaut und sich ein Leben lang für die Dorfgemeinschaft eingesetzt.«

Ich lächelte. »Sie ist für Kersiguénou das, was du für Camaret bist.«

Isidore blinzelte und trank sein Bier leer. Gefühle waren nicht sein Ding.

»Und das Ende der Geschichte?«

Er stellte das Glas auf den Tisch. »Als sie merkte, dass immer mehr Leute, vornehmlich aus Paris, Land am Meer aufkaufen wollten, hat sie die Initiative Notre littoral gestartet. Sie verhindert den Bau von neuen Häusern im Naturschutzgebiet.«

»Die kenne ich natürlich. Die Vorschrift gilt in der ganzen Bretagne, soweit ich weiß.«

»Alles ihr Verdienst. Hier auf Crozon hat sie zusätzlich eine Sonderform initiiert, die Lex Dahut.«

»Dahut? Ein Gesetz, das den Namen einer Sagenprinzessin trägt?«

So was war nur in der Bretagne möglich. »Damit hat ihr Selimène ein Denkmal gesetzt. Im Gegenzug hat Dahut dafür gesorgt, dass das Haus von allem verschont blieb. Als in der schlimmsten Sturmnacht der letzten Jahrzehnte Selimènes Mann, ein Fischer, starb, kamen die Wellen direkt vor den Stufen der Veranda zum Stehen, aber Selimène und dem Haus ist nichts passiert.«

Ich war beeindruckt. »Der Küstenschutz und das Naturschutzgebiet beruhen also auf Selimènes Pakt mit Dahut, der Meerprinzessin. Und Selimènes Lohn ist das ewige Wohnrecht und direkter Meerblick?«

Isidore schmunzelte. »Schön zusammengefasst, Tereza. Selbst das Grundbuchamt wird das so akzeptieren müssen. Und alle Dummschwätzer ebenfalls.«

»Aber was genau regelt die Lex Dahut?«

»Alte, verfallene Nebengebäude dürfen wieder aufgebaut werden, aus einem Stall darf sogar ein kleines Wohnhaus gemacht werden, unter der Bedingung, dass die Größe des neuen

Gebäudes mit der des alten übereinstimmt, dass ursprüngliches Material mit einbezogen wird und die gut intakten Teile erhalten bleiben.«

»Ist das Haus der Amèrs ein Beispiel dafür? So ein schön renoviertes Penty habe ich noch nie gesehen.«

Er bejahte. »Ursprünglich war das ein Stall. Die großen Fenster sind der Lohn dafür, dass sie alles andere originalgetreu wieder aufgebaut haben.«

»Es war bestimmt teuer.«

»Da kannst du sicher sein. Stößt einigen sauer auf. Vor allem in Kersiguénou.«

Das machte mich hellhörig. »Wem?«

»Allen voran einem Pariser namens Hérvé. Er will die Lex Dahut für ungültig erklären lassen.«

Ich hätte es mir denken können. »Wegen ihm wollte ich dich sprechen.«

»Also verbreitet *er* das Gerücht, ich sei ein Brandstifter?«

»Genau. Nun ist mir auch klar, wieso. Gemäß der Lex Dahut kannst du Selimènes Dach nach dem Brand genauso hoch wieder aufbauen, wie es davor war. Und er hat immer noch keinen direkten Meerblick.«

5

Camaret-sur-Mer, Sonntag, 16. Juli

Am nächsten Morgen weckte mich ein knatterndes Motorrad. Hatte Gabriel doch hier übernachtet? Das Kissen neben meinem war zerdrückt, aber in den wenigen Stunden Schlaf hatte ich nichts mitbekommen. Ich hatte von Selimènes Dach geträumt, wo mir ein als Feuersalamander verkleideter Clown ein Ultimatum gestellt hatte. Nun fühlte ich mich wie durch die Wäschetrommel geschleudert.

Bis ich auf dem Laken zwei Zettel entdeckte. Auf dem einen war eine Zeichnung eines Rings, darunter die Sätze: »Dienstag, auf dem Markt von Camaret. Beim Stand mit dem Silberschmuck.« Auf dem anderen stand lapidar: »Halte dich bitte aus den Brandermittlungen raus.« Das war so typisch Gabriel, dass ich lachen musste, die Traumbilder verflogen.

Wenn ich den Kopf um wenige Zentimeter hob, sah ich durch das Bullauge den Hafen von Camaret mit den Segelbooten, der Tour de Vauban und der Seefahrerkapelle Notre-Dame-de-Rocamadour. Ein wunderbares Gebäude, erbaut aus Granitstein, ein echter Fels in der Brandung, wie Isidore zu sagen pflegte. Der Turm mit der frei schwingenden Glocke ragte schmal in den luftig blauen Morgenhimmel, eingerahmt von unterschiedlich hohen Segelmasten, dahinter das Kliff in Richtung Le Fret, davor die spiegelnde Fläche des Atlantiks, glatt gezähmt durch die Hafenmauern.

Gern wäre ich liegen geblieben und hätte den Anblick ganz in mich aufgesogen, um danach gemütlich zu lesen, denn der Stapel ungelesener Bücher neben meiner Betthälfte war gigantisch. Aber ich hatte zu tun.

Ich stand auf und hinterließ Gabriel meinerseits zwei Textnachrichten. Eine wegen des Rings und eine andere: »Ich kann mich gern raushalten, aber davor hätte ich eine Information für dich. Vertraulich.«

Gabriel hatte eine neue Kollegin zugeteilt bekommen, die er ab dieser Woche einarbeiten sollte. Ich wollte nicht, dass sie die Nachricht zufällig las, da es um die Sache mit diesem Hérvé und das üble Gerücht gegen Isidore ging. »Ruf mich bitte zurück.«

Ich machte Katzenwäsche in der Dusche auf der mittleren Etage, zog mir einen frischen Baumwollrock, ein T-Shirt und eine Bluse über, die nach Rauch stinkenden Kleider von gestern kamen in den Korb. Dabei fiel mir der feuchte und zerknitterte Geldschein in die Finger. Er war für den antiquarischen Bildband bestimmt, den ich gleich abholen sollte. Gestern noch war es das einzige wirklich lukrative Geschäft gewesen, das ich in Aussicht hatte. Aber mit zahlenden Gästen in der Cabane sah meine finanzielle Lage wieder etwas besser aus.

Ich steckte den Schein ein, hinterließ eine Nachricht bei dem Kunden und verschob den Termin auf später. Danach ging ich nach unten.

Aus der Küche drang Frühstücksduft. Als ich eintrat, lümmelte nicht Sylvie, sondern eine fremde Frau vor meiner italienischen Kaffeemaschine herum. Sie war ein Geschenk meines Ex-Mannes, und ich liebte sie heiß.

»Ich suche den Schäumer.«

Es war Elke.

»Im Schrank«, sagte ich und versuchte mich daran zu erinnern, ob ich etwas von freier Küchenbenutzung erwähnt hatte. Eigentlich sollte die Cabane Wunderblau selbstversorgend sein, ein kleiner Wasserkocher, Filter, Besteck und Pfannen standen bereit. Nur für das Geschirr hatte es nicht mehr gereicht.

»Sonst alles zu eurer Zufriedenheit?«, fragte ich.

Elke fuhr sich durchs kurze Haar. »Für den Preis ist es ganz ordentlich.«

Ganz ordentlich?

Isidore, Sylvie und ich hatten monatelang an der Cabane gearbeitet.

»Die Dusche ist eine Katastrophe, ehrlich gesagt. Da kommt nur ein Rinnsal. Und der Wasserkocher wird außen brüllheiß, ich habe mir die Hand verbrannt. Außerdem gehören in Gästehäusern normalerweise Wasser, O-Saft sowie Kaffeepulver und Teebeutel zur Grundausstattung.« Sie sah sich um. »Wo habt ihr denn die Milch?« Mit meiner Lieblingstasse ging sie zum Kühlschrank. Sie musste sie vom Tropfbrett geholt haben. »Hier?« Schon hatte sie die Tür aufgerissen. »Oh, nur Sahne und Vollmilch …« Ein Blick traf mich. »Nicht gesund. Auf Crozon soll's einen guten Bioladen geben, kauf doch Hafermilch, die Barista-Version zum Schäumen.« Trotzdem genehmigte sie sich einen großen Schluck der kritisierten Vollmilch und rührte Zucker in die zweite Tasse. »Ist der Rohrzucker gerade aus?«

Wie sprach die mit mir? Am liebsten hätte ich sie gleich hochkant rausgeschmissen, andererseits hatte ich das Geld geistig bereits investiert. Außerdem kannte ich mich zu wenig aus in den Vermietungsstandards, und der Wasserkocher war wirklich ein Problem.

Betrachte sie als Lernobjekt, sagte ich mir und ging los, um den Laden aufzumachen, als mir etwas einfiel.

»Wie habt ihr eigentlich die Villa Selimène gebucht?«, fragte ich und blieb stehen.

»Über den Online-Katalog der Amèrs.«

»Und wie sind die so?«

»Die gelten als Geheimtipp unter Bretagne-LiebhaberInnen.« Beim überdeutlichen Gebrauch der gegenderten Form zuckte ich zusammen.

»So ein Pech, dass ausgerechnet euer Haus abgebrannt ist.«

»Es wäre wunderschön gewesen.« Sie zückte ihr Handy, tippte einen Link an und trat neben mich. »Willst du sehen? Zum Vergleich?«

Die Fotos erstaunten mich. Eine Stahl- und Holzwohnküche mit allen Geräten, die man sich vorstellen konnte, außerdem weiße Sofas, weiße Wände, weiße Bettwäsche … alles vom Feinsten.

»Das soll eure Wohnung gewesen sein?«, fragte ich.

Entweder war der vordere Teil von Selimènes Haus bereits renoviert, oder die Bilder waren retuschiert.

»Eine Beispielwohnung, hat man uns gesagt.«

Sie ging erneut zum Kühlschrank. »Wo hast du eigentlich die Würste?«

»Welche Würste?«

»Auf dem Sitzplatz steht ein Grill, und in der Broschüre gibt es den Vermerk, dass wir bei dir ein Picknick kriegen könnten.«

Niemals hatte ich das reingeschrieben. »Der Grill ist verboten, da besteht Explosionsgefahr.«

In dem Moment ging die Hintertür auf, und das Mädchen, das gestern die ganze Zeit gequasselt hatte, betrat den Raum. Sie trug einen perfekten bretonischen Strandlook, mit Ringelshirt und einer leichten Röhrenhose, dazu Strickmütze und Sonnenbrille, auf vier Jahreszeiten vorbereitet.

»Wo ist meine Mami?«, sagte sie. »Ich will Hafermilch.«

Siehst du, Tereza, sagte Elkes Miene. »Gleich, mein Schatz.«

»Ich bin nicht dein Schatz. Das darf nur Papa zu mir sagen.«

Autsch. Ich verbiss mir ein Schmunzeln. Elke verlor ein ganz klein wenig von ihrer coolen Haltung.

»Lass uns zusammen in Terezas Kühlschrank schauen.« Sie versuchte vergeblich, die Kleine bei der Hand zu nehmen. »Da steht Apfelsaft. Den mag ich auch sehr gern. Wir können uns eine Flasche teilen.«

Die Kleine sah nicht aus, als ob sie mit Elke irgendetwas teilen wollte. Ihre Lippen begannen zu zittern.

»Ich will jetzt zu Mami!«

»Sie ist gleich wieder hier, Jennifer.«

So hieß sie also.

»Sie wollte Croissants kaufen, bei der Bäckerei.«

»Die hat am Sonntag zu«, sagte ich, »in Camaret-sur-Mer ist die Welt noch weitgehend in Ordnung.«

Elke warf mir einen giftigen Blick zu und machte einen neuen Versuch. »Danach gehen wir zum Baden ans Meer.«

»Du bist hässlich. Ich will mit Mami und Papa gehen.«

Nun kullerte eine Träne, und Elkes Mund wurde zu einem dünnen Strich.

»Aber Luana ist doch dabei.« Sie wandte sich an mich. »Luana ist meine Tochter.« Damit musste sie die schweigsame Teenagerin meinen. »Luana liebt Schwimmen.«

»Hier gibt's Gezeiten und Strömungen«, sagte ich. »Passen Sie gut auf sie auf.«

»Luana ist sechzehn. Und Schwimmmeisterin.«

Die Verhältnisse von Team Elke wurden langsam klarer: Zwei Freundinnen mit ihren Kindern sehr unterschiedlichen Alters hatten eine Patchworkfamilie gegründet, Spannungen inklusive.

»Und surfen kann sie auch. Sie wollte eine Stunde buchen, aber in deinem Haus haben wir keine Infos gefunden. Weder einen Ordner noch einen QR-Code.«

Die waren noch nicht bereit. Hättet ihr euer blödes Ferienhaus mal in drei Wochen abbrennen lassen.

Mein Lachen klang gekünstelt. »Gut, dass du mich darauf hinweist. All diese Dinge werden wir zur offiziellen Eröffnung erledigen. Die ist Ende des Monats.«

Sie tippte auf ihr Handy. »Heute Morgen haben wir eine Nachricht von der Administration der Amèrs bekommen. Sie rechnen damit, dass wir in einer Woche in das abgebrannte Haus einziehen können. Aber unter uns gesagt …«, sie senkte die Stimme, damit Jennifer es nicht hörte, »… hat es doch ziemlich stark gebrannt, jemand hat von Brandstiftung gesprochen. Wir bleiben besser den gesamten Urlaub über bei dir, wir haben ihn bitter nötig.«

»Ich dachte, es gefällt dir nicht?«

»Der niedrige Standard schreckt uns nicht ab. Allerdings habe ich deiner Chefin vorgeschlagen, dass wir nur den halben Preis zahlen.«

»Wie bitte?« Mein Ton war mir definitiv verrutscht. »Welche Chefin?«

»Sylvie Meerwein. Ihre Karte habe ich von den Amèrs bekommen.«

Hallo? Sylvie hatte mit denen Kontakt und gab sich als Chefin aus? Was sie gestern wie eine Idee präsentiert hatte, war bereits ein Plan gewesen? Mann, das musste sie mir echt erklären.

Merguez pupste. Laut und fürchterlich. Die blöden Würstchen, dachte ich. Dann erhob er sich aus seiner Ecke und trottete zu mir.

»Ein Löwe!«, schrie Jennifer.

Merguez reagierte zu Recht verstört. Die Kleine schrie noch lauter.

»Raus, böser Hund!«, zischte Elke. Dann blickte sie zu mir: »Es stand nichts von Hunden auf eurer Webseite. Jennifer hat eine Hundeallergie.«

Als Elke versuchte, Merguez wegzuzerren, griff ich ein.

»Hör sofort auf, hast du verstanden! Das mag er nicht.«

Merguez, normalerweise die friedlichste Kreatur der Welt, knurrte. Da öffnete sich die Hintertür. Auf der Schwelle stand Anna, im Regenmantel, genau wie gestern, trotz der dreißig Grad.

»Mami! Der Löwe hat mich gebissen!«, schrie die Kleine und warf sich in ihre Arme. »Und du bist schuld.« Damit meinte sie Elke.

Merguez flüchtete zurück in seine Ecke.

»Kann sie weggehen und Papa kommt?«, fragte Jennifer. Dieses Kind war echt unerträglich.

Anna zog sie an ihre Brust. »Ach wo, du magst doch Elke. Und Papa ist am Mittelmeer. Da, wo es so heiß ist. Da wollen wir nicht hin.«

»Doch. Ich will. Mit dir.«

Elke räusperte sich. All ihre Kampfkraft war verschwunden. Jennifer hatte sie fertiggemacht. Fast tat sie mir ein wenig leid.

»Wo ist Luana?«, fragte sie. »Du wolltest sie doch mitbringen.«

Anna zuckte mit den Schultern. »Sie chillt noch eine Weile in der Hütte, hat sie gesagt.«

Elke begann zu flüstern. »Aber nicht mit dem Handy.«

»Wieso nicht? Ich habe ihr einen Hotspot eingerichtet, weil das WLAN nicht funktioniert. Gönn deiner Tochter doch ihre Ferien.«

Mein Handy klingelte. Gabriel. Ich leitete den Anruf auf die Voicemail um, weil der Disput zwischen Elke und Anna vom erneuten Gebrüll der Kleinen übertönt wurde, was Merguez zum Bellen animierte. Obendrauf kamen die Ladenklingel und Sylvies Stimme: »Was geht denn hier ab? Ich dachte schon, ein Löwe ist los …«

Während Anna ihre Tochter beruhigte und Elke rumtelefonierte, um für Luana einen Surfkurs zu organisieren, dirigierte ich Sylvie zur Besprechung ins angrenzende DEJALU. Ich wischte mir die Lachtränen ab, es wurde ernst.

»Hast du Team Elke tatsächlich Halbpreis angeboten und freie Benutzung des Kühlschranks?«

»Natürlich nicht. Ich habe Xavier eine Nachricht hinterlassen, er klärt es.«

»Xavier Amèr?«

»Er muss die Cabane noch abnehmen, und danach sind wir offiziell in ihrem Katalog. Ohne Eintrittsgebühr und mit legalen Preisen.«

»Du bist vorgeprescht? Ich habe doch gesagt, dass ich mir das erst überlegen muss.«

»Sei mal etwas flexibler, Tereza. Wir müssen für diese Vermietung keine Provision bezahlen, weil wir einspringen.«

»Sylvie, ich will erst in den Markt einsteigen, wenn alles fertig ist. Die Dusche funktioniert nicht, hat Elke eben gesagt.«

Nun wurde auch Sylvie wütend. »Nicht? Das ist so typisch Isidore.«

Wieso ging sie jetzt auf Isidore los? »Als er sie montiert hat, hat's geklappt. Ich war ja dabei.«

»Er wird wieder geschludert haben.«

Was war nur los mit ihr? So kannte ich sie nicht. »Ich denke, es liegt am Wasserdruck und nicht an Isidores Montage.«

Mit einem Blick zur Küche, wo die Kleinfamilie immer noch Optionen diskutierte, holte ich meinen Laptop vom Tresen, packte ihn in die Tasche und marschierte zur Tür. »Kannst du den Laden übernehmen? Ich suche Isidore.«

Kaum stand ich im Garten, hörte ich Gabriels Nachricht ab. »Deine Information kannst du mir später geben. Die Spurensicherung am Brandplatz ist fürs Erste abgeschlossen, ich fahre zu einer Lagebesprechung.«

Sogleich rief ich ihn an, um nach Details zu fragen, aber er hob wie erwartet nicht ab. Blöde Interna, das war schon immer ein Dilemma für ihn gewesen. Als Commissaire durfte Gabriel mir nichts erzählen, als Betroffene wollte ich alles wissen.

Bei Isidore kam nur das Band. Ich hinterließ eine Nachricht. »Triff mich im Café des Beaux Arts. *Maintenant!* Jetzt gleich, es geht um Leben und Tod.«

6

Vor wenigen Wochen hatte DD, meine heiß geliebte Ente, endgültig den Geist aufgegeben, sehr zur Freude meiner Enkelin Mathilde, die mit ihren elf Jahren unter die Klimaaktivistinnen gegangen war.

»Mach eine Bike-Challenge, Omi. Einen Sommer nur Rad fahren.«

Darum hatte ich eine Frühjahrs-Rabattaktion in der örtlichen Riesenfiliale des Supermarkts ausgenutzt und mir ein Rad gekauft, das ich wegen seiner Farbe Minty nannte. Minty verfügte über einen geflochtenen Korb am Lenker und eine Rücktrittbremse, aber es war kein E-Bike. Das wäre zu teuer gewesen.

»Noch besser, dann wirst du richtig fit«, hatte Mathilde gesagt.

Mathilde war die Tochter von Surflehrerin Ayala. Nebst Sylvie eine meiner besten Freundinnen. Im Sommer war sie überbeschäftigt, darum hatte Mathilde einige Ferienwochen bei meinem Sohn Kai in Berlin verbracht. Kai und Ayala waren seit längerer Zeit ein Paar. Auch wenn Mathilde nicht seine leibliche Tochter war, hatten die zwei eine enge Bindung. Er und sie würden rechtzeitig zum Sommerfest am Wochenende kommen und eine Weile bleiben.

Bis zum Künstlerviertel im Herzen der kleinen Altstadt von Camaret-sur-Mer waren es nur wenige Meter. Anstatt zu fahren, schob ich das Rad, Merguez trottete neben mir her, langsam und schwerfällig in der Sommerhitze.

»Was ist denn mit dir los? Hat dich Jennifer fertiggemacht?«

Die Gassen bestanden aus dicht aneinandergereihten, ein- bis dreistöckigen, mit Wimpeln geschmückten Häusern, die meisten mit einem Ladenlokal oder einem Atelier im Erdgeschoss. Da konnte man Bilder aller Art kaufen, Fotos, Töpferwaren, Schmuck. Die Stimmung war südländisch, alle paar Meter standen Blumenkübel mit Farbtupfern in Gelb und Rosa, und über allem schwebte ein Duft nach Kräutern, Kaffee und frisch gebratenem Speck.

Auf der Place Saint-Thomas herrschte reges Treiben, aber Isidore konnte ich nirgends ausmachen. Ich schrieb ihm erneut und drängte mich zum Beaux Arts, meinem Lieblingscafé, durch, wo Touristen die Bistrotische besetzten und im Takt der Musik wippten, die über den Platz schallte. »Balance ton quoi« hieß der Song, und er machte mir gute Laune. Gesungen wurde er von Angèle, jung und wunderhübsch. Es klang wie Honig und Zitronenkuchen, das Thema aber war der alltägliche Sexismus gegen Randgruppen. Also mich.

Mit den letzten Takten ertönte eine Stimme. Sie gehörte Vivienne Danieau, und erst da wurde mir bewusst, dass sie live aus einem schwarzen Van heraus sendete, der direkt neben dem Beaux Arts parkte. Die Schiebetür, in pinkfarbenen Lettern mit »Breizh News« beschriftet, war offen und gab den Blick frei auf einen kleinen Tisch mit einem Mikrofon in der Mitte.

Als ich Vivienne so dasitzen sah, wurde mir bewusst, wie lange wir uns nicht mehr gesehen hatten. Durch ihre Artikel und Sendungen war sie dauerpräsent, wir schrieben uns oft, aber für persönliche Treffen blieb während der Saison kaum Zeit.

Gut sah sie aus. Von ihrem früheren Gothic-Stil war lediglich ein Nasenpiercing übrig geblieben, ein diskret glitzernder Diamant, der zu ihrem Outfit – schwarze Hose, schwarze Jacke, weißes T-Shirt – passte. Die originellen Ideen jedoch waren weiterhin ihr Markenzeichen, der jüngste Beweis waren diese Liveübertragungen. Mit ihrem Van fuhr sie immer dahin, wo etwas los war, ob Festoù Noz, wie die bretonischen Sommerfeste genannt wurden, Blutspendeaktion oder Neueröffnung einer Surfboutique. Dass sie mit den Sendungen nicht nur Einheimische, sondern auch die Touristen erreichte, war ein großes Verdienst, wie ich fand.

»Ich begrüße bei mir Davide, aus der Cornouaille, der seinen Bio-Cidre in drei Variationen produziert. Wer will, darf probieren, ich mach es gleich mal vor.« Sie schlürfte genüsslich. »Davide, wie genau machst du dieses coole Gebräu?«

Der Interviewpartner, der ihr gegenübersaß, plauderte locker über Cidre, während die Leute zum Degustieren näher kamen.

Als im Beaux Arts ein Tisch frei wurde, zog Merguez mich dahin und plumpste mit einem Pups in den Schatten, während ich mich setzte und meinen Laptop aus der Boule-rouge holte, um beim Warten auf Isidore die Mails zu lesen.

Wie ich gehofft hatte, hatte Vivienne trotz der Sendung geliefert. In der Inbox fand ich zwei längere Artikel zu Bränden in der Region, einer in Quimper, der Stadt etwa eine Stunde südlich von Camaret-sur-Mer, und ein anderer in der Schule von Crozon. Beide Male waren die Vorgänge anschaulich beschrieben, die Brandursache war menschliches Versagen oder ein kaputtes Gerät gewesen, was die Folgeartikel hervorhoben.

Richtig interessant fand ich die von Vivienne gelb markierte Erwähnung zum Brand eines Wohnhauses in der Nähe des Strandes von Postolonnec, unweit von Crozon.

»Der vordere Teil des Daches wurde zu einem Raub der Flammen, das Haupthaus sowie sämtliche Nebengebäude und das umliegende Waldstück konnten dank dem Einsatz eines Nachbarn gerettet werden.«

»Geschraubte Formulierungen, unpräzise. Journalistensprache. Aber es könnte eine Parallele zur Villa Selimène sein«, war Viviennes Kommentar dazu. »Leider ist keine Adresse im Netz auffindbar. Ich bleibe dran.«

Ich eröffnete einen neuen Ordner mit dem Titel »Villa Selimène« und verschob die Artikel dorthin.

»Tereza, *bonjour*. Wie immer, nicht wahr? *Avec énormément du lait.*«

Basile, nicht nur der Wirt, sondern auch Viviennes Lebenspartner, dessen Rastas einer lockigen Kurzhaarfrisur gewichen waren, stellte die bauchige Tasse vor mich auf den Tisch.

Was soll ich sagen, keiner macht die Kaffees so wie er. Das Wasser lief mir im Mund zusammen, noch mehr, als ich die beiden Croissants sah, die er auf einem Teller neben die Tasse platzierte.

»Merci, mon cher.«

Wir plauschten kurz miteinander, er wollte wissen, was aus meinen Plänen für einen eigenen Verlag geworden sei (»auf die lange Bank geschoben«), ich erfuhr, dass sie ein veganes Mittagessen ins Angebot aufgenommen hatten.

»Der Laden läuft wie geschmiert, darum muss ich auch in die Küche.« Er war auf dem Sprung.

»Hast du Isidore gesehen?«, fragte ich. »Ich muss ihn sprechen.«

Basile schüttelte den Kopf. »Nope. Er war auch nicht hier für seinen Morgenkaffee. Vermutlich auf einer Baustelle. Vielleicht bereits in Kersiguénou.«

Ich stutzte. »Wieso weißt du, dass er da gearbeitet hat?«

Er zuckte die Schultern. »Vivienne hat heute früh eine Sondersendung zum Brand gebracht. In einem Interview ist auch Isidore erwähnt worden.«

Genau das hatte ich vermeiden wollen. *»Merde!«*

»Entspann dich, Tereza.« Basile war sichtlich irritiert über meinen Ton. »Der Typ vom Bauamt hat nur gesagt, dass Isidore die Renovierung der Villa Selimène unter sich hat.«

»Mael Abelas war bei Vivienne in der Sendung?«

»Er nannte Isidore – ich zitiere – ›unseren Monsieur Bricolage‹ …«

Hérvés Bezeichnung machte bereits die Runde.

»… ›der auch mit Delphinen auf Du und Du ist‹.«

Damit hatte er auf Isidores besondere Beziehung zu Tieren angespielt, insbesondere auf den Delphin Bob, der immer dann auftauchte, wenn Isidore mit seinem Boot draußen war.

Da fiel ein Schatten über den Tisch. Es war Xavier Amèr

in Sportkleidung, als wäre er unterwegs zu einer Katamarantour.

»*Pardon*, ich habe zugehört. Wegen der Delphine in Küstennähe … eine ziemlich wilde Geschichte, die Isidore da erfunden hat.«

»Erfunden? Ich habe Bob gesehen.«

Er sah mich ungläubig an. »Das kann nicht sein. Bob ist reines Seemannsgarn. Ich verwende es bei meinen Bootstouren, Isidore hat es mir erlaubt.« Die Falten um seine Augen verzogen sich.

»Ihnen?«

»Schauen Sie nicht so grimmig, ich mag ihn.«

Ich entschied mich, nicht auf der Geschichte mit Bob herumzureiten. »Aber haben Sie die Gerüchte gehört, die herumgehen? Monsieur Bricolage … das klingt doch nach amateurhaftem Bastler und grenzt an Verleumdung.«

»Schon, aber …« Er zögerte. »Leider ist ihm auch bei einem unserer Häuser ein Fehler passiert. Damit meine ich die Ferienhäuser, die wir verwalten. Sie wachsen einem ja ans Herz. Er hat eine Leitung falsch montiert, das hätte schlimm ausgehen können.«

Die Dusche fiel mir ein.

»Und auch mit den Bezahlungen ist er … wie soll ich das formulieren …« Er wählte seine Worte mit Bedacht. »Am liebsten mag er Barzahlung ohne Quittung. Eine nicht ganz legale Methode.«

In dem Moment wurde mir klar, dass auch ich Isidore immer so bezahlt hatte. Ich hatte mir nichts dabei gedacht, weil ich davon ausgegangen war, dass meine Aufträge nur als kleiner Nebenverdienst galten.

»Ich bespreche das gleich mit ihm. Haben Sie ihn zufällig gesehen?

»Sollte ich?«

»Ich habe mich mit ihm verabredet.«

Xavier griff zu seinem Handy. »Wenn Sie wollen, frage ich

bei uns in der Administration nach. Vielleicht ist er ja für einen Notfalldienst gebucht.«

Nachdem er blitzschnell getextet hatte, setzte er sich zu mir und schlug mir das Du vor. »Lassen wir Isidore kurz beiseite, ich bin nämlich deinetwegen hier. Deine Partnerin hat mich angerufen und mir von den Gästen erzählt.«

Der Themenwechsel überforderte mich. »Welche Gäste?«

»Elke und ihre Familie.«

»Ach so, die. Die wollen nur die Hälfte bezahlen.«

»Ein Missverständnis, ist bereits geklärt, es bleibt alles wie vorgeschlagen. Und die Energiekosten bekommst du noch obendrauf. Die Summe ist dann …« Er flüsterte mir eine höhere Zahl ins Ohr, als sie Sylvie genannt hatte.

»Das ist … Wow!« Ich fasste in die Tasche meines Kleides und fühlte den mittlerweile knochentrockenen Geldschein. »Aber profitieren wir da nicht von einem Notfall?«

Xavier hob eine Augenbraue. »Ferienwohnungen vermieten ist ein Geschäft, keine Gefälligkeit.«

»Ich glaube, ich werde einen Kurs bei dir buchen.«

Das brachte ihn zum Lachen. »Und vor allem deine Cabane unserem Katalog beifügen.« Er stand auf. »Ich muss los. Meine Sonntagsgruppe wartet.«

»Wohin fährst du?«

»Zu den Erbsenfelsen, eine schöne Tour. Wir werden an Delphin Bob denken. Du bist jederzeit willkommen.« Er drückte mir eine Karte in die Hand. »Morgen schau ich kurz vorbei und bringe dir Flyer. Wir machen dann gleich Fotos von der Cabane für unsere Webseite.«

Der Typ war irgendwie zu gut, um wahr zu sein. »Flyer ja. Die Fotos … das schauen wir noch.«

Als er weg war, versuchte ich es erneut bei Isidore. Es war nicht normal, dass er nicht zurückrief. Auch im Kloster wussten sie nichts. Der Reihe nach telefonierte ich seine Ex-Freundinnen ab.

Schließlich erhob ich mich. Vermutlich hatte er genau das

gemacht, wovor ich ihn gewarnt hatte. Er war zum Brandplatz gefahren.

***

Ich näherte mich dem Dorf Kersiguénou nicht über die obere Hauptstraße, sondern vom Meer her. Es funkelte und glitzerte zu meiner Linken und schien sehr verführerisch. Merguez, der neben mir hergetrabt war, bog in Richtung Strand ab.

»Nein, bleib hier. Wir müssen zu Selimènes Haus.«

Aber er hörte nicht auf mich.

Also gut, dachte ich – Isidore würde mir ja nicht davonlaufen – und folgte meinem Hund an einem kleinen Rinnsal entlang über den rumpelnden Dünenweg, der gesäumt war von Gras und vertrockneten Disteln. Gleich darauf lehnte ich Minty gegen einen Holzpfosten am Parkplatz des Strandes von Kersiguénou. Wenn ich die Gegend richtig im Kopf hatte, waren in der Nähe die Feuersalamander-Ritter an den Strand gekommen, Selimènes Haus könnten wir vielleicht sogar direkt von hier aus erreichen.

»Braver Hund«, sagte ich und kraulte Merguez. Einmal mehr war er intelligenter gewesen als ich.

Ich zog mein Kleid und die Turnschuhe aus und verstaute alles im Fahrradkorb neben der Boule-rouge-Tasche, aus der ich ein Badetuch herausgezogen hatte.

»Komm, Fuß.«

Er hatte eher pflichtschuldig als motiviert rumgeschnüffelt, nun legte er sich neben das Rad in den Schatten.

»Schön aufpassen. Und pups mal die ganzen Würstchen raus.«

Als ich den Sand betrat, streckten sich meine Zehen vor Wonne. Es herrschte Flut, die Wasserlinie war nah. Eine Surfschulklasse machte Aufwärmübungen, ansonsten war der Strand menschenleer. Ich liebte diese sonntägliche Vormittagsstunde, bevor die Touristen und die Familiensurfer ankamen.

Ich ließ das Badetuch fallen und flog nur so über den Sand, bis meine Füße das Wasser berührten. Eine kristallklare kühle Welle umspülte mich, eine zweite, eine dritte. Ich rannte weiter, spürte die Gischt und die Kraft der nächsten Welle, die mich beinahe zu Fall brachte, während mich die Strömung gleich darauf ins Meer hinauszog. Als das Wasser meine Hüfte umspülte, stürzte ich mich kopfvoran in den sprudelnden Schaum, der jede meiner Poren durchdrang. Ich schwamm einige Züge und sprang mit der nächsten Welle in die Höhe, um kurz den Himmel zu berühren. Der Brand, Team Elke, Isidore … das Knäuel an Sorgen entwirrte sich bei jedem Sprung und wurde in den Atlantik hinausgezogen.

Nach einer halben Stunde kam ich geläutert aus dem Wasser und schüttelte mich. Mein Blick fiel auf einen rostroten Algenhaufen, auf dem Strandflöhe herumhüpften. Es stank ein wenig. Die nächste Welle brachte einen weiteren, größeren.

»Jetzt kommen sie wieder, die Blutalgen«, sagte ein Badegast zu seiner Frau. »Mühsam.«

Ins Badetuch gewickelt, ging ich zurück zum Fahrrad, wo mich Merguez begrüßte, als hätte er mich seit Jahren nicht mehr gesehen. Ich blickte in die Richtung, wo ich Selimènes Haus vermutete, und bemerkte eine hüfthohe Steinmauer, die mir bislang nie aufgefallen war, weil sie sich perfekt in die Landschaft schmiegte. Dahinter lag ein verfallenes Gebäude, das mit einem Stützgerüst versehen war.

Das war der Ziegenstall! Der Platz war wirklich Gold wert, bis zum Meer waren es vielleicht zweihundert Meter.

»Magst du mit?«

Aber Merguez winselte und ließ sich wieder neben dem Rad zu Boden fallen.

Ich zog mich um, packte die Boule-rouge und ging los.

7

Hinter der Düne wurde es still und heiß, und es stank ziemlich heftig nach den Algen, während ein weißer Schmetterling vor mir hertanzte. Als ich aus dem Windschatten trat, setzte das Rauschen des Meeres wieder ein, und der Gestank verschwand. Ein Feuersalamander huschte vor mir über den Weg.

»Hallo, Prinzessin Dahut!«

Er verschwand im Dünengras.

Über eine wild wuchernde Wiese gelangte ich zu einem offenen Hof mit einem Brunnen. Auf der einen Seite thronte eine verglaste Veranda auf mehreren, vielleicht zwei Meter hohen Pfeilern. Ich hatte den Eindruck, dass sie ans Haupthaus angebaut war. Eine Gärtnerhütte, meiner Cabane im früheren Zustand nicht unähnlich, stand auf der anderen Seite, heruntergekommen, aber mit intakten Steinmauern. Gemäß Lex Dahut könnte man sie wieder aufbauen. Zusammen mit dem Ziegenstall hätte das Ganze das Potenzial für ein stattliches Anwesen, mit Platz für viele Feriengäste. Ich konnte mir vorstellen, dass die eine oder andere Person ziemlich neidisch darauf war. Selimène hatte keine Nachkommen, sie saß im Altersheim, nun hatte es gebrannt … es war der ideale Zeitpunkt, um sich als Käufer ins Spiel zu bringen.

In einer Windpause hörte ich ein Geräusch. Der Salamander? Oder die Melodie eines Wiegenlieds? Ich kannte es und summte einige Takte mit. Es kam von der Veranda, wo eine Tür im Wind gegen den Rahmen schlug, wohl etwas verzogen durch die Feuchtigkeit.

»Hallo?«

Vorsichtig ging ich die wenigen Stufen hoch und stahl mich durch den morschen Türrahmen. Die Verglasung war teilweise kaputt, es gab kein Dach, dafür einen Tisch aus rohen Planken, drei unterschiedliche Stühle und einen großen, alten Sonnenschirm. Eine Wolke, die sich über die Sonne gelegt hatte, verursachte Schatten, sodass ich einen alten Schaukelstuhl, der sich in der Nähe einer schmalen Kommode befand, fast übersehen hätte.

»Isidore?« Ich blieb stehen und horchte.

Er war nicht hier. Bis auf das Türschlagen im Wind war nichts zu hören. Ich setzte mich in den Stuhl und schaukelte ein wenig. Die Aussicht war, was soll ich sagen, so schön, dass es schmerzte. Ich würde die Villa Wunderblau hergeben für das hier.

Als ich wieder aufstehen wollte, knirschte der Stuhl, und ehe ich michs versah, krachte er zusammen. Benommen blieb ich liegen. Mein Blick fiel auf einen Gegenstand unter der Kommode. Nachdem ich ihn mit Hilfe eines Astes hervorgeholt hatte, entpuppte er sich als eine Art Zeichenheft. Beim Durchblättern sah ich einen Jungen und ein Mädchen, eine Hütte am Meer, eine Kanone … und einen Feuersalamander. Einen Stempel fand ich auch. »Approuvé«, stand da und ein Datum. Juli 1942. Vor einundachtzig Jahren. Im Zweiten Weltkrieg. Was das wohl bedeutete? Wie immer bei alten Schriften verspürte ich eine Gänsehaut.

Ich frage Selimène, dachte ich, sie wird es mir erklären.

Ein Griff zum Handy. Schon wollte ich auf Sœur Nominoës Band sprechen, als ich realisierte, dass sie live am Hörer war.

»Entschuldigen Sie, Sœur«, ich sprach leise, »heute habe ich vor allem mit Anrufbeantwortern kommuniziert.«

Ihr Lachen klang vertraut.

»Kann ich Selimène sprechen?«

»Sie schläft. Sie steht noch ein wenig unter Schock.«

Nominoë schlug mir vor, gegen Abend persönlich im Kloster vorbeizukommen. »Bis dahin hat sie sich etwas erholt.«

Ich fand das eine hervorragende Idee und legte auf. Das Zeichenheft packte ich ein.

Wieder glaubte ich, weit entfernt ein Geräusch zu vernehmen.

»Isidore?«

Keine Reaktion. Aus dieser Perspektive sah es aus, als ob der an die Veranda angrenzende Teil nicht bewohnt wäre, ich vermutete eine Einliegerwohnung. Die hölzerne Eingangstür, die ich neben der Kommode entdeckte, war verschlossen, der Schlüssel lag unter einem Tontopf mit vertrockneten Hortensien, ganz wie ich das in der Bretagne gewohnt war.

Einmal umdrehen, die Klinke drücken, und ich war drin. Vor mir tat sich ein großer Raum auf, der Küche, Wohnzimmer und Eingang in einem bildete.

»Isidore?«

Keine Antwort.

Es war rappelvoll, viel zu viel, genau wie Aude Amèr es beschrieben hatte. Wobei die Möbel zugedeckt waren, als wären sie im Winterschlaf.

Der Rauchgestank war überwältigend. Er durchdrang mich bis tief in die letzten Lungenkapillaren, obwohl ich versuchte, nur ganz oberflächlich zu atmen. War das noch von gestern, oder schwelte hier ein Feuer?

»Isidore, bist du hier?«

Eines nach dem anderen zog ich die Tücher von den Möbeln. Ein Büfett, ein Sofa, ein Schrank, verschiedene Sessel. Einer war von einer dunklen Schicht bedeckt, die sich als Wolke von Mücken und Fliegen entpuppte.

»Shoo!«, schrie ich und wedelte mit den Händen.

Plötzlich vernahm ich wieder ein Geräusch. Ich schoss herum, etwas glühte auf. Augen? Ein Tier?

»Hallo?«

Auf dem Büfett stand ein Toaster, ein uraltes Modell, auch meine Patentante Annie hatte ein solches im Schrank gehabt.

Als ich das Metall berührte, verbrannte ich mich, das Ding war an. Vergeblich drückte ich den Schalter. Außerdem bemerkte ich, dass das Kabel, das sich zu einer Steckdose zog, eine lädierte Isolierung aufwies und die elektrischen Leiter sichtbar waren.

Ich steckte die rechte Hand in die Boule-rouge-Tasche. Geschützt wie von einem Handschuh, zog ich den Stecker aus der Dose, die sich darauf ganz aus der Verankerung löste. Aber der Toaster war vom Netz.

Ich atmete aus und spürte den Schmerz der Verbrennung.

»Isidore, verdammt. Warst du das?«

Immer noch keine Antwort.

Ich verließ die Wohnung so, wie ich gekommen war, durchquerte den Hof und hielt die verbrannte Hand ins Brunnenwasser, bis der schlimmste Schmerz vorbei war. Dann marschierte ich seitlich das Haus entlang und gelangte wie erwartet zum Platz, wo gestern die Feuerwehr gestanden hatte. Nun parkte da Isidores Elektromobil. Er war also hier.

»Isidore!«

Ich hatte so laut geschrien, dass einige Möwen kreischten.

»Isidore? *Merde!*«

Auf dem Beifahrersitz lag sein Halstuch, was eigenartig war. Noch nie hatte ich ihn ohne gesehen, auch nicht bei dreißig Grad. Der Stoff roch nach dem Tabak seiner Pfeife, die er gelegentlich rauchte, nach Salz und Meer und ein klein wenig nach Merguez-Würstchen.

Wieder das Möwenkreischen. Es waren zwei, und sie kreisten über dem Dachstock.

Nachdem ich das Tuch eingesteckt hatte, fiel mir auf, dass die Eingangstür halb offen stand und das Absperrband der Polizei schlaff hinunterhing.

»Isidore? Ich komme rein.«

Drinnen entsprach die Einrichtung überhaupt nicht den Fotos, die Elke mir gezeigt hatte. Es gab einen schweren bretonischen Schrank, wie ich ihn aus vielen Wohnzimmern kannte, mit der Jahreszahl 1921. Dazu dunkle Bodenplatten und vergilbte Tapeten. Wenn ich mir Elkes Reaktion vorstellte …!

Ein kurzer Blick in den Rest des Hauses, zwei Schlafzimmer, eine Waschküche, ein Esszimmer ohne Meerblick. Die verschlossene Tür an der westlichen Wand war vermutlich der Durchgang zur Einliegerwohnung auf der anderen Seite.

Am Waschbecken ließ ich erneut kaltes Wasser über meine Hand laufen, dann ging ich wieder hinaus.

»Isidore? Himmel noch mal, du musst doch irgendwo sein!«

Als ich einem Aufblitzen im Gebüsch nachging, stieß ich auf ein zwischen der Hauswand und einer Eiche eingeklemmtes Gerüst. Es war ein mobiles Ding auf vier Rädern, ich kannte das, Isidore hatte bei mir auch damit gearbeitet.

»Bist du da oben? Spinnst du?«

Während ich mich mit der gesunden Hand an der Hausmauer festhielt und hinaufstieg, fiel mir meine erste Zeit in der Bretagne ein. Isidore hatte darauf bestanden, das Dachgeschoss der Villa Wunderblau in ein Zimmer zu verwandeln. Er hatte recht gehabt. Die fast drei Meter hohe Decke und das Bullauge vorn gaben meinem Atlantique einen so einzigartigen Charme, dass ich anfänglich gar nicht gewagt hatte, es zu bewohnen.

»Hallo! Ich komm jetzt rauf.«

Nur Isidores Werkzeugrucksack stand auf der obersten Plattform. Komisch, dass er den hiergelassen hatte, dachte ich. Normalerweise hütete er mein Weihnachtsgeschenk, als wäre es sein Enkel. Die Spezialanfertigung der Marke Boule-rouge enthielt Fächer für jedes seiner Werkzeuge: Hammer, Schraubenzieher, Kombizange, Rohrzange und Stichsäge fanden genauso Platz darin wie Schrauben und Nägel, der Phasenprüfer und die Wasserwaage.

Eine kurze Kontrolle ergab, dass alles noch drin war. Aus der hinteren Seitentasche ragte eine durchsichtige Dokumententasche hervor. Ich zog den obersten Zettel heraus. Mit »Wunderblau à faire« betitelt, waren da in schöner Handschrift alle Dinge notiert, die bei mir noch gemacht werden mussten.

Es rührte mich zutiefst, während mich die leere Tüte von Armor Lux, auf die ich gleich darauf stieß, eher irritierte. Armor Lux war die hiesige Kleider-Eigenmarke, ein Label, unter dem Jacken, Pullis und T-Shirts verkauft wurden. Die Touristen fuhren darauf ab, aber niemand von den Einheimischen trug sie. Was machte diese Tüte bei Isidore? Hatte er etwas darin transportiert?

Vorsichtig richtete ich mich auf. Direkt neben mir befand sich ein verkohlter Dachbalken. Ich verstärkte meinen Griff und stellte mich auf die Zehenspitzen. Und einmal mehr zeigte mir der Blick ins Innere eines bretonischen Hauses nicht das, was ich erwartet hatte. Der Dachstock war auf der vorderen Seite granitgedeckt und mit einer riesigen Fensterfront Richtung Meer versehen, während auf der hinteren, da, wo ich stand, das Stroh weggebrannt und nur noch das Gebälk vorhanden war. Trotzdem war klar, dass es ein phantastischer Raum werden könnte. Die Scheiben sahen neu aus, sie wirkten frisch montiert, es war bestimmt eine Heidenarbeit gewesen, die da hochzukriegen. Nun verstand ich Isidores Eile, das Dach wieder instand zu setzen. Noch war das Wetter zauberhaft. Aber auch hier, in der sogenannten *Boule bleue de Kersiguénou*, konnte es schnell umschlagen. Und dann würde es reinregnen.

»Isidore? Ich bin's, Tereza.«

Ein letztes Mal sah ich mich um. Neben einer Schleifmaschine und einem Stapel Bretter lag etwas auf dem Holzboden. Ich musste die Augen zusammenkneifen, bis ich das Käppi erkannte, eine blaue Schiffermütze, ein Bashi, mit einer roten Troddel. Was aussah wie eine kitschige Verzierung, war früher eine Notwendigkeit gewesen. Wenn die Fischer in eine Grotte fuhren und die Troddel die Decke berührten, wussten sie, dass sie umdrehen mussten. Nun lag die Mütze halb versteckt unter einem zur Seite geneigten Gesicht.

»Isidore!«, schrie ich. »Was ist passiert? Bist du gefallen?«

Mein Herz raste, ich schaltete auf Autopilot, kletterte wieder nach unten und anschließend im Haus die Hühnerleiter zum Dachstock empor. Schon war ich bei Isidore.

Seine Stirn war mit einer feinen Schicht Sand bedeckt. Der Blick des einen sichtbaren Auges wirkte starr und gebrochen. Ich suchte nach seinem Puls. Und entdeckte eine Blutlache.

»Nein!«, schrie ich, während ich den Brechreiz radikal unterdrückte, mein Handy herausholte und Gabriel anrief. Diesmal ging er ran, hörte zu, war knapp, kurz und bestimmt.

»Berühr nichts, wir sind sofort bei euch.«

Sofort, das konnte hier dauern. Ich musste etwas tun, irgendetwas. Ich fasste in meine Tasche, um das Halstuch herauszuholen.

»Hier, mein Lieber. Es hat dich fünfzig Jahre lang begleitet.« Ein Geschenk seiner Oma. Alle Breonnecs bekamen eines, auch sein Cousin Auguste auf Ouessant hatte es getragen, daran hatte ich ihn erkannt.

Ich kniete mich hin und nahm seine Hand. Sie fühlte sich warm an, zum Glück. Er lebte noch, irgendwo in ihm musste Leben sein.

»Keine Angst, Gabriel kommt gleich. Sie werden dich ins Krankenhaus bringen. Nach Brest, vielleicht sogar mit der Fähre, weil es schneller geht. Dann kannst du Bob zuwinken.«

Was redest du da für einen Quatsch, Tereza? Und doch sprach ich immer weiter, in der Hoffnung, dass meine Stimme ihn am Leben erhielt.

»Bleib bei mir, hörst du. Ich brauche dich, die Villa Wunderblau braucht dich. Hast du eine Idee, wie wir diese doofen Gäste wegkriegen? Kannst du vielleicht die Sickergrube verstopfen?«

Plötzlich hörte ich ein Jaulen. Merguez. Der treueste aller treuen Hunde hatte meine Not gespürt, Minty allein gelassen und war meiner Fährte gefolgt. Ich musste ihm die Hühnerleiter hinaufhelfen, aber er ließ sich nicht abhalten. Oben angekommen, beschnüffelte er Isidore und legte sich dann winselnd an seine Seite. Merguez hielt Wache.

Ein Windstoß erschütterte die verkohlten Balken, ein Stück löste sich und fiel zu Boden. Ein weiteres folgte.

Ich blickte nach oben, der Himmel hatte sich zugezogen, es war dunkel geworden, gleich würde es regnen oder vielleicht auch nicht. Plötzlich sah ich Isidore vor mir, wie er sich über die Mauer beugte, wie er das Gleichgewicht verlor, obwohl er schon Tausende von Malen auf so einem Gerüst gestanden hatte. Etwas war schiefgelaufen.

»Was übersehe ich? Sag's mir, hilf mir.«

Aber natürlich blieb er stumm, sein Gesicht, eben noch weich, wirkte kantig und sehr bleich, hölzern. Ich hielt inne. Es war so verdammt traurig, als würde ein Stück aus meinem Herz gerissen. Das Blut tropfte eine Spur auf der Landkarte meiner Liebsten. Isidore hatte dazugehört. Und nun war er gegangen.

Ich fühlte eine Mischung aus unzähligen Emotionen, Erschöpfung und Energie wirbelten in einem Tornado, der mich ausspuckte und wie eine taube Wachsfigur zurückließ. Ich schaltete erneut auf Autopilot. Ich hatte zwei Kinder, ich funktionierte immer, auch wenn ich nicht funktionierte.

Darum drehte ich mich um meine eigene Achse und versuchte, alles in mich aufzunehmen. Die Schleifmaschine, den Stapel mit den neuen Dachbalken, die großen Nägel aus Holz. In einer Ecke entdeckte ich einen Stromanschluss, der mit Absperrband umwickelt war und improvisiert aussah. Daran angehängt war ein Wasserkocher, dessen Sockel mit der Automatik zusammengeschmolzen und kaum mehr erkennbar war. Davor stand ein Nummernschild, wie es die Polizei für Beweisstücke verwendete. Die Spurensicherer mussten das Schild gestern angebracht und zurückgelassen haben.

»Typisch Monsieur Bricolage. Er hat da oben gewerkelt und sich an einem selbst gebastelten Anschluss Kaffeewasser gekocht«, hörte ich im Geist Hérvés vorwurfsvolle Stimme.

»Ihr liegt falsch, Isidore hasst Nescafé. Manchmal hat er sogar einen Umweg auf sich genommen, um bei mir einen echten Espresso zu trinken.«

Da vernahm ich weit entfernt den Lärm eines parkenden Autos und eine zuschlagende Tür.

»Tereza?« Das war Gabriel.

Ein letztes Mal beugte ich mich zu Isidore hinunter. War

da nicht ein Hauch? »Bitte, gleich sind die da, verrate mir, wer dich gestoßen hat.«

Aber nichts passierte. Isidore blieb steif und starr.

»Tereza!«

Ich holte mein Handy raus und schoss ein Foto von ihm.

»Tereza, was verdammt noch mal machst du da?«

8

Ich strampelte so schnell, dass Merguez kaum nachkam.

Nicht Isidore. Nicht er. Bitte, bitte, bitte nicht mein Freund Isidore.

Er gehörte zu meinem Camaret-sur-Mer wie die Mole, das Künstlerviertel und der Schiffshafen. Wie die Seefahrerkapelle, die Tour de Vauban und die Villa Wunderblau. Das Leuchtturmkloster. Wie die Kristallgischt der Brandung, die Salzkruste auf der Haut und die stinkenden Algen. Wie der glitzernde Schleier der sinkenden Sonne. Die Pinien, die Kiefern, das Dünengras. Die Croissants und die Galettes mit Kirschtomaten. Die letzten Brösel des Chèvre frais, den er gestern verschmäht hatte. Wie die übervollen Sickergruben und die Übelkeit nach einem Ausflug in seinem alten Fischerboot, das Coreff und der Cidre.

Wer würde jetzt Delphin Bob besuchen? Isidore war eingewoben in unser Leben hier, in mein Leben. Er konnte nicht tot sein. Hoffentlich war er nicht tot.

Ich machte einen Vollstopp und drehte wieder um. Wir hatten uns alle geirrt, er hatte einen Scherz gemacht, ich war einer Hitzehalluzination erlegen.

»Bleib, Merguez, du kriegst sonst noch einen Kollaps. Ich bin gleich wieder da.«

Und alles wieder zurück. Unterwegs wurde ich von einem zivilen Polizeifahrzeug überholt. Es war von unauffälligem Grau, ich kannte es von Gabriel. Bevor ich nach Kersiguénou abbog, kam mir ein anderes Fahrzeug entgegen. Es war schwarz, mit einem langen hinteren Teil. Seitlich waren violette Vorhänge angebracht.

Der Leichenwagen.

Sie waren schnell gewesen, wegen der Hitze vermutlich.

Ich hielt an, radelte ein weiteres Mal zurück, um mich neben den treuesten aller treuen Hunde in den Straßengraben zu setzen.

***

Eine Stunde später, mittlerweile war Nachmittag, betrat ich das DEJALU.

»Isidore ist tot«, brach es aus mir heraus.

Sylvie ließ den Stapel deutscher Krimis, den sie eben auf dem Tisch hatte deponieren wollen, zu Boden fallen.

»Ich habe ihn gefunden. Der Notarzt konnte nichts mehr tun. Gabriel und Emil benachrichtigen gerade seine Familie.«

Merguez hechelte. Ich ging in die Küche, um seine Schale zu füllen und einen Verband zu holen.

»Wo hast du ihn gefunden?« Sylvie war mir gefolgt. »In seiner Werkstatt?«

»Auf der Brandstelle. Bei der Villa Selimène. Fast hätte es noch mal gebrannt. Er ist vom Gerüst gefallen. Unglücklich gestürzt.« Ich stellte dem Hund das Wasser hin.

»Wieso ein Gerüst? Ich dachte, die Villa sollte an Anna und Elke vermietet werden.«

Genau die gleiche Frage hatte Gabriel eben auch gestellt.

»Isidore hat es bestimmt vor dem Brand installiert. Er war ja dabei, das Dach zu renovieren.«

»Aber gestern war da kein Gerüst.«

Ich holte eine Flasche Mineralwasser aus dem Kühlschrank und ein Glas von der Spüle.

»Woher weißt du das? Du warst doch gar nicht da.«

»Weil …« Sie wechselte das Thema. »Auf gar keinen Fall hätte er den Brandplatz betreten dürfen.«

»Was stänkerst du eigentlich die ganze Zeit gegen Isidore?«

Ihr Mund wurde zu einem schmalen Strich. »Seinetwegen habe ich einiges Geld verloren.«

»Aber …« Etwas lief hier falsch, wir sollten uns in den Armen liegen und unseren Freund betrauern.

»Ich bin nicht die Einzige. Im Dorf setzt sich immer mehr die Meinung durch, dass er den Brand fahrlässig verursacht haben könnte.«

»Das ist der Blödsinn, den dieses Hérvé-Arschloch in die Welt gesetzt hat. Kannst du mir genau sagen, welche Idioten das nachplappern?«

Sylvie machte große Augen, diese Sprache war sie von mir nicht gewohnt. »Der Lieferant auf dem Campingplatz.«

Sylvie wohnte ganzjährig mietfrei in einem Campingwagen auf dem Platz in der Nähe des Strandes von Goulien. Im Gegenzug übernahm sie im Sommer einige Aufsichtsschichten. »Und Aimon war gestern noch in Morgat im Relais.«

»Da wird ja das wildeste Seemannsgarn gesponnen. Und denen glaubst du?«

»Dass Isidore auf einem polizeilich gesperrten Brandplatz gearbeitet hat, bestätigt doch nur diese Theorie.«

»Ich bin sicher, Selimène hat ihn darum gebeten. Sie wird ihn angerufen haben, als sie von dem Brand erfuhr. Du kennst ihn doch. Er hilft, wo er kann. Er hatte sogar meine Arbeitsliste dabei.« Die ich im Affekt in die Boule-rouge gesteckt hatte.

Gabriel darf davon nichts erfahren, dachte ich.

»Für Isidore lege ich meine Hand ins Feuer.« Ich musterte die Brandblase auf meinem Handballen. »Wenn man ihn ruft, dann kommt er.«

»Und montierte illegale Anschlüsse, so ist es doch. Mittlerweile denke ich, dass die Elektroleitung in deiner Cabane nicht amtlich geprüft ist. Genau wie die Abwasserleitung auch. Wenn das rauskommt, sind wir dran. Dann müssen wir alles umbauen lassen, und das wird teuer.«

»Ach wo. Es gibt hier in der Bretagne so was wie Gewohnheitsrecht. Jahrelang erprobt.«

»Ob die beim Bauamt das auch so sehen?«

Es reichte. »Was ist denn mit dir los, Sylvie? Isidore ist tot, hast du das nicht verstanden? Vom Gerüst gefallen, wie ein Jungvogel. Was kritisierst du an ihm herum? Spinnst du?«

Stille. Nicht mal Merguez traute sich zu pupsen.

Nach einer Weile ging ich zum Schrank mit der Notfallapotheke.

»Es tut mir leid, Tereza.« Sylvie war neben mich getreten und schraubte den Deckel von der Brandsalbe. »Wirklich schrecklich, dass er gestorben ist, und dann auf die Weise. Und dass ausgerechnet du ihn gefunden hast.« Sie zwang mich, sie anzublicken. »Kannst du meine Entschuldigung annehmen?«

Vorsichtig strich sie Salbe auf meine lädierte Haut und half mir, den Verband zu befestigen. Danach nahm sie eine Packung Zigaretten heraus, die für Notfälle in der Schublade neben dem Verbandskasten lagerte. Ab und zu, ganz selten, qualmten wir eine zusammen. Sie gab uns beiden Feuer, und wir stellten uns in den Garten.

»Wieso bist du eigentlich bei der Villa Selimène gewesen?«, fragte Sylvie nach einem Zug.

Ich musste husten und machte die Zigarette wieder aus. »Ich wollte mir die Inneneinrichtung anschauen. Es hat mich einfach interessiert, weil wir ja jetzt auch Vermieterinnen sind.«

»Im Badezeug …?«

Sylvie deutete auf den Träger des Badeanzugs, der unter meinem Kleid hervorschaute.

»Davor war ich schwimmen.«

»An der Plage de Kersiguénou? Da gehst du doch sonst nie hin.«

»Das spielt doch jetzt überhaupt keine Rolle.«

»Doch, weil Isidore gestorben ist. Und du vor Ort warst.«

»Was willst du damit sagen?«

»Dass du aufpassen musst! Manche sehen ihr Leben lang keine Toten, und bei dir ist es bereits die vierte Leiche. Die fünfte, wenn du den Vogel von Ouessant dazuzählst.«

»Ich mache das doch nicht absichtlich.«

Trotzdem fiel mir Gabriels Blick ein, mit dem er mich nach seinem Eintreffen bedacht hatte. Von Verliebtheit zu Misstrauen, in einer Sekunde.

Ich japste auf. »Er kann nicht denken, dass ich Isidore da runtergeschubst habe.«

»Du oder jemand anders.« Sylvie nahm noch einen Zug. »Bei seinem Lebenswandel …«

»Sein Lebenswandel war völlig okay. Dass seine Freundinnen manchmal wechselten …«

»Manchmal? Dauernd. Ich könnte dir gleich drei Damen nennen, die ihn einen ziemlichen Schlawiner finden. Ivy, Aurélie und die, deren Namen ich immer vergesse.«

»Agnes«, sagte ich automatisch.

»Auf jeden Fall lebte er nicht ungefährlich.« Mit dem Zeigefinger fuhr sie über meine Stirn. »Du hast da was. Sand.«

Auch Isidores Stirn war voller Sand gewesen. Das war ein Hinweis. Der Sand bedeutete etwas. War er davor am Strand gewesen? Isidore ging nie schwimmen, ich auf jeden Fall hatte ihn noch nie beim Baden gesehen. Hatte er jemanden begleitet? *Ma puce*, die er am Vortag angerufen hatte?

»Tereza.« Sylvies Stimme klang von weit her. »Hast du nicht gehört? Gabriel denkt bestimmt, ihr hattet eine Affäre. Da kannst du Gift drauf nehmen.«

»Eine Affäre? Nicht im Ernst. Ich meine, wir haben Witze darüber gemacht, aber tief in seinem Innern muss er wissen, dass es nicht so ist.«

Auch Sylvie drückte die Zigarette aus.

Ich nahm die Kippen mit in die Küche, um sie zu entsorgen. Im Ausguss stapelten sich verschiedene Tassen, darunter die gelbe mit Herz.

»Er war hier«, sagte ich zu Sylvie, die mir gefolgt war. »Spät, nach Mitternacht.« Die Tasse rutschte aus meinen Fingern.

In dem Moment klingelte die Ladentür drüben im DEJALU.

»Wir haben geschlossen!«, riefen Sylvie und ich wie aus einem Mund.

Jennifers Kinderstimme ertönte. »Ich will das Bilderbuch haben, sonst komm ich nicht mit.«

In der offenen Durchreiche erschien Elkes Gesicht. »Wir

haben die Bücherkiste zu Hause vergessen. Und Jennifer will das Buch von der Krabbe bei euch im Schaufenster.«

Sie hielt mir ihre Kreditkarte entgegen.

»Geht nicht. Die Kasse hat heute Wochenende.«

»Dann setzt du es auf unsere Rechnung.«

Sie wollte Jennifer an der Hand fassen, aber die schüttelte sie ab. »Ich will wieder zu Mami, in die Kaban.«

»Cabane heißt das. Und sie muss arbeiten, hast du doch gehört. Wir machen einen Abendspaziergang am Meer.«

Die Teenie-Tochter Luana kam in die Küche geschlurft. »Es gibt keinen Grüntee. Und das WLAN funktioniert auch nicht, ein ziemlicher Saftladen hier.«

»Wenn's dir nicht passt, fahr doch ans Mittelmeer. Und deine Familie kannst du gleich mitnehmen.« Ich drehte mich zu Merguez. »Sylvie wird dich hüten.« Und dann zu Sylvie. »Deine Kundinnen!«

Draußen suchte ich im Telefonverzeichnis nach Isidores Ex-Freundinnen, aber ich fand lediglich die Nummer von Agnes, die in der Gegend vom Cap de la Chèvre wohnte. Isidore war nur einige Wochen mit ihr zusammen gewesen.

»Ich weiß es längst, Tereza«, sagte sie gleich darauf. »Wir treffen uns alle im Relais des Pêcheurs. Komm doch auch.«

Sie bot an, mich abzuholen. Auf Crozon ohne Auto unterwegs zu sein erwies sich als schwierig, aber die Challenge meiner Enkelin Mathilde wollte ich bestehen. Trotz allem.

9

Auf dem Trottoir vor der Bar genossen die Touristen den Ausblick auf die Sonntagabendstimmung der Bucht von Morgat, drinnen fand eine spontane Trauerfeier statt, jeder Platz war besetzt. Aimon, der Gendarm Emil Vanderbrouke und seine Frau Aileen, die Ex-Freundinnen Agnes, Ivy und Aurélie und einige, deren Namen ich nicht kannte, waren gekommen. Die Kunde hatte sich verbreitet wie Grippeviren.

Ich drückte viele Hände und bestellte beim Wirt, einem zerknautschten Typen mit flatterndem Hemd, eine Breizh Cola, bevor ich mich neben Ayala setzte.

Sie trug einen Neoprenanzug, in ihren dunklen Zöpfen glitzerten Salzkristalle.

»Bist du direkt vom Strand gekommen?«, fragte ich.

»Ich habe den Kurs abgesagt, ich wollte einfach hier sein.«

Für Ayala war jede abgesagte Surfstunde existenziell. Im Sommer kam sie manchmal überhaupt nicht mehr von ihrem Strand weg, da sie sieben Tage die Woche von früh bis spät arbeitete. Zusätzlich hatte sie in den letzten Monaten die alte Surfbude in ein kleines Haus umgebaut, mit Hilfe von Isidore natürlich.

»Ich weiß nicht, was ich ohne ihn tun soll. Er wollte Kai nächste Woche beim Bau der Terrasse helfen, auch Mathilde hätte mitgemacht.«

Eigentlich arbeitete Kai in Berlin bei einer IT-Firma, aber seit Homeoffice zur Normalität geworden war, konnte er oft hier sein. Er wohnte dann jeweils bei Ayala und Mathilde und half bei allem mit, die geplante Terrasse war ein Herzensprojekt.

»Isidore hat keine Pläne gezeichnet, es war alles in seinem Kopf. Niemand von uns weiß genau, was er vorhatte.«

Ayala bemerkte die Verletzung an meiner Hand. »Was hast du da?«

»Eine Verbrennung.«

Ich nahm meine Cola in Empfang. Durch ein halb geöffnetes Fenster hörte man das Geplauder der Touristen. Eine Band, zwei Jungs, zwei Mädels, hatte sich an der Mole aufgestellt und begann zu spielen, melodiös und fröhlich, wie eine Tonspur aus einer anderen Welt.

Die Tür ging auf, Auguste, Isidores Cousin, kam herein. Mit demselben Käppi wie er.

»Saludo.«

Genauso hatte Isidore mich immer begrüßt. Ich spürte einen Kloß im Hals.

Mein Blick blieb an Augustes Halstuch hängen, auch das war identisch mit dem von Isidore. Unvermittelt kickte die Erinnerung wieder ein. Sein Tuch, das ich aus dem Auto geholt hatte.

Je mehr ich versuchte, den Gedanken zu erhaschen, desto mehr verflüchtigte er sich.

Auguste setzte sich mit einem Coreff.

Und wieder schwiegen wir. Bis jemand Neues kam, alle begrüßte und wir weiterschwiegen. Das Spiel wiederholte sich, und die Bar wurde immer voller. Schließlich trat Mael Abelas ein, korrekt im schwarzen Anzug, ohne seine Frau Myrthe, dafür mit Mitarbeiter Corentin Lehenaff, in blauen Polyesterhosen, er brachte Schweißgeruch in die ohnehin schwere Luft.

Jetzt fehlen nur noch Hérvé und die Amèrs, dachte ich.

Plötzlich öffnete Auguste den Mund und stimmte ein Lied an. »Bro gozh ma zadoù«, die bretonische Nationalhymne. Ganz leise nur, rau, mehr gesprochen als gesungen. Beim Refrain, in dem es um die Liebe zur Bretagne ging, setzte Aileen mit ihrem Sopran ein. Die nächste Strophe kam von Aimon, der nächste Refrain dann von allen. Auch von mir. Noch nie hatte ich mich getraut, bei der bretonischen Hymne mitzutun. Und nun besangen wir im Chor diesen wunderbaren Fleck Erde, während unsere Herzen weinten, weil Isidore sie nie mehr betreten würde.

Auguste hob sein Glas, alle taten es ihm nach. »*Chañs vat*, Isidore.«

Wir stießen an. Plötzlich dröhnte das Signet von Breizh News aus einer Boombox. Alle Gesichter wandten sich zum Wirt, der die Lautstärke reduzierte.

»Die machen eine Sondersendung, Auguste meinte, ihr wollt sie hören.«

Schon erklang Viviennes Stimme. »Coucou und ein tristes Willkommen zum zweiten Teil der Liveberichterstattung anlässlich des Todes eines wichtigen Mitglieds unserer Gemeinde. Isidore Breonnec, der Mann mit der Pfeife, dem Halstuch und dem Käppi, ist viel zu früh verstorben. Ich spiele eines seiner Lieblingslieder. ›Tri martolod‹.«

Isidore hatte den Song über die drei Matrosen geliebt und auf die bretonische Weise mit den eigenartigen Kreisen und Windungen bei vielen Festen dazu getanzt. Meinen kleinen Finger mit dem seinen verhakt, hatte ich so manches Mal meine Hemmungen überwunden und zauberhafte Momente erlebt.

Die Musik blendete aus, und Vivienne sprach weiter. »Isidore war ein eingefleischter Camarétois, und jeder im Dorf hat ihn gekannt. Ursprünglich Fischer, wurde er später zu einem Handwerker.«

Wie gestelzt sie klang. Angesichts des Todes traute sie sich nicht, auf ihre übliche frische Art zu moderieren. Wir alle verändern uns, unsere Gemeinschaft fällt auseinander.

Monströs, dieser Gedanke. Ich schüttelte den Kopf und konzentrierte mich wieder auf die Sendung.

»Es gibt in Camaret-sur-Mer kaum ein Haus, in dem er nicht eine Leitung gelegt, eine Latte befestigt oder eine Sickergrube entleert hätte. Wir möchten die Erinnerung an ihn lebendig halten und haben ein paar Leute eingeladen, über ihn zu berichten. Den Anfang macht Auguste Breonnec, Isidores Cousin.«

Also war Auguste direkt von der Aufnahme hierhergefahren.

Er beschrieb eine Kindheitserinnerung, wie sie zusammen

mit Isidores Vater in der Nacht zum Fischen rausgefahren waren. Er sprach von der ungeheuren Brandung, wie er geholfen hatte, einen Riesenfisch hochzuziehen, während Isidore mit Delphin Bob gequatscht habe.

»Nur er hat ihn gesehen. Ist bis heute so geblieben. Immer wenn Izzy nicht mag, dann spricht er mit Bob.«

Auguste, der immer noch in der Gegenwart von Isidore gesprochen hatte, nahm den Applaus der Gruppe entgegen.

Ich klatschte nicht, es war unpassend, fand ich.

»Nun begrüße ich Presqu'île Sophie.«

Damit meinte Vivienne Sœur Nominoë, die als Sophie von ihrem Leuchtturm aus jahrelang einen Piratensender betrieben hatte.

»Isidore …«, ertönte ihre herbe, tiefe Stimme aus der Boombox, »… war eine Seele von Mensch. Als kleiner Knirps wurde er einmal zu mir geschickt, weil er sich etwas Geld aus der Klassenkasse geliehen hatte. Ich sollte mit ihm schimpfen, was damals bedeutete: ihm die Leviten lesen. Das Erste, was mir an ihm auffiel, war sein Lachen, es war frech, verschmitzt und charmant gleichzeitig. ›Aber es ist für eine gute Sache, Sœur‹, hat er gesagt und mir seinen Plan erklärt. Er wollte ein Fischverkaufsgeschäft aufziehen, um vom Erlös mit der Klasse auf dem Schiffsweg einen Ausflug nach Brest zu machen. Brest ist nach dem Krieg wieder aufgebaut worden. Jedes Jahr gab es einen maritimen Wettbewerb und ein Hafenfest. Das Geld für den Eintritt und das Mittagessen für alle wollte er über den Fischverkauf finanzieren. Dass er dabei vergessen hatte, in die Schule zu gehen, ist ihm gar nicht aufgefallen.«

Ein Raunen ging durch die Bar. Ich konnte mich nicht zu einem Lächeln überwinden. Genau wie Auguste zeichnete Sœur Nominoë das Bild des charmanten Hallodris. Hatten die sich alle zu dieser kollektiven Geschichtsschreibung verabredet, oder ergab es sich unbewusst? Dabei war Isidore einfach ein sehr engagierter Mensch gewesen, und voll professionell, wenn es darum ging, ein Problem zu lösen.

»Was für ein Glück, dass Selimène nichts passiert ist«, sagte Sœur Nominoë gerade im Radio.

»Selimène ist die Besitzerin des abgebrannten Hauses«, moderierte Vivienne. »Und sie wohnt bei Ihnen im Kloster, habe ich gehört.«

»Seit Kurzem. Davor hat sie immer in ihrem Haus gelebt.«

»Kann ich gut verstehen, die Villa Selimène ist ziemlich toll«, sagte Vivienne. »Wird das Dach wieder aufgebaut?«

»Das müssen Sie Selimène fragen. Und das zuständige Departement des Heimatschutzes. Das Haus befindet sich in der *zone classée*, mit strengen Richtlinien.«

»Gehört da die Lex Dahut dazu?«

»Natürlich. Wobei mir zu Ohren gekommen ist, dass dieses Gesetz unter Beschuss steht. Näheres weiß der Vorsteher des Baudepartements.«

Ich musterte Mael Abelas. Der Anzug, das korrekt geschnittene Haar, die Haltung – Autorität troff ihm aus jeder Pore.

Ein Konflikt fiel mir ein, den Isidore wegen mir mit ihm geführt hatte. Es hatte sich um die Blechbuchstaben über der Eingangstür des DEJALU gedreht. Dass der Heimatschutz die bunten Farben ursprünglich hatte verbieten wollen, war Isidore gegen den Strich gegangen. »Ich spreche mit einem meiner Cousins, der arbeitet in dem Amt.« Irgendwie hatte der es geritzt, genauso wie den Anstrich aller Holzteile der Cabane in Atlantikblau.

Wie oft Isidore einen Cousin erwähnt hatte! Ich kannte nur Auguste, aber wer waren eigentlich die anderen?

Die Sendung war zu Ende, der Wirt machte das Radio aus, und nach einer kurzen Stille gingen die Gespräche los. Von null auf hundert wurde über sein Ableben spekuliert. Dass er vermutlich sofort tot gewesen sei, dass er bestimmt nicht gelitten habe, dass es auch was Gutes habe, in der Blüte des Lebens und kerngesund vom Tod ereilt zu werden, auf einem Gerüst im Angesicht des Ozeans. Letzteres sagte Auguste, gefolgt von einer Geschichte, wie Isidore in eine Sickergrube gefallen war und in der Folge einen Stromausfall im ganzen Dorf provoziert hatte.

»Sprechen die immer so viel?«, flüsterte ich Ayala zu.

»Ich habe noch nie einen Todesfall erlebt. Vielleicht wollen sie ihn in positiver Erinnerung behalten.«

Es fiel mir immer schwerer, den Mund zu halten. Als Mael Abelas den falsch montierten Elektroanschluss im Dachgeschoss der Villa Selimène ins Spiel brachte, reichte es mir.

»Woher wissen Sie das? Bestimmt von Hérvé! Das sind alles nur Gerüchte. Der Commissaire ist gerade bei einer Sitzung mit der Kriminaltechnik, noch fehlen offizielle Erkenntnisse.«

Wenn Blicke töten könnten …!

»Emil, kannst du dich dazu äußern?«

Emil war in Zivil, nicht wie sonst in der Uniform eines Gendarms. »Dienstgeheimnis, daran solltest du dich auch halten, Tereza.«

Abelas bestellte daraufhin eine Runde Freibier und holte eine Zigarre heraus. Aileen, Emils Frau, die auf der anderen Seite neben mir saß, puffte mich in die Seite. »Lass die doch reden.«

»Aber es ist Müll. Sie stellen ihn als unprofessionell dar.«

»Es wäre nicht das erste Mal, dass etwas schiefgegangen ist«, entgegnete Auguste laut. »Das Improvisieren birgt immer eine gewisse Gefahr.«

Ich blitzte ihn an. »Bei mir funktioniert alles einwandfrei. Die Villa Wunderblau war eine harte Nuss. Und Isidore hat sie geknackt.«

»Bei dir hat er sich auch besonders Mühe gegeben, Tereza.«

Meckerndes Lachen, in das weitere Männer einfielen.

Ich erhob mich, um an der Bar meine Cola zu bezahlen. Ohne ein Wort verließ ich die Kneipe.

***

»Ich muss wieder los«, sagte Ayala, die mir zusammen mit Aimon gefolgt war. »Nimm die nicht ernst, die sind alle außer sich und können es nicht zeigen.« Damit sprang sie auf ihr Rad und war weg.

»Schreckliches Pack, diese Männerrunde«, sagte Aimon, so als ob er nicht dazugehörte. »Trotzdem haben alle Isidore geliebt, da kannst du sicher sein. Komm, stellen wir uns an die Mole.«

Das Meer war im Ebbemodus, was den Strand von Morgat in eine schimmernde Sandfläche verwandelte. Die Sonne stand tief, ihre Strahlen verliehen dem Wasser eine orange-violette Färbung. Eine Mädchengruppe nahm mit dem Handy Videos auf, eines schlug ein Rad nach dem anderen, ein anderes tanzte. Die Eltern saßen daneben und plauderten. Alle trugen die Seemanns-Ringelshirts von Armor Lux, dunkle Streifen auf weißem Grund. Sie flimmerten. Ich blinzelte.

»Geht's wieder?« Aimon sah mich an. »Du solltest heimgehen und etwas schlafen.« Er deutete auf meine Hand. »Und einen neuen Verband brauchst du auch.«

»Ich habe zu tun«, sagte ich. »Ich kann mich nicht mitten am Tag hinlegen.«

»Es ist Abend.« Er lächelte. »Bei euch ist alles ruhig, die Gastfamilie sei unterwegs, soll ich dir von Sylvie ausrichten.« Dann hüstelte er. »Und wegen der Amèrs … Ich habe mein Haus auch in deren Katalog. Und es klappt hervorragend.«

»Du?« Das war sehr überraschend.

»Ich hänge es nicht an die große Glocke, aber wenn ich in der Hochsaison zwei Monate vermiete, finanziert mir das das ganze Jahr. Darum kampiere ich zurzeit bei meiner Motte.«

Er meinte Sylvie und ihren Camper. Ich dachte an Aimons wunderschönes Haus, nah bei der Klippe, mit unverbauter Aussicht direkt auf die Bucht von Dinan. »Deine Feriengäste würdest du ohne die Agentur kriegen, da bin ich überzeugt.«

Das sah er anders. »Die Amèrs haben irre viele Kanäle. Und man hat nichts damit zu tun. Diese deutschen Gäste und ihre Wünsche. Die wollen eine Spülmaschine, Stauraum für Koffer und so was, dazu Filterkaffee und Spiele für Regentage. Und neben jedem Bett ein Leselicht.«

Die Aufzählung klang, als käme sie von Team Elke.

»Dafür brauchst du doch keine Agentur.«

»Aber die schicken immer so komplizierte Anfragen … mir ist es einfach lieber so.«

Plötzlich verstand ich. Wenn er betrunken war, prahlte Aimon manchmal damit, kein Wort Deutsch zu sprechen, obwohl er seit bald vier Jahren mit einer Deutschen zusammen war. Er fand das eine echte Leistung. Und er war keine Ausnahme. Frankreich und Deutschland … manchmal war es, als ob die Fallschirmjäger der Alliierten erst gestern hier gelandet wären.

»Auch Isidore hat das übrigens gemacht.«

Was hatte er gesagt? »Isidore hat sein Haus vermietet?«

Er biss sich auf die Lippen, es war offensichtlich, dass er sich verplappert hatte. »Ich glaube … ich bin mir nicht sicher … Bis später, Tereza.« Eilig machte er sich von dannen.

»Warte!« Ich war ihm gefolgt. »Ich habe Isidore ab und zu nach Hause gefahren, da erschien mir sein Haus nicht sonderlich vermietet.« Und auch nicht sonderlich sauber, dachte ich, den Standards der Agentur Amèr würde es kaum entsprechen.

»Du meinst die Werkstatt«, sagte Aimon.

»Wieso, gibt es noch was anderes?«

Er druckste immer schlimmer herum.

»Was ist, Aimon?«, insistierte ich. »Hatte Isidore noch ein Haus?«

Er winkte ab.

»Und wo ist das?«

»Musst du Auguste fragen. Es ist Isidores Refugium. Das kennt fast niemand und schon gar nicht seine Freundinnen. Du warst auch eine. Er hat oft von seiner Freundin Tereza gesprochen.«

»Wir waren nicht romantisch verbandelt. Das weißt du doch, ich bin mit Gabriel zusammen.«

»Schon, aber …« Er nickte mir abschließend zu. »Wenn ich du wäre, wäre ich vorsichtig mit dem, was ich sage. Das soll ich dir übrigens auch von Sylvie ausrichten.«

Damit verschwand er wieder im Relais. Durch die Scheibe beobachtete ich, wie er mit einem Coreff empfangen wurde.

Na toll. Halb Crozon verbreitete die Geschichte, dass Isidore alias Monsieur Bricolage den Brand bei Selimène verursacht hatte, und alle waren überzeugt, dass ich eine Affäre mit ihm hatte. Dem musste ich etwas entgegenhalten.

Ich machte mich auf zu meinem Rad.

Die Mädchen am Strand hatten sich zu einem Finish für ihr Video als Pyramide aufgestellt. Die Ringelshirts waren voller Sand. Ein Bild manifestierte sich, tauchte auf, nahm Konturen an, bis es vom Summen meines Handys vertrieben wurde.

Es war eine Nachricht von Sœur Nominoë. Der Besuch bei Selimène sei auf morgen verschoben. Die Polizei habe sie lange befragt, sie habe keine Kraft mehr, weitere Auskünfte zu geben.

Auch Vivienne hatte mir was getextet, eine Rückmeldung zum Brand in der Nähe von Postolonnec. »Immer noch keine Adresse. Das Viertel ist recht groß, viele Villen, die meisten im Wald. Schwieriges Terrain. Ich recherchiere weiter und melde mich.«

Das Handy klingelte. Gabriel, persönlich.

»Wo bist du?«, fragte er, ohne mich zu begrüßen.

»Vor der Dorfzentrale. Hier werden Gerüchte gewaschen.« Als ich ihm die Details beschrieb, fluchte er leise.

»Wo ist Isidore, im Leichenhaus?« Ich spürte einen Kloß im Hals. Jetzt nur nicht weinen, Tereza.

»In der Rechtsmedizin in Brest. Es ist Routine in so einem Fall.«

»Heißt das, ihr macht eine Autopsie? Ist Docteur Martinez damit betraut?«

Miguela Martinez war Rechtsmedizinerin. Eine Südamerikanerin mit Verbindungen zu Zürich, so gestrandet in der Bretagne wie ich. Wir mochten uns.

»Nein, für eine Autopsie müssen besondere Verdachtsmomente vorliegen.«

»Aber die gibt es doch! Oder nicht? Was sind denn deine Vermutungen? Dass er gefallen ist, weil er so ein Hanswurst ist, wie alle behaupten? Dass er in eine laufende Brandermittlung hineingepfuscht hat? Absichtlich, um etwas zu vertuschen? Ist das der Schluss, zu dem ihr kommt?«

»Es ist eine Möglichkeit.«

»Und wie lauten die anderen? Dass er die Renovierung vorantreiben wollte, um an Geld zu kommen? Ein geschäftstüchtiger Frauenheld? Blöd nur, dass diese Darstellung nichts mit der Realität zu tun hat. Isidore ist seriös und treu.« War, dachte ich. Der Kloß wuchs.

»Woher weißt du das?«

»Was?«

»Das mit der Treue.«

Ich schnappte nach Luft. »Hör mal. Wenn du jetzt eine Eifersuchtsszene vom Stapel lässt …«

»Aber du hast ihn gefunden. Wart ihr vorher zusammen, Tereza?«

»Nein!« Mann, Sylvie hatte recht gehabt.

»Du hast ausgesagt, dass du direkt nach dem Schwimmen zur Villa Selimène gegangen bist. Gibt es dafür Zeugen?«

»Ist das eine Befragung?«

»Informell.«

»Merguez war dabei und Minty. Zusammen fallen wir auf.«

»Und Isidore war nicht zufällig in der Nähe? Am Strand?«

»Nein.«

»Aber du hast dich mit ihm verabredet?«

»Nein. Ich bin auch nicht neben ihm aufgewacht, in zerwühlten, verschwitzten Laken. Soweit ich mich erinnere, warst du das.«

Ein Brummen am anderen Ende. »Er soll um Mitternacht bei dir gewesen sein, hat mir jemand berichtet.«

»War er auch. Wir haben Pläne geschmiedet, wegen der Cabane. Und uns gefragt, wie ich Team Elke wieder loswürde.«

»Hat er vom Brand gesprochen?«

»Ja, nachdem ich es ihm erzählt habe. Er wusste nichts davon.«

»Deine Nummer war oft in seiner Anrufliste.«

»Logisch, wir haben zusammen ein Haus umgebaut. Wer steht da noch drauf? Die halbe Halbinsel, nehme ich an. Er hat auch für die Amèrs gearbeitet. Gewusst?«

»Ja. Xavier und Aude habe ich bereits befragt.«

Aude. Die Art, wie er ihren Namen ausgesprochen hatte, nervte mich.

»Sie ist übrigens ein Fan von ihm.«

»Von Isidore?«

»Als eine der wenigen hat sie seine Arbeit sehr gelobt. Sie ist auch sehr erschüttert.«

Na und? Trotzdem hatte ich sie nicht sympathisch gefunden.

»Aus welchem Grund erzählst du mir das eigentlich?«

»Xavier hat ausgesagt, dass er Isidore angerufen hat. Wir haben den Zeitraum überprüft, es muss kurz vor seinem Sturz gewesen sein. Dabei will Xavier im Hintergrund eine weibliche Stimme gehört haben. Und wir haben vor Ort die Spuren einer weiteren Person entdeckt.«

»Meine. Das ist wenig erstaunlich. Ich habe ihn gefunden.«

»Von dir wurden in der Tat sehr viele Spuren sichergestellt. Wir konnten sie identifizieren, weil du ja bereits im Computer vorhanden bist.«

Wegen der anderen Fälle, in die ich verwickelt gewesen war. »Reib nur Salz in meine Wunden. Und nun denkt ihr, dass ich ihn gestoßen habe?«

»Bis das Resultat der gerichtsmedizinischen Untersuchung da ist, gehen wir davon aus, dass er das Gleichgewicht verloren und Eigenverschulden eine Rolle gespielt hat.«

Das war ein typischer Gabriel-Satz: völlig unklar.

»Trotzdem wird meine Mitarbeiterin deine Aussage morgen offiziell aufnehmen. Du musst sie auch unterschreiben.«

»Deine Mitarbeiterin? Die Neue? Warum?«

Nur unsere Atemzüge waren zu hören. Dann legte Gabriel

auf. Wir waren wieder so weit. Alte Gewohnheiten kehrten zurück wie die stinkenden Blutalgen am Strand.

Ich schrieb ihm eine Nachricht. »Würde mich freuen, wenn du hinterher zu mir kommst. Ins Atlantique.« Schickte es ab, las es noch dreimal durch, nur um es dann für beide Beteiligten zu löschen.

10

Ding, dang, dong. Als ich das DEJALU betrat, ertönte ein Dreiklang. Die Glocke hatte ich in einer Friperie erstanden – so nannten sie hier die Trödelläden mit Klamottenfokus. Isidore hatte sie mir montiert. Dabei war ein Stück Mauer herausgebrochen. Es lag immer noch am Boden, aber die Glocke hielt.

Zuerst warf ich einen Blick in die Küche, wo Merguez nur kurz blinzelte und dann weiterschnarchte. Der Kühlschrank summte, das Geschirr war aufgeräumt, Sylvie hatte sich Mühe gegeben.

Zurück im Laden, ging ich an den Bücherstapeln vorbei und öffnete die Tür zum Lagerraum. Früher war es nicht nur mein Kabuff, sondern auch mein Schlafplatz gewesen, heute bewahrten wir darin die Buchlieferungen auf, und manchmal benutzte ich es zum Nachdenken. Obwohl die Luft etwas stickig war, konnte ich mich da drin besonders gut konzentrieren, vielleicht wegen der fehlenden Fenster.

Ich trat ein und sah mich um. An einer Wand hing immer noch das Packpapier vom letzten Fall. Das Wort »Kapuzenmann« war fett unterstrichen, darunter standen weitere Namen, einer davon lautete Henry Beaumont. Sein Bruder Jamie war es gewesen, der mich jahrelang als Sœur Jeanne bedroht hatte, um mich aus der Villa Wunderblau zu vertreiben. Auch wenn mir viele meiner Freunde beigestanden hatten, war es an mir gewesen, mich zu verteidigen. Es schien, als ob es wieder mal so weit wäre.

Mittlerweile kannte ich mich bei polizeilichen Ermittlungen ein wenig aus. Als Erstes kontrollierte ich den Instagram-Kanal der Police nationale von Brest, wo sie normalerweise über wichtige Vorgänge in der Region berichteten, um BürgerInnen-Nähe zu beweisen.

Nach kurzer Suche fand ich tatsächlich einen Beitrag zum Brand in Kersiguénou, mit der Aufforderung, bei der herrschenden Hitze und Trockenheit auch in der Bretagne Vorsichtsmaßnahmen zu befolgen. Zu Isidores Tod hatten sie nichts gebracht.

Ich rief meine Playlist auf, stellte das Matrosenlied auf Endlosschleife und riss mir ein neues Stück Packpapier von der Rolle, einen Schmerzlaut unterdrückend, wegen der verbrannten Hand. Als es an der Wand klebte, schrieb ich mit einem hellgrünen Stift »Isidore« an den oberen Rand. Und darunter »Kompetenter Handwerker, provoziert keine Kurzschlüsse!«, mit Ausrufezeichen. Danach notierte ich das Wort »Brandtreiber« und skizzierte eine Sonne sowie ein defektes Kabel, einen Wasserkocher und einen Toaster. Um diese Geräte in Gang zu bringen, brauchte es jemanden, und diese Person war nicht ich gewesen. Wer dann?

Als Erstes schrieb ich »Göttliche Vorsehung« auf und dahinter in Klammern »Prinzessin Dahut und die Feuersalamander«. Danach umrahmte ich Isidores Namen in Orange und schrieb »Brandstifter« dazu sowie verschiedene Fragestellungen und mögliche Antworten.

Hatte Isidore ein Alibi für den Zeitpunkt der Brandausbrüche? Vermutlich nicht.

Hätte er ein Motiv gehabt? Ganz auszuschließen war es nicht. Vielleicht brachte ein Brand bessere Renovierungsbedingungen, das hatten einige erwähnt, auch in den Zeitungsartikeln war so ein Hinweis gewesen.

Hatte er fahrlässig gehandelt, dass er am Tag nach dem Brand ins Dachgeschoss geklettert war? Es sah ganz so aus.

Was aber wäre, wenn er lediglich alles hatte überprüfen wollen? Wie sehr die Dachbalken in Mitleidenschaft gezogen waren, welche Maßnahmen er vor dem nächsten Regen durchführen musste, um weiteren Schaden zu verhindern, wann er wieder weiterarbeiten könnte und mit welchem Material.

Ich rief mir das Bild des Dachraums in Erinnerung. Hatte

da nicht ein Stapel neuer Balken herumgelegen? Die Frage war, ob Isidore sie vor oder nach dem Brand deponiert hatte. Wenn es vorher gewesen war, wäre das ein Beweis für seine Unschuld.

Ich schrieb »Holzlieferant« unter Isidores Namen und setzte ein Fragezeichen dahinter. Es würde nicht einfach sein, das herauszufinden. Isidore hatte sein Material von überall hergeholt. Die Rahmen meiner Bullaugen waren aus Strandgut, die Scheiben stammten aus einem leer stehenden Restaurant. So wie ich Bücher aufspürte, hatte er Materialien aufgespürt, war aber auch vor dem Baumarkt nicht zurückgeschreckt.

Nun schrieb ich »Auftragslage mit Selimène abchecken« auf. Dabei fiel mir das Reinigungsteam der Amèrs ein, Les Jeunes de Ménage, die die Villa Selimène geputzt hatten. Als ich im Netz nachschaute, fand ich eine starre Businesswebseite ohne Infos. Die angegebene Handynummer erwies sich als ungültig.

Ich könnte Xavier fragen, dachte ich, der müsste einen Kontakt haben. Es wäre interessant zu erfahren, ob sie auch das Dachgeschoss und die Einliegerwohnung mit der Veranda geputzt hatten.

Der Song kam zu einem Ende, nur um gleich darauf wieder zu beginnen. Plötzlich sah ich Isidore vor mir, etwas verschwommen, wie er das Gerüst auf seine Standfestigkeit überprüfte, bevor er hochkletterte. Wie er oben seinen Rucksack hinstellte. Wie er aus dem Seitenfach … was herausnahm?

Nichts, ich hatte es ja überprüft, alles war drin gewesen. Er musste gestürzt sein, *bevor* er mit der Arbeit angefangen hatte. War er gestolpert, hingefallen, hatte er nicht aufgepasst?

Diesmal sah ich ihn ganz klar. Wie er sich vorbeugte und das Gleichgewicht verlor. Wie er kopfüber nach vorn stürzte. Und wie eine Person wegrannte. Eine Person X.

Das schrieb ich in die Mitte. »X« für eine unbekannte Person. Eine Person, die Wasserkocher und Toaster an eine defekte

Steckdose angeschlossen und Isidore in Misskredit gebracht hatte. Jemand wie Mael Abelas, Corentin Lehenaff oder Aude Amèr.

Bei Sylvie zögerte ich kurz, schrieb sie aber trotzdem hin, gefolgt von Hérvé, dem das Dach von Selimène zu hoch war. Hérvé mit seinen violetten Birkenstocksandalen und der primitiven Art, auf Grashalmen herumzukauen. Er hatte den Namen Monsieur Bricolage kreiert, der wie ein Lauffeuer durch die Community gerast war.

»Hérvé«. Es fühlte sich richtig an, seinen Namen quer über alle anderen zu schreiben.

Eine kurze Google-Suche ergab, dass er bei einer Telefonfirma gearbeitet hatte und seit vier Jahren in Rente war. Er könnte X sein. Oder gab es noch andere Möglichkeiten?

Nach kurzem Nachdenken schrieb ich das Wort »Familie« dazu. Isidore hatte dauernd irgendwelche Cousins erwähnt, aber ich war immer sicherer, dass die Mehrheit von denen gar nicht existierte. Sein privates Umfeld war sehr überschaubar.

Dazu gehörten Auguste und die drei Ex-Freundinnen Aurélie, Ivy und Agnes. Dann schrieb ich die Worte »ma puce«. Die Person, die ihn angerufen hatte, als er bei mir gewesen war. Als ich ihn zum letzten Mal gesehen hatte.

Ma puce, mein Floh. Normalerweise nannte er Freundinnen *chérie*. Mich nannte er *ma chère*. Wer also war *ma puce*?

Mit dem Stift in der Hand begann ich, hin und her zu gehen. Ich war die Erste am Tatort gewesen. Ich musste etwas gesehen haben. Etwas, das mir nicht aufgefallen war, weil es so alltäglich war. Einen Hinweis, der erst jetzt seine wahre Bedeutung entfaltete.

Mir fiel ein, was ich bislang verdrängt hatte, dass ich ein Foto gemacht hatte. Auf meinem Handy klickte ich die Galerie an. Es war das letzte Bild. Ich schluckte und zwang mich hinzusehen. Sein geliebtes Gesicht, die Augen, die kalkweiße Haut, das Blut auf dem Shirt mit den Streifen.

Es war zu viel, ich löschte es. Es war gruselig und pietätlos, meinen Freund so zu sehen. Und doch hatte es mich weitergebracht.

Als ich Gabriel anrief, ging er sofort ran.

»Tereza, es tut mir leid.«

»Mir auch. – Aber darum geht's jetzt nicht. Habt ihr euch Isidores Ringelshirt angeschaut?«

»Du meinst das Matrosenleibchen.«

»Am Vortag trug er sein übliches hellblaues Hemd. Das Shirt ist sehr ungewöhnlich.«

»Moment.« Ich hörte ein Geräusch, dann war Stille, bis Gabriel wieder sprach. »Ich habe hier den Bericht der Kollegen.« Er las ab. »Es war neu, von Amor Lux.«

Ich hielt den Atem an. »Die Verpackung dafür war bei seinem Rucksack, sie ist mir aufgefallen. Also hat er es da oben angezogen. Das ist eigenartig, nicht? Isidore würde das doch nicht freiwillig tragen. Als ich so eines für Mathilde erstanden habe, hat er mich ausgelacht. Wieso sind die Shirts eigentlich bunt geringelt?«

Gabriel schwieg. Ich hatte ihn offenbar aus dem Tritt gebracht. »Vergiss es, eine blöde Frage.«

»Nein, überhaupt nicht. Um die Streifen ranken sich viele Legenden. Dass man die Matrosen besser gesehen hat, im Meer, wenn sie aus dem Boot fielen. Oder dass es ein Talisman war. Genau einundzwanzig Streifen mussten es sein, weil Napoleon gegen die Briten einundzwanzig Mal gewonnen hat.«

»Napoleon? Ein Grund mehr für Isidore, niemals ein solches Shirt zu tragen.«

»Und trotzdem trug er es.«

Stille. Sehr lange Stille.

»Hallo, Gabriel, bist du noch da? Das könnte was sein, ich spüre es. Bitte Miguela, sich das Shirt noch mal genau anzusehen, ob es wirklich ein Original ist oder eine gut gemachte Kopie. Geh zur Armor-Lux-Filiale oben in Crozon und frag nach, ob Isidore sich so eins gekauft hat und vor allem warum? Und mit wem?«

Er räusperte sich. »Danke, Tereza. Während deines Monologs habe ich die Suche nach dem Ringelshirt bereits veranlasst.«

Er war schnell, mein Liebster. »Sag mal, hast du nicht Lust vorbeizukommen?«

»Was denkst du, wo ich gerade bin?«

Ich hörte die Ladentür. Ding, dang, dong.

11

Camaret-sur-Mer, Montag, 17. Juli

Der Morgen war erstickend warm, und Gabriel war verschwunden, als ich aufwachte – genau wie gestern. Ein Zettel wies mich an, mir morgen, Dienstag, auf dem Markt am Stand mit den silbernen Ringen einen auszusuchen, sollten die Ermittlungen ihn daran hindern, es selbst zu tun.

Nö du, dachte ich. Das machen wir schön zusammen.

Ich holte die Zeitung aus dem Briefkasten, von deren Titelseite mich Isidores Gesicht anlächelte. Darüber eine kleine Schlagzeile: »Monsieur Bricolage ist tot«. Dazu einige Statements, eines davon von Hérvé Dupont, der seine offensichtliche Kritik durch die Betroffenheit schimmern ließ.

Nach einer kurzen Dusche, einem Verbandwechsel und einem Kaffee ohne Milch – Team Elke hatte sich schon wieder an meinem Kühlschrank bedient – sagte ich Xavier Amèr, der sich für die Klassifizierung der Cabane Wunderblau angemeldet hatte, ab, ich war mir immer noch nicht sicher, was ich bezüglich der Vermietung machen wollte. Kai, den ich per SMS um Rat bat, meinte lapidar: »Vertrau auf dein legendäres Bauchgefühl.« Und Lovis, meine Tochter, war nicht erreichbar. Sie und ihr Mann machten mit den Mädchen einen Campingurlaub, WLAN-frei. »Keine Nachricht, gute Nachricht, Mama«, hatte sie mir gesagt und sich damit auf ihre typische Weise Anrufe verbeten.

Danach traten die ersten Kunden ein, und ich kam nicht mehr zum Nachdenken. Ich verkaufte Bannalecs Gesamtwerk antiquarisch und mehrere Sagenbände. Das brachte mich auf die Idee, im Netz nachzuschauen, ob es etwas über die Feuersalamander von der Anse de Dinan gab. Fündig wurde ich jedoch nicht.

In einer Pause, die ich nicht für einen Kaffee nutzen konnte –

ohne Milch war echt keine Option für mich! –, blätterte ich nochmals Selimènes Heft mit den Zeichnungen durch. Sie waren eigentlich ziemlich großartig, und der Feuersalamander als bretonisches Fabeltier schien mir exotisch und passend zugleich. Vielleicht wäre das was für die Edition Wunderblau, unser Verlagsprojekt. Das hätte ich gern mit Sylvie besprochen, aber sie ging nicht ans Telefon. Stattdessen textete sie, sie würde wie verabredet den Nachmittag übernehmen.

Am Mittag hängte ich ein Schild an die Tür: »Siesta, wir sind ab fünfzehn Uhr wieder für Sie da.« Nun hatte ich freie Bahn.

Als Erstes rief ich Gabriel an, um wegen des Matrosenshirts nachzufragen. Er antwortete ausweichend, aber ich glaubte herauszuhören, dass sie noch nicht weitergekommen waren.

»Es gibt unendlich viele Verkaufsstellen für die Armor-Lux-Leibchen. Nebst dem Original-Laden hat sie jeder Souvenirshop und jeder Supermarkt im Angebot. Isidore könnte es irgendwo gekauft haben.«

Nun, das sah ich anders, und darum hängte ich die Boulerouge um und machte Minty startklar. Meine Fahrt führte mich an den Hafen, den Ort, den Isidore am meisten geliebt hatte, meiner Meinung nach. Hier lag sein Fischerboot vor Anker, hier trank er gern ein Coreff und plauschte mit den Leuten.

»Beeilung, Merguez!«

Mein Hund war nicht zu bewegen gewesen, allein in der Villa Wunderblau zu bleiben, und trottete hinter mir her. Sehr gemächlich. Er war immer noch so erschöpft von den gestrigen Ereignissen, dass er sogar aus Versehen auf die Fahrbahn geriet, was total unüblich war für ihn.

»Hast du sie noch alle, blöde Touristin«, schimpfte der Fahrer auf Deutsch. »Der Hund gehört an die Leine.«

Ich stieg ab und tätschelte Merguez. »Wir sind keine Touristen, gell. Und du hast Muskelkater.«

Der Hafenteil war ruhig, die Frühschiffe waren längst zurück, die Fähre nach Ouessant hatte abgelegt. Von der Terrasse der Austernbar winkte mir Bérénice zu, eine Studentin, die jeden

Sommer hier arbeitete. Genau wie Basile auch war sie eine von denen, die zurückkamen, um zu bleiben.

Schließlich erreichte ich mein Ziel.

Vor dem Comptoir, einer Boutique am Hafen, in der auch Isidore manchmal eingekauft hatte, lehnte ich Minty an einen Ständer mit Windjacken und hieß Merguez aufzupassen.

Drinnen war es so heruntergekühlt, dass ich fror. Bretonische Butterkekse, bretonische Bildbände, bretonische Jacken – alles war auf die Bedürfnisse der Feriengäste abgestimmt.

Ich wandte mich an eine Verkäuferin, der die Plauderlust ins Gesicht geschrieben stand. Während sie mich zur Abteilung mit den Ringelshirts führte, erfuhr ich, dass sie nicht aus Camaret war, sondern *»de la terre«* – das hieß so viel wie »vom Land«. Nun musste man wissen, dass hier alles, was einige hundert Meter vom Meer entfernt lag, »vom Land« genannt wurde.

»Aus Le Faou.«

Ein Dorf ganz am Anfang der Halbinsel, in das ich schon immer mal hatte fahren wollen. Ich fragte dies und das, dann probierte ich ein Shirt an. Es war weiß mit einundzwanzig Streifen, das klassische Modell.

»Sitzt ziemlich satt, ich brauche die lockere Variante. Könnte ich einen Blick auf die Männershirts werfen?«

Und schon standen wir in der gegenüberliegenden Abteilung, hier wurden Geschlechter noch klar getrennt.

Ich schluckte den Kloß hinunter und zeigte auf das Modell, das Isidore getragen hatte. »Das gleiche besitzt auch einer meiner Freunde. Er hat es kürzlich gekauft. Ich glaube, hier bei Ihnen.«

Ich beschrieb ihr Isidore. Als sie vom Käppi hörte, stutzte sie. »Nach ihm hat sich schon mal jemand erkundigt.«

Also war Gabriels Team bereits hier gewesen. Ich fühlte einen leichten Stich. »Jemand von der Polizei?«

»Woher wissen Sie das?«

Während ich mir eine Antwort überlegte, sprach sie zum Glück gleich weiter. »Aber nicht er war es, der ein Shirt gekauft hat, sondern eine Frau, die ein Geschenk für ihn gesucht hat.«

Es lief mir kalt über den Rücken. Eine neue Freundin? *Ma puce?* »Können Sie die Frau beschreiben?«

»Das wiederum hat die Polizei nicht wissen wollen. Sie sind gleich wieder weg, als ich sagte, einer mit Käppi hätte hier nichts eingekauft.«

Ich war elektrisiert. »Es ist eine delikate Geschichte. Falls Sie noch etwas nachdenken würden, wäre das sehr nett, und bei den vielen Kundinnen …«, ich zeigte auf die Busladung schnatternder TouristInnen, die gerade durch den Eingang stürmten, »… eine Meisterleistung.«

Die Schmeichelei war eine etwas billige Masche, und doch funktionierte sie.

»Also, Sie waren es auf jeden Fall nicht«, sagte die Verkäuferin und grinste süffisant.

»Nein. Aber es ist nicht so, wie Sie denken. Ich bin nicht seine Frau, ich bin eine … Kundin.« Das klang zu zweideutig. »Er hat mein Haus umgebaut. Und meine Ferienwohnung, die Cabane Wunderblau.«

Das interessierte sie. »Sie vermieten? Wir machen das auch.« Darauf stellte sie sich als Valérie vor, meinen Namen kannte sie, das DEJALU war ihr ein Begriff, wir gingen zum Du über.

»Und was vermietest du?«, fragte ich.

»Eine Mühle, die mein Mann von seinem Onkel geerbt hat. In der Nähe der Île Vierge.«

Das war keine Insel, sondern eine traumhafte und schwer zugängliche Bucht an der Küste zwischen Morgat und dem Cap de la Chèvre.

»Und du wohnst nicht selbst da?«

»Wir haben ja bereits ein Haus. Die Mühle wollten wir eigentlich meiner Tochter schenken, aber sie ist zu ihrem Freund nach Paris gezogen.«

»Wie schade. Wieder eine weg.«

Valérie wusste, was ich meinte. »Es ist schwierig, die Jungen hierzubehalten. Darum wollten wir vermieten. Dann kommen wenigstens Touristen her und verschaffen den Leuten Arbeit.«

»Macht ihr das selbst?«

»Die Vermietungen? Oh nein, wir können keine Fremdsprachen. Darum kümmert sich die Agentur Amèr.«

Das war meine Chance, unverbindlich an ein paar Informationen zu kommen. »Von denen habe ich schon gehört, ich überlege mir das auch. Sind sie zuverlässig?«

Valérie nickte. »Der Service ist gut, sie machen einfach alles, vom ersten Kontakt bis zur Schlussreinigung. Man hat nichts zu tun.«

»Und die Provision? Wie hoch ist die?«

»Für die Finanzen ist mein Mann zuständig.«

»Weißt du es nicht?«

Sie druckste herum.

»Es wäre wirklich sehr hilfreich, Xavier Amèr kommt bald bei mir vorbei. Ich sollte gewappnet sein.«

Valérie entschied sich, mir die Zahl zu nennen. »Wir bezahlen dreißig Prozent vom Mietbetrag.«

»Ziemlich viel. Ist das üblich?«

Bevor sie antwortete, wartete Valérie ab, bis ein Kundengrüppchen an uns vorbeigerauscht war.

»Ob das üblich ist? Das weiß ich nicht.«

»Du müsstest ja nur andere im Dorf fragen. So wie ich das verstanden habe, vermietet die halbe Halbinsel über die Amèrs.«

»Darüber sprechen wir nicht.«

»Wieso?«

»Wir verhandeln mit der Finanzchefin, und sie bittet um Stillschweigen.«

»Wer ist die Finanzchefin? Aude?« Das konnte ich mir gut vorstellen, so herbe, wie sie rübergekommen war.

Valérie verneinte. »Nein. Aude kümmert sich um den Kundenkontakt. Und Xavier um die Katamarantouren. Dann gibt es weitere Angestellte, Les Jeunes de Ménage, und eben die Finanzchefin.«

»Eine richtige Firma also. Und der Prozentanteil steht nicht routinemäßig im Vertrag?«

»Der wird individuell ausgehandelt. Man hat uns gesagt, dass das im Maklerbusiness üblich ist. Diskretion hat oberste Priorität.«

»Umso mehr schätze ich deine Offenheit. Bist du zufrieden?«

»Sehr. Es war so, dass unsere erste Mieterin beim Auszug wegen des fehlenden Geschirrspülers gar nichts bezahlen wollte.«

»Habt ihr keine Vorauskasse verlangt?«

»Eigentlich schon, aber die hat den Betrag nie einbezahlt.«

»Und die Amèrs haben euch aus der Klemme geholfen?«

»Sie haben Druck gemacht und das Geld einkassiert. Ich hätte nie den Mut dazu gehabt. Danach haben wir gleich für drei Jahre unterschrieben.«

»Gab es dafür Prozente? Ich meine, ihr habt euch für lange Zeit gebunden.«

»Nein. Wir konnten froh sein, dass sie uns überhaupt genommen haben. Eine Nachbarin, die das Haus ihrer verstorbenen Oma vermieten wollte, haben sie nicht aufgenommen. Auch nicht, nachdem sie die alte Bettwäsche ersetzt und die ausgestopften Tierköpfe entsorgt hatte. Die Amèrs akzeptieren nur die besten Häuser. Wer bei ihnen unterkommt, kann sich ›von‹ schreiben.«

Valérie lachte, wir waren Freundinnen geworden, und ich konnte auf den eigentlichen Grund meines Hierseins zu sprechen kommen.

»Wegen des Ringelshirts: Du hast mich durchschaut, ich bin seine Freundin. Seine Ex-Frau – sie sind schon lange nicht mehr zusammen – greift zu allen Mitteln. Es wäre für mich sehr wichtig zu wissen, ob sie das T-Shirt für ihn gekauft hat.« Das war so nah an der Wahrheit wie möglich.

»Keine Ahnung, wer sie war, sie hat sich nicht vorgestellt. Sie hat es als Geschenk einpacken lassen. Und sie hat ihn auf jeden Fall genauso beschrieben, wie du das anfangs getan hast. Käppi, Pfeife, Hemd, nur von Lachfalten hat sie nichts gesagt. Sie fand sein Gesicht verhärmt.«

Verhärmt? Konnte das *ma puce* sein? Immer noch hatte ich

Isidores Tonfall im Kopf, das Säuseln, die Zärtlichkeit, kaum vorstellbar, dass jenes Gegenüber ihn »verhärmt« gefunden hätte. Andererseits hatte sie sich vielleicht mit so einem Ausspruch getarnt. Dass niemand von ihr wusste, sprach für die Heimlichkeit der Beziehung.

»Wie hat sie ausgesehen?«

»Schwer zu sagen. Sie trug einen Mantel, Sonnenbrille und Mütze.«

»Und die Haarfarbe? War sie groß, klein?«

»Wieso willst du das so genau wissen?« Valérie war misstrauisch geworden, sie hatte keinen Bock, in ein Beziehungsdrama hineingezogen zu werden, das sah ich ihr an. »Ich weiß es nicht mehr, *pardon*. Da sind viele Kunden im Laden gewesen.«

Am liebsten hätte ich sie geschüttelt. Aber das wäre nicht zweckdienlich gewesen. »Vielleicht fällt es dir ja noch ein, hier ist meine Nummer.« Ich schrieb sie ihr auf einen Flyer des DEJALU, während ich das Ringelshirt bezahlte und es aus einer Regung gleich anließ, umziehen konnte ich mich später.

Valérie verabschiedete sich mit zwei Küsschen. »Sollte die Polizistin noch mal vorbeikommen, sag ich ihr nichts von dir, einverstanden?«

Ich strampelte an der Mole entlang, feuerte Merguez, der immer noch träge schien, ab und zu an und überlegte mir den nächsten Schritt. Diese *ma puce* ausfindig zu machen schien mir das Vielversprechendste. Der Weg zu ihr lief möglicherweise über Isidores geheimnisvolles Zuhause. Um an die Adresse zu kommen, brauchte ich Nominoë. Da ich ohnehin mit Selimène sprechen wollte, traf sich das günstig.

Merguez winselte, es zog ihn nach Hause.

»Nein, mein Lieber, unsere Mission ist noch nicht zu Ende. Erst wenn Isidores Name rehabilitiert ist. Und wenn wir rausgefunden haben, welches Dreckschwein ihn gestoßen hat.«

12

Ich schob das Rad den Küstenweg hoch, bis hinter einer Biegung das Kloster auftauchte. Der sanft renovierte Bau bestand aus einem ockergelben Haupthaus und verschiedenen Nebengebäuden. Auf dem felsigen Hügel weiter oben ragte der Leuchtturm rot-weiß in den Himmel, umgeben von einem dichten Mischwald mit Buchen, Arven, Fichten, Kiefern und Pinien, deren Duft mit einer Note Honig und Thymian den Zauber dieses Ortes noch unterstrich.

Ich betrat den Hof und ging über die flach gemähte Wiese bis zum Holzportal. Als ich den Türknauf hob, öffnete es sich, und Sœur Nominoë stand da, ihre Augen von hellem Sturmgrau, der Habit verblichen. Auf dem feinen weißen Haar war eine Haube festgesteckt. Wie dünn sie geworden war, wie zerbrechlich. Alt.

Sie herzte Merguez – »Dir ist auch zu heiß, nicht wahr?« –, bevor sie sich mir zuwandte. »Das ist aber ein nettes Ringelshirt. Ich hätte Sie fast für eine Touristin gehalten.«

»Hatte Isidore so eines?«, fragte ich statt einer Antwort.

»Nie im Leben hätte er so was getragen.« Sie streckte die Arme aus. »Kommen Sie her, mein Kind. Eine schreckliche Geschichte.«

Ich entzog mich der Umarmung gleich wieder, sonst hätte ich angefangen zu heulen.

»Sind Sie verletzt?«, fragte Nominoë mit einem Blick auf meine Hand.

Ich erzählte ihr von dem verhinderten Brand, und sie ließ nicht locker, bis sie mir eine besondere Kräutersalbe und einen frischen Verband verpasst hatte.

»Und jetzt trinken wir etwas zusammen.«

Während wir die geräumige Eingangshalle durchquerten, hörten wir aus der Küche am Ende des Flures Geplauder. Vermutlich saßen die Nonnen beim Mittagessen, Sœur Marthe, Sœur Marie Claude und die anderen. Es würde ein Hallo geben, wir würden uns an den gemeinsamen Auftritt mit dem Bergamotten-Chor erinnern, und ich käme nicht dazu, meine Fragen zu stellen.

Ich hielt Nominoë am Ärmel fest. »Ich will zu Selimène.«

»Nachdem Sie bei mir im Büro waren.«

Wir stiegen in den ersten Stock hinauf. Es gab nur wenige Möbel, ansonsten war der Raum vor allem hoch und still. Und kühl, so unglaublich angenehm kühl, dass Merguez sich mit einem erleichterten Pups auf den Boden niederließ.

Ich lehnte es ab, mich zu setzen. »Ich habe nicht viel Zeit, Sœur.«

»Tereza Manon Elektra Berger.« Nominoë lächelte ein wenig. »Immer auf dem Sprung.«

Bei jeder anderen hätte mich die Nennung meiner drei Namen genervt, bei ihr war es wie Heimkommen. Mein Vater war Opernkritiker gewesen, meine Mutter sein größter Fan. Mama und meine Patentante Annie, die mir unbekannterweise ihre Villa Wunderblau vermacht hatte, waren über Nominoë verbunden gewesen.

»Gönnen Sie sich eine Auszeit.« Sie wies auf die geschnitzte Holzbank und den glatt polierten Tisch.

»Aber nur zehn Minuten.«

Ich setzte mich, während Nominoë uns aus einer Flasche kühlen Holundersirup einschenkte. »Vom letzten Jahr.«

Er schmeckte köstlich. Sie wollte wissen, wie es Mathilde ging und ob Lovis auch kommen würde.

»Sie bleiben in Australien«, sagte ich. »Die Kinder sind ein und zwei Jahre, das ist ein schwieriges Alter zum Reisen. Außerdem will meine Tochter nicht mehr fliegen.«

So ging das eine Weile hin und her, bis ich es nicht mehr aushielt.

»Kann ich jetzt mit Selimène sprechen?«

Nominoë schüttelte den Kopf. »Ich weiß, ich habe es Ihnen versprochen. Aber sie ist noch zu erschöpft.«

Irgendwie hatte ich damit gerechnet, und darum kam ich ohne Umschweife zum nächsten Punkt.

»Wissen Sie, wo Isidore wirklich gewohnt hat?«

Nominoës Finger glitten an dem beschlagenen Glas entlang. »Sie meinen nicht die Werkstatt?«

»Ich meine sein Haus. Es ist Aimon herausgerutscht ... ein Haus, von dem fast niemand weiß. Er hat angedeutet, dass Isidore da mit einer Freundin lebt.«

Sie machte große Augen. »Hat er das so formuliert?«

»Ich habe es so interpretiert.«

Sie ließ sich mit ihrer Antwort Zeit.

»Spannen Sie mich nicht auf die Folter. Was kann denn daran Schlimmes sein? Sonst frage ich einen seiner Tausenden von Cousins.«

Nominoë hob ihre hellen Augenbrauen. »Die Cousins? Natürlich wissen Sie, dass die erfunden sind.«

»Ich hab's mir so zurechtgereimt.«

»Sie sind klug, Tereza.« Sie stand auf und trat zum Fenster.

Ich stellte mich neben sie. Vor uns lag das Meer. Türkis am Ufer, Königsblau in der Mitte, ein sattes Tintenblau gegen den Horizont und alles mit Schaumkrönchen verziert.

»Das Wetter wechselt. Ab übermorgen wird's kühl und neblig.«

»Nebel? Im Sommer?«, fragte ich.

»Sie werden es sehen.« Nominoë strich über eine Verzierung im Fensterrahmen. Ein Bild von Jesus, wenn mich nicht alles täuschte. Sie drehte den Griff, sodass frische Luft hereinkam, salzige, spritzige Atlantikluft. »In dem Haus, das Aimon angesprochen hat, lebte Isidores Schwester.«

»Wer?«

»Seine Schwester.«

»Isidore ... hat eine Schwester?« Ich war baff. »Aber er hat sie nie erwähnt?«

»Sie hat eine Beeinträchtigung. Da oben.« Nominoë klopfte sich an die Stirn. »Es ist ein Geburtsfehler. Seit dem Tod der

Mutter brauchte sie Isidore. Das Haus war nur für ihn und sie bestimmt.«

»Wer hat für sie gesorgt? Isidore war ja dauernd unterwegs, bei der Arbeit, oft auch spätnachts.«

Sie schwieg.

»Sie? *Sie* haben sich um die Schwester gekümmert.«

Ihr Lächeln war fein.

»Und wenn Sie nicht da waren, Sœur? Soweit ich mich erinnere, waren Sie in den letzten Jahren manchmal für mehrere Tage oder Wochen auf Reisen.«

»Da hatte er eine andere Lösung.« Ihr Gesicht hatte sich verzogen, es passte ihr nicht, schien es mir.

»Wer ist das gewesen? Die andere Lösung?«

Plötzlich ertönte Gesang aus dem unteren Stockwerk. Die Bergamotten von Camaret, der Klosterchor, hatten sich offenbar nach dem Mittagessen in den Saal begeben, um zu proben.

»Es ist für die Beerdigung«, sagte Nominoë.

»Ist die Beerdigung bereits geplant?« Damit hatte ich überhaupt nicht gerechnet. »Wissen Sie, für wann?«

»Gabriel Mahon hat mir am Telefon mitgeteilt, dass es bald so weit ist. Noch vor dem Wochenende.«

Meine Gedanken überschlugen sich. Eine Beerdigung konnte nur stattfinden, wenn die gerichtsmedizinische Untersuchung abgeschlossen war. Wieso hatte Gabriel der Nonne Bescheid gegeben, mir aber nicht? Da ging etwas ab, was er mir vorenthielt. Entweder weil ich verdächtig war oder weil Hinweise auf Isidores Eigenverschulden aufgetaucht waren. Falsche Hinweise von fiesen Fake-Freunden, befürchtete ich.

Ich ballte meine gesunde Faust. Ab jetzt würde ich ein anderes Tempo anschlagen müssen.

»Das Familiengrab ist oben in Crozon, habe ich von Auguste gehört. Wird er auch da zum Liegen kommen, wie die Eltern und die Schwester?«

Nominoë verneinte. »Das haben Sie missverstanden, Tereza. Seine Schwester lebt.«

»Sie lebt?« Diese Nachricht musste ich erst verdauen. »Das ist unfassbar«, sagte ich nach einer Weile. »Und ich wusste nichts von ihr, rein gar nichts.«

»Sie wird ihn sehr vermissen.«

»Lebt sie denn in dem geheimnisvollen Haus, von dem kaum jemand etwas weiß?«

»Marine lebt in einem Heim in Brest. Isidore wollte es so.«

»Sie heißt Marine?«

»Marine Breonnec, genau. Es ist eine sehr noble Einrichtung, wo sie jetzt ist.« Der Klang ihrer Stimme strafte ihre Worte Lügen.

»Mit nobel meinen Sie teuer?«, fragte ich vorsichtig.

»Im fünfstelligen Bereich.«

»Und das bezahlt nicht die Krankenkasse?«

»Sie haben es erfasst, Tereza. Es muss privat finanziert werden.«

»Also hat Isidore viel Geld gebraucht. Sehr viel Geld.«

»Besonders seit letztem Jahr. Er hat zwar für Marine eine private Versicherung abgeschlossen, aber es gab da einen Verfahrensfehler. Er musste alles selbst bezahlen.«

Die kostspielige Betreuung einer kranken Schwester wäre ein triftiger Grund, mehr zu arbeiten und vielleicht ab und zu etwas am Steueramt vorbeizulenken. Wenn das rauskäme, würde es ihn belasten und die Theorie einer Eigenverschuldung befeuern.

»Und wer wird jetzt für die Schwester sorgen?«

»Isidore hat einen Fonds für sie eingerichtet, der reicht bis an ihr Lebensende. Danach wird alles der Gemeinde vermacht.«

Der Kloß in meinem Hals wuchs wieder. »Er hat für sie gesorgt. Und den Rest gibt er zurück.«

»So war Isidore.« Obwohl sie nicht mit Marines Unterbringung in einem Heim in Brest einverstanden war, sah Nominoë ihn so wie ich: als absolut treuen, hilfsbereiten Menschen.

»Wer weiß davon?«

»Nur sehr wenige.«

»Auguste?«

»Natürlich, als sein einziger Blutsverwandter.«

»Und Sie …«

»Er brauchte einen Ort zum Sprechen. Wenn ich hier war, verging kein Tag, ohne dass wir uns gesehen hätten.«

»Und sonst?«

»Vielleicht …« Sie überlegte, dann hob sie abwehrend die Hände. »Nein, niemand.«

Das war eine traurige Bilanz für jemanden, der angeblich viele Cousins und noch viel mehr Bekannte gehabt hatte.

Sie nahm meine gesunde Hand. »Ich habe es Ihnen erzählt, weil ich Isidore das so versprochen habe. Sollte je etwas mit ihm sein, sollte ich Ihnen Bescheid geben. Was ich hiermit getan habe.«

Ich war immer noch fassungslos. »Was hat er denn von mir erwartet?«

»Es wäre nett, wenn Sie Marine mal besuchen könnten. Ich war heute Morgen in Brest, um ihr die Nachricht von seinem Tod zu überbringen. Sie hat kein Gefühl für Zeit, aber für Menschen. Sie wird ihren Bruder schmerzlich vermissen.«

»Ich besuche sie sehr gern. Später, wenn das hier vorbei ist.«

»Was meinen Sie damit?« Nominoë sah mich aufmerksam an mit ihren grauen, klaren, schwer zu lesenden Augen.

»Gerade verbreitet sich in der Gemeinde auf verschiedene Arten Isidores Bild eines Monsieur Bricolage mit Hallodriseiten, der selbst schuld war an seinem Unfall. Gestartet hat das Gerücht Hérvé Dupont.« Ich fixierte sie. »In der Radiosendung bei Vivienne haben auch Sie dieses Bild gezeichnet.«

»Ach so.« Sie verzog den Mund. »Darum sind Sie so anders als sonst?«

»Bin ich das?«, fragte ich.

»Kühl. Distanziert. Nun verstehe ich es. Dass ich da ein widersprüchliches Narrativ unterstützt habe, war mir nicht bewusst. Für mich ist ein Monsieur Bricolage etwas Positives.«

War sie so naiv, oder gab sie sich nur so? »Für andere bedeutet es genau das Gegenteil. Es besteht die Gefahr, dass Isidore als Brandstifter angesehen wird.«

»Isidore ein Brandstifter?« Ihre Hände, das sah ich deutlich, zitterten ein wenig. Sie schloss das Fenster mit einem Knall. »Das ist absurd. Warum sollte Isidore einen Brand legen und Selimènes Haus gefährden?«

»Manche Leute könnten denken, er habe damit Spuren verwischt.«

»Welche Spuren?«

»Baupfusch. Fehlplanung, irgendetwas, das schiefging. Mit finanziellen Folgen für ihn, sollte es auffliegen. Wenn nun das mit der Schwester dazukommt … weiß Gabriel von ihr?«

Nominoë verneinte. »Er hat mich nicht nach ihr gefragt. Noch nicht.«

»Würden Sie mir die Adresse mitteilen, Sœur?«

»Es liegt nicht weit vom Bahnhof entfernt, mit wunderbarer Sicht auf den Hafen.« Sie zog einen Zettel aus dem Habit.

»Ich meinte nicht das Heim, ich meinte Isidores Haus.«

»Da dürfen Sie nicht hingehen. Wir würden schlafende Hunde wecken. Sie sollen nicht in die Ermittlungen eingreifen, Gabriel würde das nicht wollen.«

Sie kannte Gabriel gut. Und sie verehrte ihn. Auch Nominoë hatte ihre Schwächen.

Es klopfte an der Tür. Schwester Marie Claude streckte den Kopf herein. »Nominoë, wir brauchen dich für die Altstimme.«

Täuschte ich mich, oder war Nominoë froh, mich zu verabschieden?

»Grüßen Sie Marine von mir. Wir sehen uns bei der Beerdigung.« Sie schob mich hinaus. »Ich denke, die wird am Mittwoch sein.«

Das war in zwei Tagen. »Und wann kann ich mit Selimène sprechen?«

»Ich gebe Ihnen Bescheid.«

»Aber …«

Sie ging davon.

»Sœur!«

Sie drehte sich um. Mit den Fingern der rechten Hand deutete sie einen Reißverschluss über ihren Lippen an. Das Schweigegelübde, ich hatte es befürchtet. Es war schon immer so gewesen. Nominoë ließ sich nicht in die Karten blicken.

13

Ich ging über den Hof zum Ausgang und schob das Rad ein Stück weit den Weg entlang. Dann hieß ich Merguez auf mich warten und huschte an der Mauer entlang zurück. Ich war hergekommen, um mit Selimène zu sprechen, und genau das würde ich tun, Nominoë hin oder her.

Zum Glück kannte ich mich im Kloster aus. Das einzige für ein Altersheim in Frage kommende Nebengebäude befand sich im Umbau, die Hintertür war geöffnet, im Flur stand allerlei Werkzeug herum, Bretter, eine elektronische Stichsäge.

Die Tür von Zimmer eins war nur angelehnt. Es war jedoch leer, genauso wie die anderen auch. War ich im falschen Film? Was war mit dem Altersheimprojekt, von dem alle sprachen? Und wo war Selimène?

Zurück bei Merguez, rief ich vergeblich bei Vivienne an. Da mir außer ihr niemand einfiel, bombardierte ich sie mit Texten und weiteren Anrufen, bis sie abhob.

»Spinnst du, Tereza?«

»Ich brauche deine Hilfe. Ich steh hier im Kloster, und da ist kein Altersheim. Aber du hast doch darüber berichtet.«

»Ach so.« Sie räusperte sich. »Die offizielle Eröffnung ist auf Herbst verschoben. Es gab Bauverzögerungen. Wegen ...«

»... Isidore«, sagten wir wie aus einem Mund.

»Ich sehe, du hast dich voll in die Thematik eingearbeitet.«

Ich war schon wieder fassungslos. »Wieso hat Sœur Nominoë mir das nicht gesagt?«

»Sie behält es für sich. Selimène ist momentan die einzige Bewohnerin, Nominoë hat es mir nach dem Interview gebeichtet. Isidore muss sich bei der Finanzierung total verschätzt haben. Und die Baupläne existierten nur in seinem Kopf, niemand hat eine Ahnung, was genau er vorhatte. Sehr ärgerlich.«

Genau wie bei Ayala. »Ich kann nicht glauben, dass er so unprofessionell gewesen ist.«

»Meine Rede, Tereza. Izzy hat manchmal etwas rumgewurschtelt, aber das tun viele. Ich kapier nicht, warum alle so darauf herumreiten. Bei manchen Interviews hätte ich kotzen können.«

Das war Vivienne, wie ich sie kennengelernt hatte, bevor sie beim Radio angefangen hatte: direkt, frech, manchmal etwas ordinär. Aber mit dem Herz auf dem rechten Fleck. Zum ersten Mal hatte ich das Gefühl, nicht mehr allein zu sein.

»Ich versuche, mehr herauszufinden. Auf Gabriel kann ich mich nicht verlassen. Er war kein Freund von Isidore.«

Vivienne lachte ein wenig. »Hab's gehört.«

»Isidore soll noch ein Haus gehabt haben. Ist dir das bekannt?«

»Du meinst die Werkstatt?«

»Nein, Aimon und Nominoë haben ein anderes Haus erwähnt. Ich vermute, dass er mit ...«, fast hätte ich das mit Isidores Schwester verraten, »... vielleicht lebt er mit einer Freundin da.«

»Frag Selimène. Die ist auf Crozon geboren. Sie weiß noch mehr als Nominoë.«

»Aber sie ist nicht hier.«

»Doch. Oben im Leuchtturm. Es ist Nominoë rausgerutscht. Sie hat mir zwar strengstes Stillschweigen abverlangt, aber als Atheistin habe ich's nicht so mit den Gelübden.«

Ich blickte hinauf zu dem Turm. »Warum denn das? Es ist ja wahrscheinlich nicht einfach für so eine alte Dame, da hochzukraxeln.«

»Mir kam es so vor, als ob sie sie verstecken würde. Halt mich auf dem Laufenden. Und ich mach weiter mit dem Brandfalldossier. Das Postolonnec-Haus macht mich ganz verrückt. Dass ich diese Adresse im Netz nicht finden kann, meine ich. Ich bin übrigens kurz hingefahren, um eine Nachbarschaftsbefragung durchzuführen. Aber stell dir vor, niemand war zu

Hause. Es sind krasse Villen, viele Zweitwohnsitze, wie es ausschaut. Ich gehe abends noch mal hin … Tereza?«

Ich hatte schon auflegen wollen. »Ja?«

»Ist geil. Wir haben wieder einen Fall zusammen.«

Trotz allem musste ich ein wenig lachen. Merguez wedelte schwach und machte sich ans Aufstehen.

»Warte noch, mein Lieber, bin gleich wieder da.«

Brav legte er sich wieder hin, während Schaum von seinen Lefzen troff.

***

Gut geschützt durch die Pinien und Kiefern lief ich hinauf zum Turm. Seit ich da oben bei einem Sturm einige sehr dramatische Augenblicke erlebt hatte, war ich nicht mehr hier gewesen, und trotzdem kannte ich den Weg.

Die untere Eisentür öffnete sich geräuschlos, die eiserne Wendeltreppe klirrte nur leicht unter meinen Schritten. Oben stand die Tür zum Lampenraum offen. Beim letzten Mal hatte Nominoë hier noch ihr Radio betrieben, der Sender hatte den Raum beherrscht. Nun befand sich ein einzelnes Bett darin. Ein Tisch vorn an der Scheibe, mit Rundumblick auf den Ozean und die Wirbel der Iroise, die von nirgendwo so deutlich zu sehen waren wie von hier.

Selimène Lacroix saß auf dem Stuhl vor dem Tisch und löste ein Kreuzworträtsel. Sie trug eine Latzhose und ein kariertes Hemd, das Haar war zu einer praktischen Kurzhaarfrisur geschnitten, sie war barfuß. Ihre Füße ruhten auf einem Hocker, sie waren an den Zehengelenken seltsam verformt.

Als ich leicht an den Türrahmen klopfte, drehte sie langsam den Kopf. Ihre Haut war gebräunt, von vielen Altersflecken übersät, ihr Lächeln herzlich. Ich stellte mich vor.

»Tereza Berger? Ich habe schon viel von Ihnen gehört. Kennen Sie vielleicht ein Wort mit fünf Buchstaben? Es soll eine Hauptstadt sein.«

»Berne, in der französischen Schreibweise«, antwortete ich. »Liegt in der Schweiz.«

Sie lachte. »Der war gut. Setzen Sie sich doch zu mir, ich freu mich über Gesellschaft.«

Beim Näherkommen bemerkte ich, dass auch ihre Finger verformte Knubbel aufwiesen. Sie hat Arthrose, dachte ich. Umso erstaunlicher war ihre Schrift, so wie man früher geschrieben hatte, verschnörkelt, gleichmäßig, wie gedruckt. »Paris« hatte sie in die Kästchen geschrieben.

»Es ist ja ein französisches Rätsel. Aus der Samstagsausgabe von Le Monde.«

Die berühmteste Zeitung Frankreichs war die oberste auf einem ganzen Stapel.

»Lesen Sie die alle?«, fragte ich.

»Man muss doch informiert sein.«

Hier saß keine greise, demente Frau, wie ich sie mir aufgrund einiger Bemerkungen vorgestellt hatte, sondern eine sehr helle Person, die körperlich durch ihre Krankheit gezeichnet war.

»Bitte …« Selimène deutete auf einen Stuhl in der Ecke.

»Ein anderes Mal gern. Jetzt habe ich nicht viel Zeit. Es geht um Isidore Breonnec.« Ich setzte sie über die Vorgänge ins Bild. »Ich muss seinen Ruf retten. Und herausfinden, was wirklich im Dachgeschoss Ihres Hauses passiert ist.«

Ihr Blick verdüsterte sich. »Gott sei Dank.«

Was so ein Ausspruch alles beinhalten konnte! Isidore war ein Freund von ihr gewesen. Sie hatte ihn gemocht, sein Tod traf sie tief.

»Die Art, wie die Leute über ihn sprechen, kommt mir vor wie eine Verleumdungskampagne. Als ich Radio Breizh News gehört habe, war ich entsetzt. Die Version hat es sogar in die Presse geschafft. France Ouest, Le Télégramme … alle bezeichnen Isidore als Monsieur Bricolage.«

Endlich sprach jemand Klartext. »Ich bin mir sicher, dass Hérvé Dupont dahintersteckt. Bereits auf dem Brandplatz hat er über Isidore gelästert. Er will die Lex Dahut für ungültig erklären, hat man mir erzählt.«

»Hérvé ist viel zu einfältig für so was. Nein, es ist Mael Abelas. Er verwässert mein Gesetz und biegt es so lange zu seinen Gunsten um, bis es angreifbar wird.«

»Geben Sie mir ein Beispiel?«

»Die Lex Dahut gilt ja für Nebengebäude, die dem Heimatschutz unterstehen. Aber es ist ein flexibles Gesetz, eines, das auch das Gewohnheitsrecht berücksichtigt. Es geht Hand in Hand mit den Bewohnenden, mit den Leuten, die seit Jahren hier leben, sowie mit ihren Kindern, die es zum Bleiben animieren soll.«

Bewundernd sah ich sie an. Sie hatte ihr Gesetz im Griff und sprach so klar, als wäre sie eine Anwältin vor Gericht.

»Als Gegenmittel gegen die Landflucht, meinen Sie?«

»Genau. Seit Abelas an die Macht gekommen ist, werden auf der einen Seite neue Hürden eingefügt, die es den Nachkommen schwierig machen, auf der anderen werden die bestehenden Richtlinien laufend umgangen.«

»Von Leuten wie Hérvé?«

Selimène nickte. »Er hat rund um sein Grundstück einen Plastikzaun gebaut, und nachts holt er sich Sand und Steine vom Strand, obwohl das verboten ist.«

»Er baut damit?«

»Früher hat sich jeder an den Stränden bedient. Mit der Lex Dahut ist es nur noch für die Einwohner erlaubt, zweimal im Jahr, an bestimmten Daten. Hérvé ignoriert das, und Abelas drückt beide Augen zu.«

»Das klingt nach einer verfilzten Sache.«

»Abelas wollte mir Steine in den Weg legen, als es um meine Dachrenovierung ging, im wahrsten Sinne des Wortes. Dass ich mich durchsetzen konnte, sitzt ihm wie ein Stachel im Fleisch.«

»Isidore hat den Auftrag bekommen, nicht wahr?«

»Er hat den Boden geschliffen. Die neue Fensterfront hat

eine Firma aus Morlaix eingebaut, auch das Dach werden sie erneuern.«

»Haben Sie das dem Commissaire gesagt?«

»Natürlich. Er hat mir erzählt, dass Sie einen zweiten Brand verhindert haben.«

»Jemand hat den Knopf beim alten Toaster hinuntergedrückt. Ich vermute, dass es Hérvé war.«

»Hérvé?« Sie überlegte. »Das glaube ich nicht. Er stänkert zwar, was das Zeug hält. Aber er würde sicher niemanden verletzen. Dieser Toaster war schon immer ein Risiko, ich habe ihn nur aus Nostalgiegründen behalten. Vielleicht hat der sich von selbst eingeschaltet, möglicherweise über einen frei liegenden Heizdraht.«

Hérvé nicht verdächtig? Den würde ich nicht so leicht von der Liste nehmen.

»Als ich bei Ihnen auf der Veranda stand, war mir einen Moment lang, als hätte ich ein Wiegenlied gehört.« Ich summte einige Takte.

»Au clair de la lune?« Selimène lächelte. »Ich hätte es meinen Kindern vorgesungen. Aber ich hatte keine. Ich habe nie geheiratet.«

»Dann habe ich geträumt?«

»Ich besitze tatsächlich eine alte Musik-Spieldose. Aber ich wusste nicht, dass sie dort ist. Können Sie sie für mich suchen?«

»Ich muss warten, bis die Polizei das Okay gibt.«

Plötzlich sackte sie in sich zusammen.

»Was ist?«, fragte ich alarmiert.

»Nichts, ich bin nur müde. Meine Kraft reicht nicht mehr lange.« So klar und lebendig sie eben gewirkt hatte, nun war es, als ob ihr inneres Licht ausgeschaltet worden wäre. »Außerdem muss ich die Anse beobachten.« Statt aufs Meer zu schauen, schloss sie die Augen.

»Wollen Sie den Feuersalamander nicht verpassen, wenn er aus dem Wasser kommt?« Damit zog ich das Zeichenheft aus meiner Tasche. »Sehen Sie nur!«

Sie blinzelte. »Vielen Dank.« Als sie es ergreifen wollte, fiel es ihr aus den zerknubbelten Fingern. »Ich habe Prinzessin Dahut ein Versprechen gegeben, alle Gemeinheit vom Strand fernzuhalten«, sagte sie mit leiser Stimme, während ich das Heft aufhob und auf den Tisch legte. »Es ist mir nie ganz gelungen. Manchmal schickt sie mir Blutalgen, um mich daran zu erinnern. Die roten Algen von Kersiguénou. Sind Ihnen die Dinger noch nie begegnet?«

»Doch. Die stinken scheußlich. Eine richtige Plage.«

»Alle paar Wochen suchen sie uns heim. Das heißt, dass Dahut noch nicht zufrieden ist.«

Na ja, dachte ich. Das würde sie vermutlich nie sein. Es war nicht möglich, einen Strand ganz frei von Idioten zu halten.

Ich berührte das Heft. »Seit ich es gelesen habe, träume ich vom Feuersalamander. Haben Sie sich je überlegt, die Geschichte zu veröffentlichen?«

»Nein, die war nur für mich gedacht.«

»Aber die Leute lieben Geschichten aus der Vergangenheit. Darum plane ich die Edition Wunderblau, die ich ausschließlich in meinem Laden verkaufen werde.« Ich holte einen Flyer vom DEJALU aus der Boule-rouge. »Alles hiesige Autorinnen. Sie können es sich ja noch mal überlegen.«

Sie hatte die Augen wieder geschlossen. Ihr Gesicht war ganz sanft. Ihre Hände lagen im Schoss, knubbelige, runzlige Hände.

Da vernahm ich das Klirren des Treppengeländers. *»Mince«*, flüsterte ich. »Nominoë sollte mich hier nicht erwischen.«

Selimène sprach, ohne die Augen zu öffnen. »Verstecken Sie sich im Maschinenraum.«

»Ein Letztes noch, Selimène.« Ich war bereits bei der Tür. »Können Sie mir sagen, wo ich Isidores zweites Haus finde?«

14

Le Fret war ein Dorf, das vielleicht zehn Kilometer von Camaret-sur-Mer entfernt lag. Die Halbinsel hatte verkehrstechnisch aufgerüstet, ich benutzte den neu erbauten Radweg. Der Wind blies mir die Gedanken aus dem Hirn, und ich genoss die Fahrt, trotz allem. Ich war allein, Merguez hatte ich bei Basile im Beaux Arts vorbeigebracht. Er hatte mir versprochen, ihn sich anzusehen, weil er immer weniger fit wirkte. Basile war mit Hunden aufgewachsen und kannte sich aus.

Beim Meer angekommen, gabelte sich die Straße, die eine Spur ging über einen Damm in Richtung Festland, während die andere an einem Dorfladen vorbei zum Hafen führte. »Hafen« war übertrieben, es handelte sich lediglich um eine Betonrampe, die ins Wasser hinausragte. Viermal täglich legte da ein Schiff an.

Von hier nach Brest über die Rade, wie die Meerenge genannt wurde, waren es knappe zwanzig Minuten, das Schiff war immer gut gebucht, manche Leute pendelten.

Die Hafenzeile bestand aus der Billetterie, einer Bar mit Pizzeria sowie zwei weiteren Restaurants. Ich wählte das eine mit der winzigen Terrasse und war hocherfreut, als mir die junge Bedienung zum wirklich wunderbar duftenden Kaffee mit sehr viel Milch eine Apfeltarte servierte. Das Getränk ging runter wie nichts, der Kuchen ebenso, ab und zu muss der Mensch einfach für sein leibliches Wohl sorgen.

Nachdem ich bezahlt hatte, hielt ich der Bedienung den Zettel mit der Adresse hin. »Können Sie mir sagen, wo das ist? Es soll direkt am Meer liegen und schwierig zu finden sein.«

Die Bedienung stellte sich als saisonal Angestellte heraus, die erst seit zwei Wochen hier arbeitete. Sie kannte Isidores Namen nicht. Auch die Adresse sagte ihr nichts. Dafür verwies sie mich an eine Crêperie vorn an der kleinen Plage.

»Die mit der blauen Tür. Aber sie machen erst in einer halben Stunde auf.«

Der Sandstrand zog sich von der Schiffsanlegestelle nach links. Er war fast menschenleer und übersät von Steinen und Muscheln. Hier hatte man seine Ruhe, wie es aussah. Eine Familie hatte ein großes Tuch ausgebreitet, ein Paar entspannte sich ein ganzes Stück von ihnen entfernt. Das Meer wirkte fast wie ein See, mit wenigen Wellen, friedlich plätschernd. Sommerfrische.

Ich ging ganz in der Stimmung auf, bis mein Herz schwer wurde. Das passierte mir die ganze Zeit. Einen Moment vergaß ich alles, dann fiel es mir wieder ein.

In meinen Turnschuhen marschierte ich über die Muscheln, dass es nur so knirschte. Als ich die blaue, in die Mauer eingelassene Tür erreichte, trat ich ein und kam in eine Küche. Ein Koch war eben dabei, einen Eierteig zu schlagen.

Kaum hatte ich die Frage nach Isidore gestellt, schmunzelte er.

»Crêpe Chocolat Amande Chantilly. Bestellt er immer dreifach, ein Feinschmecker. Für sich und für seine zwei Frauen.«

»Lebt er hier mit *zwei* Frauen?«

Der Koch nickte langsam. »Die eine ist die Krevette, die andere die Laus. Er liebt beide.«

Als ich nachfragen wollte, winkte er ab. »Mehr kann ich auch nicht sagen. Ich sehe ihn immer nur allein. Ich denke, es ist eine Ausrede, damit er drei Crêpes auf einmal verschlingen kann.« Er deutete nach links. »Gehen Sie da lang. Wenn Sie denken, Sie sind falsch, dann sind Sie richtig. Es ist das letzte Haus in der Reihe.«

Es wirkte nicht so, als ob er wüsste, dass Isidore tot war. Um weitere Fragen zu vermeiden, machte ich mich gleich auf den Weg.

Nach etwa hundert Metern gab es keine Menschen mehr, dafür noch mehr Muscheln, ein Meer von Muscheln, große und kleine, Steine und grüne Algen. Kaum Plastik oder Unrat, es stank auch nicht, alles war auf wilde Weise gepflegt, sehr angenehm.

Am Ende der Uferzeile passierte ich zwei Häuser und dachte erst, ich wäre am Ziel, was sich als Irrtum erwies. Nach einer Biegung ging ich unter einer Trauerweide durch, die nahe am Wasser wuchs. Dahinter dann erblickte ich ein weiteres Haus. Schmal und hoch und ganz aus Steinen gebaut, kein Penty, ein typisches *maison néo-bretonne*. Es lag nur wenige Meter über der Wasserlinie, bei einer hohen Flut würde der Garten überschwemmt.

Da es keinen direkten Zugang von der Meerseite her gab, stieg ich über die Mauer. Der Rasen, eher gelb als grün, war gesäumt von Hortensienbüschen, die zu runden Kugeln geschnitten waren, eine hiesige Besonderheit, die nur gute Gärtner beherrschten. Außerdem gab es einen Sitzplatz mit einem Holztisch und drei Stühlen.

Drei? Für Isidore und Marine – und für wen noch? *Ma puce?*

Die Terrassentür aus Glas war geschlossen, ich konnte aber durch die Scheibe ins Innere sehen. Anstatt schwere bretonische Möbel und ein Durcheinander im Isidore-Stil erblickte ich eine offene Wohnküche und eine breite Couch mit einem übergroßen, schlappohrigen Plüschkaninchen. Auf dem Tisch standen zwei Gläser und eine halb volle Flasche Wein. Daneben lag etwas Käse. Ein Baguette, noch in der Verpackung. »Biche«, war darauf zu lesen. Es bedeutete Käppi. In dem Fall bezog es sich aber nicht auf die Mütze, sondern auf das Brot der neuen Biobäckerei an der Grenze zwischen Morgat und Crozon. Isidore hatte nie erzählt, dass er da einkaufte. Soweit ich informiert war, war er Stammkunde in Camaret, genauso wie ich auch.

Ich machte ein Foto, dann umrundete ich das Haus bis zum Vordereingang. Das ganze Grundstück war von Büschen begrenzt, es wirkte sehr abgeschieden. Auch hier gab es eine Trauerweide, deren lange Äste im Wind hin und her wehten, was eine Art Rascheln verursachte. Die Eingangstür war aus

Holz mit einem Drehschloss, den Schlüssel fand ich klassisch unter einem Hortensienstock.

Zur Vermeidung von Fingerabdrücken zog ich mir meine Handschuhe über, die ich sommers und winters in der Tasche mitführte. Man konnte nie wissen …

Als ich den einen über den Verband streifte, jaulte ich leise auf. Verdammt, tat das weh.

Ich schloss auf und legte den Schlüssel wieder zurück. Mein Plan war, die Identität von *ma puce* zu klären und vielleicht etwas über Isidores Auftragslage und sein Geschäftsgebaren herauszufinden.

Drinnen roch es nach Zedernholz und Honig. Der Fußboden war frisch geschliffen und eingeölt. Mehrere Paar Turnschuhe lagen herum, Isidores Hemd hing an der Garderobe, das hellblaue, mit den Schwitzflecken. Es beseitigte meine letzten Zweifel, ob ich hier richtig war. Die Jacke daneben kannte ich nicht, sie war aus grünlichem, feinem Leder, mit orangen Einsätzen. Niedlich, auffällig. Ich machte wieder ein Foto. Dann betrat ich das Wohnzimmer mit der integrierten Küche.

Die Kochinsel war modern, alles wirkte neu. Makellos montiert, wie mein mittlerweile geschultes Auge konstatierte. Im Kühlschrank fand ich einen Frischkäse, eine Flasche Rosé und Orangensaft. Halb gesalzene Butter. Ganz hinten dann eine Tupperdose. Und, was soll ich sagen, meine Neugier obsiegte, und ich öffnete sie. Das hätte ich besser nicht getan. Darin waren pelzige Sushi-Überreste.

Mit einem Schaudern schloss ich den Deckel wieder. Sushi war sehr ungewöhnlich für Isidore. Einmal, als Sylvie und ich welches gegessen hatten – Sylvie machte die selbst –, hatte er sich sogar geweigert, davon zu probieren.

War das der Einfluss von *ma puce*? War sie Japanerin? Auf jeden Fall eher frugal eingestellt, auch im Schrank fand ich kaum Lebensmittel.

Den Rest des Hauses sah ich mir im Schnelldurchlauf an. Als

ich im Schlafzimmer das zerwühlte Kingsize-Bett entdeckte, wurde ich tatsächlich rot. Hier also unterhielt er *ma puce*?

Das zweite Zimmer gehörte der Schwester, erkennbar an den Plüschtieren und Barbies und den alten Holzpuppen. Wie alt war sie bloß? Im Schrank fand ich kindliche Kleider und einen Ball. Einen Roller. Bücher, die komplett neu aussahen. Keine Fotos. Nirgends Fotos.

Aus dem Erdgeschoss vernahm ich ein Geräusch. Ich schlich zur Treppe, um nach unten zu blicken. Nein, da war nichts.

Noch einmal kehrte ich in Isidores Schlafzimmer zurück, wo ich einen angrenzenden, durch einen Vorhang abgetrennten Raum mit Blick auf den Garten, das Meer und den Strand entdeckte. Hier endlich wurde ich fündig. Ein Schreibtisch voll mit Papierstapeln, ganz oben lag eine Kopie von »Terezas Wunderblau-Liste«, die gleiche wie in Isidores Boule-rouge-Rucksack auf dem Gerüst. Auf dieser hier hatte er einiges abgestrichen, am Schluss lachte ein gezeichneter Smiley. »Fast geschafft«, stand daneben.

Meine Augen wurden feucht. Die Villa Wunderblau, die Cabane Wunderblau und das DEJALU waren Isidore ein Anliegen gewesen, ich hatte ihm etwas bedeutet. Ich würde sein Andenken hochhalten, das schwor ich mir.

Ich suchte weiter und legte Unterlagen, die interessant sein könnten, auf einen Stapel. Dazu gehörten verschiedene Listen und Kassenbons: einer vom Baumarkt, einer von einem Lampenhändler, einer vom Grossisten aus Brest und eine handgeschriebene Quittung vom Antiquitätenmarkt. Wie ich bereits wusste, hatte Isidore seine Dinge von überall hergeholt und immer versucht, das Beste und Passende zu finden.

Er ist das Gegenteil von einem Monsieur Bricolage, dachte ich. Die Papiere waren zwar viele, aber gut organisiert und nach Datum und Ort sortiert. Für jede Baustelle gab es einen Kartei-Ordner. Das Kloster, der Campingplatz, verschiedene Adressen im Wohnviertel von Camaret. Dazu Rechnungen, wenn der Auftrag abgeschlossen war.

Ich holte mein Handy heraus und begann, Fotos zu machen. Nach Camaret war Crozon an der Reihe, die von der Kirche hatten genauso zu seinen Kunden gehört wie die von der Bank und von einem neuen Surfladen.

Ein Ordner war mit »Selimène« angeschrieben, ein anderer, wesentlich umfangreicherer, mit »Amèr«. Mein schnelles Durchblättern zeigte, dass auch hier alles sehr ordentlich und sehr legal abgelegt war.

Gerade als ich mir vorstellte, wie ich diese Erkenntnisse dem verleumderischen Mob von Camaret-sur-Mer präsentieren würde, fand ich versteckt unter dem Schreibtisch eine Schachtel mit handgeschriebenen Quittungen und halb zerrissenen Abrechnungszetteln. Manche Beträge waren sogar auf Getränkeuntersetzer geschrieben, manche auf Servietten, Taschentücher oder auf die Rückseite eines Coreff-Etiketts.

Eigenartig.

Nun nahm ich mir den Finanzordner vor. Isidore besaß drei Konten bei der Bank Finisterra: ein privates, eines für seine kleine Firma und eines mit dem Namen »Marine«. Meine Finger glitten über die Zahlenkolonnen der Papierausdrucke, ich glich Zahlungen mit Rechnungen ab und fand nebst Übereinstimmungen auch Lücken. Mein Verdacht, dass die Kleinbeträge nirgendwo aufgeführt waren, bestätigte sich.

Klick, klack!

Wieder riss mich ein Geräusch aus der Konzentration. Es war Zeit zu gehen.

Als ich alles in die Schachtel zurücklegen wollte, fiel mir eine zu Boden gefallene Skizze auf. Man sah ein Feuer, lodernde Flammen und quer darüber den Namen Postolonnec. War das das abgebrannte Haus? Hatte Isidore da gearbeitet und beim Wiederaufbau geholfen? Vielleicht gab es eine Adresse, Vivienne würde Rad schlagen vor Freude.

Klick, klack!

Diesmal hatte ich es deutlich gehört. Wie Absätze auf Holzdielen. Eine Stimme ertönte. Gabriel. Wie war er reingekommen?

Mince. Da stand ich im Partnerlook-Ringelshirt und durchforstete die Papiere von meinem toten Freund Isidore.

Ich nahm die ganze Zettelwirtschaft aus der Schachtel, stopfte sie in meine Boule-rouge und schlich durchs Schlafzimmer zurück ins Treppenhaus.

»Fang oben an, ich schaue hier«, sagte Gabriel.

Ich griff zum Handy, tippte eine Nachricht an Gabriel ein und bat ihn um einen Anruf. Dann versteckte ich mich hinter der vollgehängten Kleiderstange im Flur.

Ein Pling von unten. Stille. Schließlich erneut Gabriels Stimme.

»Yuna, ich muss schnell raus, mach du schon weiter.«

Yuna, wer war Yuna? Die neue Kollegin?

Ich hörte eine Holztür klappern, vermutlich der Haupteingang, während jemand die Treppe hochkam und an mir vorbei das Schlafzimmer betrat. Ich huschte hinunter ins Wohnzimmer, öffnete die hintere Glastür und überquerte die Terrasse. Anstatt erneut den Strand entlangzugehen, wählte ich den Weg, der sich durch das angrenzende wilde Buschgebiet in Richtung Dorf zog.

Als ich vielleicht fünfzig Meter gegangen war, vibrierte mein Handy. Gabriel. Mein Adrenalinpegel schoss in die Höhe, ich blickte mich um und ging erst ran, als ich mich ein Stück in die Büsche geschlagen hatte.

»Wieso willst du mich sprechen und lässt es dann klingeln?«, fragte er.

Seine Stimme hörte ich gleichzeitig im Telefon und live. *Mince.* Er war nicht weit entfernt, vielleicht hatte er mich sogar gesehen. Ich musste vorsichtig sein.

»Habe es auf stumm gestellt, sorry.«

»Wieso flüsterst du? Ich versteh dich kaum.«

Mein Herz klopfte wie blöd. Lüge oder Wahrheit?

»Jemand hat erzählt, dass die Beerdigung in Crozon sein wird.«

»Hast du mich deswegen angerufen?«

Nein, ich wollte dich nur weghaben, damit ich aus Isidores Haus fliehen konnte.

»Bedeutet es, dass die Untersuchung bereits abgeschlossen ist? Hat Miguela keine Anzeichen von Gewalt gefunden? Ist er gestürzt?«

Keine Antwort.

»Wann soll denn die Beerdigung sein?«

»Kein Kommentar.«

Ich stolperte und musste mich mit der verletzten Hand auffangen.

»Hallo?«, rief er.

Ich blieb bocksteif stehen und kniff die Augen zusammen.

Es war ganz still. Kein Laut, kein Hauch, nur brütende bretonische Hitze.

Dann sah ich ihn durch das dichte Laub. Auch er hatte sich in den Büschen versteckt, damit seine Kollegin ihn sicher nicht beim Telefonieren mit mir erwischte. Er starrte auf sein Handy, dann hielt er es sich ans Ohr. »Tereza?«

Er ging an mir vorbei. Hätte ich meine verbrannte Hand ausgestreckt, hätte ich an seinem Ledermantelärmel zupfen können.

Ein Seufzer entwich mir. Wir hielten beide den Atem an. Hatte er mich gehört? Kaum war er auf den Weg getreten, kam die Frau namens Yuna dazu. Sie trug eine taillierte Jacke, hatte einen Pferdeschwanz und sah unanständig jung aus.

»Chef?« Wie vermutet war Yuna die neue Kollegin. »Was machen Sie hier?«

Gabriel murmelte etwas und drehte sich um die eigene Achse.

»Nichts. Ein Tier. Ein Hirsch vielleicht … es klang trampelig.«

Patsch. Das hatte ich nun davon.

»Der Präfekt ist am Telefon. Er will die Beerdigung in den nächsten achtundvierzig Stunden zulassen, nach dem Okay vom Staatsanwalt und von Martinez.«

»Mit Vorbehalt. Sie hat es mit Vorbehalt gegeben. Es stehen noch einige Laboranalysen aus.«

»Angesichts der Umstände sollen wir die vernachlässigen, sagt der Präfekt.«

Wie autoritätshörig die Frau war. Der Präfekt war Gabriels Chef, in Brest stationiert. Meist ließ er ihn in Ruhe seine Arbeit machen, außer bei Fällen, in die Prominenz verwickelt war. Er war ein schmallippiger Typ mit Bärtchen und dunkelblauen Maßanzügen, ich hatte ihn einmal bei einer Zeremonie um Bernard Sonnett, einen Kriegsveteranen und Träger des Bretagne-Ordens, erlebt. Die Rede, die er am weiß-blau-rot dekorierten Ehrengrab gehalten hatte, hatte sich durch Kargheit und vor allem Humorlosigkeit ausgezeichnet. Gabriel hatte seine liebe Mühe mit ihm.

»Ich rufe ihn gleich an«, hörte ich ihn sagen. »Er mischt sich in eine Ermittlung ein, ohne die Fakten zu kennen.«

»Die fehlenden Resultate sind Routine.« Yunas Übereifer würde Gabriel bald auf die Nerven gehen. »Im IRM von Brest haben sie die neuesten Geräte. Sollte noch ein Problem auftauchen, hat Martinez alle Daten und kann weitere Untersuchungen durchführen, auch ohne Leiche.«

»Aber wieso die Eile?«

»Damit die Beerdigung am Mittwoch stattfinden kann.«

»Das ist übermorgen.«

»Am Wochenende stehen in Camaret einige Feste auf der Agenda, hat man mir gesagt.«

Damit hatte sie recht. Es würden drei Konzerte stattfinden, einmal bretonischer Pop beim Turm, einmal Rock 'n' Roll auf der Mole, einmal bretonische Traditionals auf der Place Saint-Thomas.

»Emil Vanderbrouke hat gemeldet, dass alle Freunde von diesem Breonnec bei den Vorbereitungen eingespannt sind.«

Wir hatten auch einen Stand geplant, Isidore hätte ihn gebaut.

»Wir werden die Festivitäten ausfallen lassen«, sagte Gabriel mit tonloser Stimme.

»Der Präfekt ist dagegen.«

Mann, die Frau war vielleicht hartnäckig. Sie sprach immer weiter, ohne Punkt und Komma.

»Es soll eine Veranstaltung für die TouristInnen sein und die Attraktivität des Standorts Camaret fördern. Man hat mir erklärt, dass im Frühjahr einige Restaurants nicht mehr geöffnet wurden. Wegen der grassierenden Abwanderung der Generation Z.«

Na ja, sie war ein prima Gegenbeispiel, auch wenn ich sie jetzt gerade an die Champs-Élysées oder ins Pfefferland wünschte.

»Dann verlegen wir die Beerdigung auf nächste Woche.«

»Das habe ich versucht. Aber der Präfekt sagt, in Absprache mit Isidores Familie und dem Gemeindepräsidenten ist der Mittwoch gebucht. In der Kirche von Crozon.«

15

Außer Atem stieg ich vom Rad. Schon von Weitem hatte ich bemerkt, dass das DEJALU zu war, und dabei war es noch nicht mal achtzehn Uhr.

Ich las den Zettel an der Tür. »Heute geschlossen, bis die Besitzerin wieder da ist.«

Keine Zeitangabe, keine Telefonnummer für dringende Bestellungen. Hallo? Und dass Sylvie mich so distanziert als Besitzerin bezeichnete …?

Ich holte mein Handy heraus, versuchte es sowohl bei ihr als auch bei Aimon. Vergeblich. Auf dem Campingplatz wusste Sylvies Chefin, dass sie am nächsten Tag eine Frühschicht hätte, bevor sie am Nachmittag ins DEJALU käme. Wir befanden uns im Krieg, so schien es mir. Und der Grund dafür war Isidore.

Ich betrat meine Buchhandlung. Drinnen war es unheimlich still, statt Geplauder und eifrigen Kunden hörte man das Ticken von Mathildes Daisy-Duck-Wecker. Unordnung herrschte, die Durchreiche war mit schmutzigem Geschirr zugestellt, eine Büchersendung, die letzte, die Isidore noch abgeliefert hatte, war erst zur Hälfte ausgepackt, die Bücher stapelten sich am Boden. Wo sollte ich anfangen?

Schwer sank ich in den Lesesessel. Da rief Vivienne an. Sie sei gerade bei Basile angekommen, er würde ihr Galettes mit Chèvre frais und Honig kochen.

»Wie geht's meinem Hund?«

»Der hechelt im Schatten. Wenn du willst, darf er heute Nacht bei uns schlafen.«

»Dann wäre ich ganz allein.«

»Ach wo, Gabriel kommt sicher vorbei.«

Bloß nicht. Ich hatte keinen Plan, wie ich ihm mein Auftauchen bei Isidore verklickern konnte.

»Ich schick dir das Foto einer Kinderzeichnung. Möglicherweise handelt es sich um das gesuchte Haus in Postolonnec. Und kannst du alles über Hérvé Dupont rausfinden, Hintergrund, Beruf, familiäre Verbindungen? Ebenso über Mael Abelas. Da geht einiges vor in der Gemeinde.«

»Ich weiß. Du bist nicht die Einzige, die das gemerkt hat. Gabriel hat Abelas auf dem Schirm. Ich habe kürzlich ein Gespräch der beiden mit angehört.«

Nun verstand ich Gabriels genervte Reaktion auf Abelas' Anruf, als wir auf dem Kastell gewesen waren. Er hatte einen Konflikt mit ihm.

»Vivienne …?«

Aufgelegt. Aus der Küche hörte ich Stimmen. Team Elke war vom Strand zurückgekehrt. Als ich den Kopf hineinstreckte, scrollte Anne, wie üblich im Regenmantel am Tisch sitzend, durch ihr Handy, während sich Elke mit Jennifer um die Bedienung der Kaffeemaschine stritt.

»Ich will das machen«, sagte Jennifer mit hoher Stimme.

»Das darfst du nicht, Terry hat's verboten.«

Terry für Tereza? Wenn ich etwas hasste, dann waren es Abkürzungen meines Namens. Von den Ereignissen des Nachmittags erledigt, war ich jedoch nicht schlagfertig drauf.

»Deine Milch ist auch schon wieder alle.« Elke ging zum Vorratsraum, um die letzte Packung herauszuholen. »Du musst neue kaufen. Und nimm bio. Vollmilch, Jennifer mag nur die.«

»Wir sind rein vegan hier«, sagte ich.

»Ah, wirklich?« Anna schien das zu interessieren, aber Elke winkte ab. »Das stimmt doch gar nicht. Rein vegan kann sich kein Hotel leisten.«

»Wir sind kein Hotel, steht in unseren Bestimmungen. Nicht gelesen?«

»Doch. Da steht auch, dass man im Hofladen alles Mögliche kaufen könne, es würde am Schluss abgerechnet.«

»Was für ein Hofladen?«

Sie zeigte mir meine Webseite. Tatsächlich wurde da der

Wunderblau-Hofladen erwähnt. Hatte ich diese Texte autorisiert? Ich musste besoffen gewesen sein.

»Und Essen kann man auch bestellen, steht hier. Das tun wir hiermit.«

»Ich krieg 'ne Pizza Hawaii«, krakeelte Jennifer.

»Nimm Margherita«, sagte Anna. »Ananas ist nicht gut für dich. Enthält Histamin.«

»Ich will aber Hawaii.«

»Nein, Jennifer.« Elke hatte sich eingemischt. »Tu, was deine Mutter sagt.«

Das kam ganz schlecht an bei der Kleinen. Sie fing an zu schreien. »Mama! Elke ist böse.«

Anna wollte sie beruhigen. »Na ja, eigentlich hat sie schon recht. Keine Büchsenananas, hatten wir gesagt. – Oder hast du frische?« Damit sah sie mit engelhaftem Lächeln zu mir.

»Weder noch. Die Küche ist zu. Das ist ein Fehler auf der Webseite. Aber ihr könnt nach vorn gehen, an der Mole gibt's einige Pizzerien. Und die haben auch Pizza Hawaii.«

»Gute Idee von Tereza.« Zum ersten Mal schien ich Elkes Geschmack zu treffen. Vielleicht freute sie sich, mal aus der Bude raus und unter Leute zu kommen, normale Leute, die Jennifers Benehmen auch jenseitig fanden.

»Ich lade uns alle auf eine Pizza ein.« Damit meinte sie Jennifer und Anna. Schön, wenn es meinen Gästen gut ging, während ich verdurstete.

Ich holte die gelbe Tasse von der Spüle, ging zur Kaffeemaschine und wollte mir einen Espresso herauslassen, als Jennifer dazwischenfunkte.

»Die will ich. Für meinen Babyccino.« Blitzschnell fasste sie nach dem Henkel.

»Lass das!«, sagte ich bestimmt.

Das Wort Nein kam in Jennifers Vokabular offenbar nicht vor. Sie zerrte an der Tasse herum, bis sie mir aus den Fingern rutschte und zu Boden fiel.

»Mama, die hat mich verbrannt.«

»Da war noch gar nichts drin.« Elke klang definitiv genervt.

Ich bückte mich nach meiner Tasse, eine Erinnerung an Isidore. Sie hatte den Fall überlebt.

»Aber du hast mir Babyccino versprochen.«

»Nicht in Terezas Tasse. Und nicht mit richtigem Kaffee, mit Kakao. Und jetzt benimm dich, und zwar nullkommaplötzlich.«

Den Ton war Jennifer sichtlich nicht gewohnt. »Mama, Elke ist fies.« Ihre Unterlippe zitterte.

»Sie hat das nicht so gemeint.« Anna blickte zu Elke. »Nicht wahr?«

Elke sah das anders, und ich konnte es ihr nachfühlen, wäre sie nicht so übergriffig, hätte ich ihr geholfen. So aber ging ich zur Tür. Bevor ich verschwand, hatte ich noch was zu sagen.

»Ich bin dann mal in meinem Arbeitszimmer. Falls euch langweilig wird, steigt in den Keller hinunter. Ganz hinten links in der Ecke stapeln sich einige Kisten. Die unterste enthält die alten Spielsachen meiner Kinder.«

»Du hast Kinder?«, fragte Anna.

»Zwei.«

»Wie toll, Jenny. Die dürfen mit dir spielen.«

»Die sind bestimmt doof.«

»Vor allem sind sie über zwanzig«, sagte ich trocken. »Ich bin auch schon Oma.«

»Ich habe dir gesagt, dass sie uralt ist.«

Einmal mehr – charmant, die Kleine.

»Eine sehr junge Oma«, antwortete Anna, und zu mir: »Du musst sie nicht so ernst nehmen, sie probiert sich gerade mit Sprache aus.«

Na, die würde mir geschliffen kommen.

»Wie gesagt, bedient euch. Allerdings lebt im Keller ein Feuersalamander. Wenn er rauskrabbelt, würde ich ausweichen. Er kann sehr angriffig sein. Vor allem, wenn sich Kinder schlecht benehmen.«

Damit verschwand ich ohne Kaffee im Kabuff und schrieb eine Nachricht an Sylvie.

»Ich habe mich gerade endgültig entschieden: Ich will nicht auf die Amèr-Plattform. Ich will meine Mieter selbst wählen. Sag bitte alle Termine mit denen ab.«

Eins zu null für mich. Ich holte Isidores Zettelwirtschaft aus der Tasche und breitete sie auf dem Tisch aus. In den nächsten Stunden würde ich beschäftigt sein.

***

Kurz nach zweiundzwanzig Uhr rauchte mir der Kopf. Es waren unendlich viele Belege, die ich da im Schein einer Stehlampe durchgesehen hatte. »Zweihundertfünfzig Euro als Geschenk«, stand auf einem Notizzettel, auf einem anderen die Summe von dreihundert Euro, »Spende für einen guten Zweck«. Auf dem nächsten dann ein Name. »Magalie Kerouag: Zwanzig Kilo Sand«.

Wozu brauchte die Wirtin der Bar La Coquille Sand? Für einen Spielplatz? Und warum hatte Isidore tausend Rosenkränze ans Kloster geliefert? Das las ich nämlich von einem herausgerissenen Gebetsbuchzettel ab.

Auf einem Flyer von Aileens Crêperie war notiert, dass er für angelieferte Crêpes zweihundertsiebzig Euro bekommen habe. Isidore konnte viel, aber Kochen gehörte nicht dazu.

Danach fiel mir eine Quittung in Atlantikblau in die Finger. Ich kannte das Logo gut, ich hatte es selbst entworfen. Was um alles in der Welt … Isidore hatte mir doch nie im Leben Fachbücher im Wert von zweihundertfünfundsiebzig Euro verkauft!

Dafür fiel mir ein, dass ich ihn nach der Reparatur des kaputten Rasenmähers mit Geld aus der Barkasse bezahlt hatte. Sein Versprechen, mir eine offizielle Rechnung zu bringen, hatte er nie eingelöst. Den Fehlbetrag von zweihundertfünfundsiebzig Euro am Ende des Monats hatte ich unter »Diverse« abgebucht.

Ich sah mir die blaue Quittung noch mal ganz genau an. Das Wort »Fachbücher« war nicht in meiner Schrift geschrieben, Isidore musste es im Nachhinein hinzugefügt haben.

Allmählich verstand ich. Das Ganze erlaubte ihm, kleinere Beträge – solche unter dreihundert Euro, Sonderpreise, günstiger als seine offizielle Arbeit – nicht zu versteuern. Wenn doch jemand von der Behörde aus Paris ankäme, um ihn zu kontrollieren, würden sie bei Isidores Kunden auf die Gegenstände treffen, die auf den Quittungen erwähnt waren, Fachbücher, Crêpes, Sandhaufen – jeder hatte das zu Hause. Dass das Geld in Wirklichkeit für etwas anderes ausgegeben worden war, konnte niemand nachweisen. Und sollten sie hartnäckig sein … nun, die meisten hätten vermutlich für Isidore geschummelt. Schließlich hatte er uns viele Gefallen erwiesen, er hatte Überstunden gemacht, war am Samstag gekommen und nachts. Außerdem gab es parallel dazu die tadellos geführte Buchhaltung, ein Beweis für Isidores Integrität.

Ich schrieb die Namen aller Leute, die ich auf den halb legalen Quittungen gefunden hatte, auf mein Plakat. Myrthe Abelas. Magalie. Ivy, Aurélie und Agnes, gleich alle drei Ex-Freundinnen. Das Kloster. Aude und Xavier Amèr. Aimon und Sylvie. Auguste. Hérvé Dupont – auch er –, dieser Brutus! Und ich. Aileen, Emil.

Emil? Er war von der Polizei und hatte trotzdem mitgemacht? Weil er ganz gern von Isidores Sonderkonditionen profitiert hatte und davon ausgegangen war, dass niemand Camaret-sur-Mers Monsieur Bricolage bei den Parisern verraten würde? Es war ein Win-win-System am Rande der Legalität, und wir alle hatten es unterstützt.

Ich trat einen Schritt zurück und atmete tief durch. Noch ergab sich daraus kein Motiv, Isidore in Verruf zu bringen oder ihn gar zu töten. Es sei denn, jemand hätte sich bedroht gefühlt. Um das herauszufinden, müsste ich mit den Leuten sprechen. Da ich auch auf der Liste stand, konnte ich ja mit mir anfangen.

Wie würde ich reagieren, wenn ich ein Bußgeld auferlegt

bekäme, weil Isidore meine ehrlich bezahlten Beträge nicht versteuert hatte? Natürlich würde es mich sauer machen. Andererseits wusste ich genau, dass ich auch davon profitiert hatte.

Was, wenn es um einen höheren Betrag ginge als die dreihundert Euro? Wenn das Bauamt oder der Heimatschutz im größeren Stil involviert wären? Eine Win-win-Situation wurde in dem Moment gefährlich, wenn sie für eine Partei keinen Gewinn mehr brachte und die andere Seite zu viel wusste.

Ich spürte eine Gänsehaut. »Mit Corentin Lehenaff sprechen«, schrieb ich groß auf die Aufgabenliste. Und gleich daneben: »ma puce«. Das war die andere Seite der Geschichte, die sich allmählich zeigte. *Ma puce*, die Geliebte, die im Kingsize-Bett nächtigte, Sushi im Kühlschrank vergammeln ließ und mit Isidore zusammen Schokocrêpes verspeiste. Daneben Marine, seine Schwester. Isidore-Marine-*ma puce*: Das könnte ein explosives Trio sein.

Ich kontrollierte mein Handy, aber Valérie vom Comptoir am Hafen hatte sich noch nicht gemeldet. Sie war bislang die Einzige, die *ma puce* gesehen hatte.

Ich schrieb »Bei Valérie nachfragen« und »Mit Marine sprechen« auf die Aufgabenliste.

Plötzlich hörte ich Lärm aus dem Laden. Team Elke, Sylvie?

Intuitiv stopfte ich Isidores Belege wieder in die Boule-rouge. Keinen Moment zu früh. Ohne anzuklopfen, kam Gabriel herein, im Mantel, das Haar zerzaust, den Helm in der Hand.

Ich stellte mich vor das Plakat, es wäre nicht ideal, wenn er meine Aufzeichnungen läse. Noch hatte ich nur zwei vage Motiv-Richtungen – einmal Geld, einmal die Liebe – und keine Beweise, außer dem Sushi und den Belegen, die Isidore vor allem belasteten.

Gabriels Blick sog sich jedoch an meinem Ringelshirt fest. Starr fixierte er die drei blauen Streifen, die sich quer über meine Brust zogen.

»Es ist nicht so, wie du denkst«, sagte ich schließlich.

»Und wie ist es dann? Wenn es nicht so ist, wie ich denke.«

»Ich habe es gekauft, um gute Stimmung im Comptoir am Hafen zu schaffen und an Informationen zu kommen, die deiner Kollegin möglicherweise entgangen sind. Es hat funktioniert. Valérie, die Verkäuferin, hat bestätigt, dass eine weibliche Person genau so ein Shirt für Isidore gekauft hat und es als Geschenk einpacken ließ. Ich denke, es war *ma puce*.«

»Wer?«

»Seine Geliebte. So hat er sie genannt.«

»Bist du sicher, dass nicht du damit gemeint bist?«

»Willst du mich provozieren?« Als keine Reaktion kam, sprach ich weiter: »Ich halte es für möglich, dass sie etwas mit dem Brand bei Selimène zu tun hat.«

»*Ma puce?* Weshalb?«

Mir fiel sofort ein Grund ein. »Aus Rache. Weil er seine Schwester über sie gestellt hat.«

»Die Rache der verschmähten Geliebten? Ein sehr abgekautes Motiv, da müssten wir die ganze Halbinsel verhaften. Jeder wollte sich irgendwie an Isidore rächen.«

»Und jede. Darum *ma puce*.«

»… die Ringelshirts verschenkt.«

»Ich finde das immer noch eigenartig.«

»Gehörte vermutlich zu den erotischen Spielen mit *ma puce*.«

Oh, là, là. War der übel drauf!

»Wann bist du eigentlich da gewesen? Im Comptoir?«

»Am Nachmittag.«

»Warum hast du mir nicht gleich Bescheid gegeben?«

»Weil deine Kollegin vor mir da war. Ich dachte, es sei nicht mehr nötig.«

»Du lügst!«, brüllte er unvermittelt.

»Wie sprichst du mit mir?«

»Pardon.«

Immerhin. »Aber natürlich hast du recht. Ich hab's dir verschwiegen, weil du, wie alle anderen auch, versuchst, Isidore die Schuld an etwas zu geben, das er nicht gemacht hat.«

»Woher weißt du, was ich tue?«

»Ich sehe vor allem, was du nicht tust. Du verteidigst ihn nicht, lässt die Leute Gerüchte verbreiten.«

Gabriel trat einen Schritt näher. *Mince*, er sollte das Plakat wirklich nicht sehen. Ich machte die Lampe aus, sodass der Raum nur noch durch den Lichtschein, der von draußen durch die Tür fiel, erleuchtet war.

»Sucht *ma puce*, und ihr habt die Brandstifterin. Vielleicht auch die Schubserin.«

In Gedanken bat ich sie um Verzeihung. Normalerweise verurteile ich Leute nicht wegen eines vergammelten Sushis.

Gabriel war misstrauisch geworden. »Wieso schiebst du plötzlich alles auf sie? Was ist mit Hérvé? Den hattest du doch gestern im Visier?«

Als Gabriel noch näher kam, machte ich einen Ausfallschritt und ging in Richtung Tür.

»Tereza …«

»Zu dünn, meine Theorie? Zu klischiert? Zu … banal?« Ich überlegte fieberhaft. »Du hast natürlich recht. Hérvé gibt da einiges mehr her. Ein eingewanderter Pariser, mit den Paragrafen auf Du, der das Gesetz immer zu seinen Gunsten verbiegt. Er will Aussicht aufs Meer. Und dafür würde er töten.«

»Hérvé? Er ist ein Schwätzer und ein Feigling. Wenn, dann hätte er das schon vor langer Zeit gemacht. Der Streit um Selimènes Dach ist uralt.«

»Ja und? Das heißt nicht, dass er nicht irgendwann eskaliert. Dieser Hérvé ist voll von unterdrückter Aggression. Er hat laufend Gräser ausgerissen, wer tut so was? Er hat auf jeden Fall verbrecherisches Potenzial.«

»Erklärst du mir meinen Job?« Gabriel deutete auf den Boden. »Und was ist das?« Drei heruntergefallene Quittungen.

Mit dem Fuß schob ich sie unter das Regal. »Meine Buchhaltung.«

Er bückte sich und klaubte sie wieder hervor. »Du schreibst Quittungen von Hand?« Als ich sie ihm entwenden wollte, hielt er sie in die Luft. »Seit wann, Tereza?«

»Antiquitäten, Raritäten, du weißt, da greift man schon mal zu Notizzetteln. Manchmal bezahlen mich die Kunden sogar in Naturalien.«

Er brachte einen Sicherheitsabstand zwischen uns und las, was auf den Zetteln stand. »Sand? Sie bezahlen dich mit Sand?«

»Damit werden Bücher behandelt, besonderes Leder.«

»Tereza ...« Er seufzte.

»Okay.« Ich wusste, wann ich verloren hatte. »Die sind von Isidore, er hat sie aus Versehen bei mir liegen lassen. Ganz selten machte er eine Art Tauschgeschäft. Zufrieden?«

»Er hat betrogen!«

»Bist du von der Steuerbehörde?«

Er deutete auf den zweiten Zettel. »›Emil‹, steht da. Offenbar hat ihm Isidore Wein geliefert. Und auf dem dritten ist dein Name, Tereza. Hast du auch mit ihm gedealt?«

»Du übertreibst maßlos.«

»Getauscht?«

»Einmal, und es war mir nicht bewusst.«

Gabriel gab mir die Zettel zurück.

»Woher hast du das?«

»Wie gesagt, er hat es hier liegen lassen. Im Zuge der Ermittlungen habe ich sie rausgeholt, um sie ...«

»... mir zu übergeben? Das glaubst du ja selbst nicht. Du warst nicht zufällig in seinem Haus?«

Er wusste es also. Ich wehrte mich nur noch pro forma. »Du meinst die Werkstatt?«

»Das Haus in Le Fret. Es soll sich eine Lady im Ringelshirt in Isidores Nachbarschaft herumgetrieben haben, hat man mir kolportiert.«

Ich sah das Glitzern seiner Augen. Glaze, die Farbe des Ozeans. Grüngraublaues Glaze.

Ich gab auf. »Erwischt. Wer hat geplaudert? Die von der Hafenkneipe? Ich hätte den Kaffee nicht mit *énormément du lait* bestellen sollen.«

»Der Koch von der Crêperie. Du hättest eine Vorliebe für Mandelkrokant.«

»So ein Schwätzer.«

»Er fand dich attraktiv. Die charmante Wuchtbrumme, hat er gesagt.« Er raufte sich das Haar. »Du warst oben in Isidores Haus, während wir unten reinkamen. Der knackende Ast in dem Busch, das warst auch du. Du hast mir und Yuna zugehört. Also weißt du auch das von der Beerdigung.«

Statt einer Antwort holte ich mein Handy heraus. »Ich habe ein paar Fotos gemacht, von Isidores Buchhaltung, alles sehr ordentlich, makellos, nichts zu meckern. Kein Hallodri.«

»Machst du einen Werbespot?«

»Wenn's sonst keiner tut.«

Gabriel lächelte gequält. »Wo ist Merguez?«

Wollte er ablenken? »Bei Vivienne. Er ist nicht fit im Moment. Vor Le Fret bin ich übrigens bei Nominoë gewesen. Sie hat auch Isidores Schwester Marine erwähnt. Warum hast du mir das nie erzählt? Dass er eine Schwester hat.«

Gabriel schwieg.

»Er hat dir vertraut, sonst hättest du es nicht gewusst. Sogar mehr als mir, offensichtlich. Und du? Bläst ins selbe Horn wie alle, verdächtigst ihn. Schieb ab.«

Seine Miene versteinerte. »Geht nicht.«

»Warum? Ist dein Haus abgebrannt?«

»Vermietet.«

»Das ist ein blöder Witz. Dann nimm das Studio.«

Ich meinte das ehemalige Yogastudio seiner Ex-Frau im Erdgeschoss seines Hauses.

»Das ist auch vermietet. Es ist Hochsaison.«

»Echt jetzt?«

»Lass die Ironie, Mitternacht ist vorbei. Da habe ich meinen Humor längst schlafen geschickt.«

Ich musste mich erst fassen. »Du hast dein Haus vermietet und bist davon ausgegangen, dass du jede Nacht hier schlafen kannst, ohne mich zu fragen?«

»Na ja, du hast so viele Zimmer …«

»Gabriel!«

»Nur für zwei Wochen. Sie bezahlen sehr gut.«

»Wenn du mir jetzt sagst, dass du bei den Amèrs im Katalog bist …«

»Bin ich. Ich kenne Aude schon lange, ich dachte, das wüsstest du.«

»Ist mir neu.« Der Mann machte mich wahnsinnig. »Du musst es geflüstert haben.«

»Wir sind einmal zusammen nach England gesegelt.«

»Du und Aude? Gesegelt? Mit einem Bötchen?«

»Mit ihrem Katamaran. Durch den Kanal. Sie und Nadège waren befreundet.«

Hatte ich doch recht gehabt, als mir schien, Aude würde mich an Gabriels Ex-Frau erinnern.

Ich hielt es nicht mehr aus und begann, hin und her zu gehen. »Weshalb hast du mir das nicht gesagt? Dass du über sie vermietest? Du hast die Geschichte doch auch mitbekommen, dass Sylvie dafür ist …«

»… und du dagegen, natürlich.« Er zögerte. »Es gab keinen passenden Moment.«

»Keinen passenden Moment? Aha. Bei mir gab's auch keinen.« Ich blieb stehen. »Damit sind wir quitt. Nun können wir weiterermitteln.«

»Wir? Du sollst die Finger davonlassen.«

Als er näher kam, wich ich aus.

»Und du lässt deine gefälligst von mir.«

»Es tut mir leid. Wirklich. Isidores Tod, ich …« Er suchte nach Worten. »Ich habe den Präfekten gebeten, mich rauszulassen. Aber Yuma ist noch nicht erfahren genug.«

»Ich dachte, sie heißt Yuna.«

»Sie ist auf jeden Fall sehr ehrgeizig. Und sie hat keine Ahnung von den Leuten hier. Ich werde sie auf Hérvé ansetzen. Er hat Selimènes Haus in Sichtweite. Er könnte Isidore kommen gesehen haben und wäre in zwei Minuten da gewesen.«

»Also wurde er gestoßen?«

»Wir haben immer noch keinen Beweis dafür.« Er seufzte. »Martinez will nun versuchen, die Erlaubnis für eine Autopsie zu bekommen.«

»Gibt's die nicht automatisch bei Verdacht auf Gewaltanwendung?«

»Das war früher so. Heute ist man effizienter. Die Legalinspektion hat ergeben, dass Isidores Körper voll kleiner Blessuren gewesen ist: Schrunden, Schürfungen, Quetschungen und solche Dinge, die auf seine Arbeit zurückzuführen sind. Die Computertomografie, also das bildgebende Verfahren, das routinemäßig bei einem Verdacht auf Gewaltanwendung durchgeführt wird, hat nichts Zusätzliches erbracht. Der Staatsanwalt wollte es deswegen dabei bewenden lassen.«

»Der hat keine Ahnung.«

»Wie gesagt, Miguela hat eine Autopsie beantragt.«

»Wie stehen die Chancen?«

»Ich habe es sehr empfohlen. Nun warte ich auf eine Antwort.«

Damit hatte er mich, ich lächelte ihn an. »Hast du Hunger?«

»Deine Küche ist belegt. Team Elke isst da Take-away-Pizza.« Er grinste schief. »Wir müssten rauf ins Atlantique.«

»Gib mir eine Minute«, sagte ich. »Erst muss ich das Ringelshirt loswerden. Es stinkt.«

16

Camaret-sur-Mer, Dienstag, 18. Juli

Gabriels Handy gab einen Summton von sich. Auch wenn ich kaum geschlafen hatte, war ich sofort hellwach. Als ich mich aufrichtete, stieß ich aus Versehen an den Stapel ungelesener Bücher. Er war kniehoch, diente mir als Nachttisch und schwankte gefährlich. Das Handy summte erneut. Ich robbte ich mich an Gabriel vorbei auf die andere Bettseite, schnappte das Gerät und sah mir das erleuchtete Display an. Miguela. Auf den Anruf warteten wir seit Stunden. Das Summen hörte auf, nur um gleich darauf erneut einzusetzen.

»Gabriel.«

Er rührte sich nicht, er schnarchte auch nicht, lag in seinen Boxershorts mit bleichem Gesicht und Schatten unter den Augen so reglos da, dass ich mich über ihn beugte. Doch, er atmete ganz leicht.

»Dein Handy«, flüsterte ich.

Er stöhnte ein wenig und fasste sich an den Kopf. Im Gegensatz zu mir hatte er gestern Nacht einen Whisky getrunken, vielleicht waren es auch zwei gewesen.

»Wie spät ist es?«

Ich hielt ihm das Gerät hin. »Halb sechs. Es ist Miguela.«

»Damn.« Seine Augen klappten auf. »Gib her, *my hen*.«

Henne? Ich musste lachen. Wir hatten einen kleinen Wettbewerb: Schottisch gegen Schweizerdeutsch. Die beiden Sprachen waren gar nicht so unterschiedlich, manche Laute glichen sich, vor allem beim Fluchen. Bei den Kosenamen waren die Schotten wesentlich origineller.

»*Bonjour*, Miguela, sag an.« Er hörte zu. Kerzengerade. Seine Spannung übertrug sich auf mich.

»In Ordnung, ich bin gleich da.«

Er legte auf und erhob sich. »Muss nach Brest.«

»Hat die Bewilligung geklappt?«

»Sie hat die Autopsie einfach gemacht. Ohne jegliche Autorisation der Staatsanwaltschaft.«

Ich hatte das gehofft. Miguela war dezent und beharrlich.

»Es hat ihr keine Ruhe gelassen, weil sie Isidore persönlich kannte. Sie konnte sich nicht vorstellen, dass er von so einem Gerüst fällt. Es war ja nicht sonderlich hoch, und er war täglich auf diesen Dingern.«

Meine Rede. Endlich war ich nicht mehr allein. »Und? Das Resultat?«

»Ein Turnschuhabdruck. Am Rücken. Auf der bloßen Haut.«

Das klang brutal. »Jemand hat Isidore in den Rücken getreten?«

»Fremdeinwirkung«, sagte er.

Meine Gedanken flirrten. »Es war Hérvé. Fahr zu ihm, er wird einen passenden Turnschuh haben.«

»Der Zeitpunkt ist nicht klar. Und das wirft eine Menge Fragen auf. War Isidores Fall Folge eines Tritts, oder stammt der Abdruck von früher.«

»Du meinst, dass ihn jemand vor dem Fall getreten hat?«

»Genau. Dafür brauchen wir die Berechnung der Kraftaufwendung und das Schuhprofil. Miguela und ich besprechen gleich das weitere Vorgehen. Und dann muss ich den Präfekten informieren.«

»Oder auch nicht«, sagte ich. »Der wird dich nur bremsen. Mach allein weiter und präsentiere ihm die Lösung.«

Aber Gabriel schien abgelenkt, mit abgewandtem Gesicht schlüpfte er in die Hose.

Ich zog die Decke bis zum Hals und beobachtete, wie er sich Socken aus seinem Rucksack holte – er hatte ein frisches Paar dabei – und sich dabei mehrfach umschaute.

»Suchst du meine Turnschuhe?«

Immerhin wirkte er ein wenig schuldbewusst. »Ich muss alle Leute, die vor Ort waren, ausschließen.«

»Meine sind abgelatscht. Die Marke ist Banana Moon.«

Ich stand ebenfalls auf, das Hemd etwas zurechtrückend, nicht nötig, dass er meine Dellen sah. Mit zwei Schritten war ich bei den Schuhen und drehte sie, um sie ihm zu zeigen.

»Klein kariertes Muster.«

»Miguela hat was von Rillen gesagt und Bögen wie Wellen.« Er machte trotzdem ein Foto meiner Sohlen. »Sie hat ein Bild des Abdrucks auf Isidores Rücken an die Spurensicherung weitergegeben. Bis ich in Brest bin, sollten wir einen konkreten Hinweis auf das Schuhmodell haben oder zumindest eine Eingrenzung.«

Er begann, das Hemd zuzuknöpfen.

»Und was ist mit der Beerdigung, sagst du die ab? Miguela muss bestimmt noch mehr untersuchen.«

»Sie hat, was sie braucht, sie kann auch ohne die Leiche weiterarbeiten.«

Den Satz hatte er von dieser Yuna-Tante übernommen.

»Sollte man nicht dennoch verschieben?«

Er bekam einen Knopf nicht zu. »Die Bürgermeisterin von Crozon hat sich mit dem Präfekten abgesprochen. Du kannst den Leuten die Beerdigung nicht nehmen, die ist wichtig.«

»Aber es verändert alles. Ab jetzt ermittelst du in einem Mordfall.«

Meine Worte klangen laut im Atlantique.

Gabriel ließ seine Hände sinken. »Oder Totschlag.«

Mal sehen, dachte ich. »Wer profitiert eigentlich von Isidores Tod? All jene, die ihm unter der Hand noch was schuldig waren. Was ist mit der Familie?«

Gabriel hatte seinen Knopf geschafft. »Es gibt einen lebenslangen Trust für Marine, haben wir gestern rausgefunden. Eventuell werden aber beim Erbe auch andere Verwandte berücksichtigt.«

»Auguste ist sein einziger Blutsverwandter. – Um wie viel Geld geht es denn?«

»Vielleicht einige hunderttausend. Das Problem ist, dass Isidore Marines Vormund war. Die Nachfolgeregelung ist unklar. Dem gehe ich heute nach. Und du …« Eine Umarmung, ein Kuss. »Draußen ist Markt. Schau dir um Himmels willen beim Silberstand die Ringe an.« Seine Finger auf meinen Lippen. »Du behältst alles für dich, *my hen*. Niemand erfährt davon, auch nicht Vivienne. Versprochen?«

»Natürlich, Gabe.«

»Gabe?«, sagte er. »Was Besseres habt ihr nicht zu bieten, ihr Schweizer?«

Ich zuckte die Achseln. Hätte ich ihn Schnügel nennen sollen, wie man das in der Schweiz so machte? Das passte nicht zu Gabriel Mahon.

Ich folgte ihm die Treppe hinunter und sah zu, wie er mit der Royal Enfield davonknatterte.

***

In der Küche ließ ich mir einen Kaffee heraus und trank das Gebräu mit kalter Milch, weil es schnell gehen musste. Allmählich drang das eben Gehörte zu mir durch. Einen Fußtritt in den Rücken hatte Isidore bekommen. Das war schlimmer, als wenn ihn jemand mit den Händen gestoßen hätte. Wann hatte ich in meinem Leben jemanden treten wollen? Meinen Ex-Mann Giorgio, als ich von der Schwangerschaft seiner Freundin erfuhr, aber allerhöchstens in den Hintern. Der Rücken, das war richtig gemein.

Es muss persönlich gewesen sein, dachte ich, ging mit dem zweiten Kaffee ins Kabuff und sah mir das Plakat an. Auch wenn Hérvé nach wie vor ganz oben auf meiner persönlichen Liste der Verdächtigen stand, der Schuhabdruck veränderte die Situation. Wer würde auf ein wackeliges Baugerüst klettern, um Isidore so zu treten, dass er hinunterstürzte? Die Ex-Freundinnen? Auguste, der Erbe? Aileen, Emil, Aimon, Sylvie? Xavier oder Aude? Myrthe oder Mael Abelas?

»Mit Corentin Lehenaff sprechen«, hatte ich in der Nacht

geschrieben. Ich nahm einen Stift, notierte auch alle anderen Aufgaben auf ein Notizblatt und steckte es in die Boule-rouge.

Dann holte ich mein Handy heraus und scrollte mich durch die Fotos, die ich in Isidores Haus gemacht hatte. Dabei fiel mir eine Rechnung auf, in deren Betreff das Wort Postolonnec auftauchte. Sie musste mit dem abgebrannten Haus zu tun haben, nach dessen Standort Vivienne suchte.

»Wechsel zu Unternehmen in Paris«, stand auf einem daraufgeklebten Post-it-Zettel und dazu drei Großbuchstaben, »ABF«. Was bedeutete das?

Beim Googeln stieß ich auf eine Rabattaktion für Feuerlöscher. Hatte Isidore Feuerlöscher bestellt?

Ich rief da an und gab mich als Sekretärin von Isidore Breonnec aus. Der hilfsbereite Mitarbeiter fand tatsächlich einen Beleg von vor drei Jahren, Lieferadresse war die Villa Wunderblau.

»Monsieur Breonnec hat danach nie mehr etwas bestellt.«

Nachdem ich mich bedankt hatte, ging ich in den Hintergarten hinaus und fand im Schuppen einen Feuerlöscher. Isidore hatte ihn da deponiert. Der Kloß in meinem Hals wuchs.

Ich hinterließ eine Nachricht bei Sylvie. »Kannst du pünktlich sein heute Mittag? Ich muss wohin.«

Wie sehr sich unsere Beziehung in den drei Tagen doch verändert hatte! Meine loyale Freundin war zu einer distanzierten Abwesenden geworden. Es hatte mit Isidore zu tun, dessen war ich mir sicher.

Als ich mir in der Küche den dritten Kaffee herauslassen wollte, klopfte es an der Tür. Team Elke? Die hatte ich überhaupt nicht vermisst, die Ruhe war himmlisch gewesen.

Es war Max, ein junger Biobauer, der seinen Marktstand direkt vor meinem Haus hatte.

»Tereza, du musst das DEJALU öffnen, bei dir stehen die Leute Schlange.«

***

Kaum hatte ich die Tür weit aufgemacht, rannten mir die Touristinnen die Bude ein. Mehrere Stunden kam ich nicht mehr zum Nachdenken. Unseren Renner »Ouessie«, einen Comic über ein kleines Schaf auf Ouessant, musste ich bereits kurz nach Ladenöffnung als ausverkauft melden. Der Aktuell-Tisch mit Krimis, den Fotobänden sowie den Wanderführern aus der Region war jeweils so schnell geplündert, dass ich kaum mit dem Auffüllen nachkam.

Kurz vor Mittag hängte ich das Schild mit der Aufschrift »Bin gleich zurück« ins Fenster.

Der Markt, der im Sommer jeden Dienstag stattfand, war überschaubar, und doch gab es alles. Stände mit duftenden Gurken, überreifen Aprikosen, mit Eiern von örtlichen Hennen. Thailändische Nudeln, gebratene Hühnchen und alle Varianten von bretonischem Käse. Ledertaschen aus Marokko und Lammfellschuhe aus Skandinavien, indische Sommerblusen und bretonische Ringelshirts, an denen ich ganz schnell vorbeiging. Dafür verweilte ich beim Stand mit den Erdbeeren aus Plougastel. Der Lieferant, ein verschmitzter Bauer mit Runzeln und Wampe, ließ nicht locker, bis ich die Marmelade mit einem Löffel probiert hatte. Ein Tropfen fiel auf meinen Turnschuh. Ich schauderte. Die restlichen Einkäufe erledigte ich im Flug, den Silberschmuck ließ ich aus und landete am Schluss wieder bei Max.

»Wir haben alles verkauft, Tereza, wir bauen ab.«

Als Dank für die Klo-Benutzung überreichte er mir ein Büschel frisches Basilikum, dazu Cherrytomaten und Büffelmozzarella.

»Die Verkaufssensation, ich musste rationieren, pro Person maximal zwei. Den für dich hatte ich zum Glück in der Kühltruhe gelassen.«

Die Bretonen und der Büffelmozzarella … das war eine junge und feurige Liebe. Ich wunderte mich darüber, wie sehr die Einheimischen auf diesen italienischen Käse standen, während ich doch für einen würzigen regionalen Chèvre frais weit gehen würde.

»*Merci*, Max«, sagte ich und atmete den Basilikumduft ein.

»Bis morgen, zur Beerdigung«, sagte er.

Auch er hatte Isidore gekannt, sein Stand war ein Eigenbau Marke Breonnec, mit einklappbarem Sonnensegel in den bretonischen Farben. Ob er den legal bezahlt hatte oder als Tauschgeschäft? Hatte Max nicht mal gejammert, Isidore würde tausend Pläne schmieden, aber bei der Durchführung hapere es?

Unwillkürlich wanderte mein Blick zu seinen Schuhen. Ledersandalen.

»Sag mal, hast du kürzlich Sylvie gesehen?«, fragte ich. Max wohnte auf dem Campingplatz, bis sein frisch erworbenes Penty an die Kanalisation angeschlossen war.

»Ja klar, heute, bevor ich herkam.«

Ich ging wieder in den Laden, hinterließ Sylvie erneut eine Nachricht und wechselte das Schild aus, diesmal wählte ich das mit der Mittagspause. Da fuhr Vivienne im Van vor, sie hatte Merguez bei sich und wollte mich sprechen. Nachdem sie reingekommen waren, gingen wir in die Küche.

»Basile hat uns zum Tierarzt gejagt. Ich weiß jetzt, was das Problem ist, Tereza. Merguez hat weder Schnupfen noch Muskelkater. Der rechte Schneidezahn ist lose, darunter hockt ein Abszess, der ihn krank macht. Leider wollte er sich den Zahn nicht ziehen lassen. Der Tierarzt ist fast durchgedreht. Nun müssen wir warten, bis er von selbst rausfällt, gell, *mon petit chouchou*.«

Der Kosename war einigermaßen witzig, weil Merguez alles andere als ein süßer kleiner Windbeutel war, zumal er nach Algen stank.

»Na dann, mal schauen, woran du dir den Eiterzahn ausbeißt.«

Ich versorgte ihn mit Wasser, harten Hundekeksen und einer Bachblütenmischung, die ich noch aus Zürich hergebracht hatte. Mit einem Pups ließ er sich neben dem Kühlschrank nieder und machte keinen Wank mehr.

»Hast du noch 'ne Minute?«, fragte ich Vivienne und bot ihr ein Glas Apfelsaft an.

»Ich hab zehn. Danach muss ich die Beerdigungssendung vorbereiten.«

»Ist das bereits offiziell?«

»Mittwoch, elf Uhr. Dorfkirche von Crozon. Ich übertrage live, France Ouest und Le Télégramme übernehmen.«

»Ach Gott«, sagte ich.

Sie nickte. »Ich bin immer noch völlig fertig. Ich meine, Isidore ist tot.«

»Es ist schrecklich. Gleich kommt er um die Ecke geknattert.«

»Er kriegt sein Denkmal, ohne einen Kratzer, dafür sorgen wir.«

Wir umarmten uns kurz.

»Wie weit bist du mit Hérvé?«, fragte ich, während ich uns beiden Saft einschenkte.

»Ein notorischer Stänkerer. Geschieden, eine Tochter, die lebt in den USA. Das Land mag er nicht, er mag kein Land außer Frankreich. Er wählt ultrakonservativ. Früher hat er tonnenweise Leserbriefe geschrieben. Online mag er auch nicht. Oder er kann es nicht. Seither hat er sich auf Selimène eingeschossen. Beim Bauamt liegen über fünfzig Beschwerden vor, die meisten gegen sie. Aber es betrifft auch andere.«

»Das heißt, niemand nimmt ihn mehr richtig ernst.«

»Korrekt. Mael Abelas wiederum hat eine Bilderbuchkarriere hinter sich. Eigentlich wäre sein nächster Schritt Paris gewesen. Warum er hier gelandet ist, ist mir ein Rätsel. Grundsätzlich gilt er als streng und unberechenbar. Dass Myrthe, seine Frau, auf unscheinbare Weise beliebt ist, hilft ihm. Ob er und Hérvé Isidores Namen in den Dreck ziehen würden? Todsicher. Ob sie dafür ein Haus anzünden würden? Vorstellbar. Ob sie ihn schubsen würden? Weiß ich echt nicht.«

Das brachte uns also nicht weiter.

»Hast du was Neues zu Postolonnec?«

Sie machte das Daumen-hoch-Zeichen. »Die Zeichnung hat geholfen. Es ist ein Wohnhaus im Wald, ein altes Haus, mit Meersicht. Und krasser Farbe. Sieh mal …«

Sie zeigte mir das Foto eines herrschaftlichen Hauses im neobretonischen Stil, mit Granitdach und rotbraunem Anstrich.

»In der gesamten Nachbarschaft wird es nur ›der Rosthaufen‹ genannt. Unter diesem Stichwort habe ich tatsächlich eine kleine Notiz gefunden, mit Datum von vor drei Jahren. Da steht, dass die Brandermittlungen eingestellt wurden. Das bedeutet, dass es welche gab. Du solltest Gabriel danach fragen.«

Ich hob die Augenbrauen. »Geht nicht.«

»Inwiefern? Keine Interna zwischen Liebenden?« Ein breites Grinsen. »Das seid ihr doch.«

»Gestern waren wir's auf jeden Fall noch. Aber du kennst Gabriel. Und in dem Fall ist es besonders heikel. Kann ich die Adresse in Postolonnec haben, Vivienne?«

»Es gibt keine, völlig crazy. Corentin Lehenaff von der Gemeinde hat gesagt, so was passiert manchmal bei Gebäuden im Wald. Google Maps ist auf jeden Fall aufgeschmissen.«

»Und der Name des Besitzers?«

»Wollte Lehenaff nicht rausrücken, Datenschutz. Gestern noch hätte ich gesagt: ›Frag Isidore, der kennt hier jeden.‹«

Erneut drückten wir uns. Nachdem sie den Saft ausgetrunken hatte, wollte sie wieder los. Sofort stand Merguez auf und folgte ihr.

»Du kommst mit, *chouchou*? Geht klar. Basile wartet schon auf dich. Mit einem knackigen Würstchen.«

Ich war ein wenig irritiert über Merguez' Verhalten, andererseits würde es mir für den Nachmittag freie Bahn geben.

Ich begleitete die beiden nach draußen und sah zu, wie sie davonbrausten. Da hörte ich, dass weit weg mein Name gerufen wurde. Es musste Elke sein. Innerlich sträubte sich alles in mir.

17

Es war Xavier Amèr. Im blütenweißen Hemd und mit den üblichen nassen Locken, die sich über der Stirn kringelten, begrüßte er mich, als würde er mich seit Jahren kennen.

»Es tut mir leid, aber der Laden ist zu. Mittagspause. Ich muss was erledigen.«

»Holst du wieder ein Buch von einem Dachboden?«

Mit dem Scherz hatte er die Vorlage für eine perfekte Ausrede geschaffen. »Richtig. In Postolonnec.«

»Kein Problem. Es dauert nicht lange, und ich kann dich nachher dorthin fahren.«

Ein nettes Angebot, das ich gern annahm.

»Was ist denn los?«, fragte ich, als wir zusammen hineingingen.

»Wir kommen für die Wohnungsinspektion. Du hast sie auf heute verschoben. Vergessen?«

Mince. Die hätte Sylvie absagen müssen. »Du wolltest dich doch vorher anmelden.«

Er wirkte kein bisschen schuldbewusst. »Elke und ihre Familie waren eben bei mir auf einem Ausflug.«

Die waren weg? Darum die Stille.

»Nun gehen sie noch an den Strand zum Baden. Es schien uns eine günstige Gelegenheit, bei dir vorbeizukommen. Wir müssen ja in das Ferienhaus rein, und das geht besser ohne Gäste.«

»Wir?«

»Ich und meine Schwester.«

»Und wo ist sie?«

»Bereits oben in der Cabane.«

Als er mein Gesicht sah, lachte er. »Wir haben dich überfallen, *pardon*. Aber es war nicht abgeschlossen, so wie üblich hier.«

Wo er recht hatte.

»Gib uns eine Chance, Tereza.«

Ich kämpfte mit mir. Einerseits wollte ich wirklich nicht in den Katalog der Amèrs, andererseits war Xavier nett. Und die Welt der Ferienhausvermietungen, von der ich bislang keine Ahnung gehabt hatte, war eine echte Herausforderung.

»Also gut. Aber nur eine Viertelstunde.«

Wir gingen in den Garten und danach über den schattigen Pfad zur Cabane hinauf. Die einfache Holzkonstruktion, in die die Mauern des ehemaligen Gartenhauses miteinbezogen waren, entsprach genau der Lex Dahut, wie ich mittlerweile wusste. Ein bisschen zurückversetzt und umgeben von frisch gepflanztem Farn befand sich die Naturdusche, wo Aude gerade versuchte, Wasser rauszulassen.

»Das funktioniert nicht.« Sie trug ihr Haar offen unter einem Strohhut, dazu eine Sonnenbrille, die das halbe Gesicht verdeckte. Notizen machte sie direkt ins iPad. Sie wirkte kühl und kompetent.

»Ist halt im isidorischen Stil gebaut«, sagte ich.

Sie zuckte zusammen. »Du meinst bretonisch.«

»Nö. Isidorisch. Für umwerfend und phantastisch.«

Sie blickte mich an. Einen Moment lang wurden ihre Züge ganz weich, als ob sie lächelte. »Isidorisch ist gut. Das passt zu ihm.« Sie machte ein digitales Häkchen auf ihrem iPad. »Egal. Du hast ja noch eine zweite Dusche im Bad.«

»Nein. Wir wollen möglichst ökologisch sein. Die Dusche wird teilweise mit dem Wasser aus der Regentonne gespeist, die Kollektoren erwärmen es.«

»Und wenn vier Leute duschen wollen?«

»Reicht es meist.«

»Und im Winter?«

»Da vermiete ich nicht.«

Sie machte ein weiteres Häkchen.

»Waschmaschine?«

»Ist im Keller des Haupthauses.«

»Muss mitbenutzt werden? Aha.« Die Vokale schwangen missbilligend.

»Ich bin alleinstehend und brauche die Waschmaschine selten.«

»Trotzdem, es ist ein Minuspunkt.«

Den Sitzplatz fand sie kritisch – »Keine Brüstung, Kinder könnten fallen, Elke hat es mir bereits mitgeteilt« –, ebenso die fehlenden Surfboards in dem kleinen Schuppen, der immer noch vollgestopft war mit Tante Annies Zeug.

»Dieser Müll muss weg«, meinte sie.

Hatte ich Aude eben nett gefunden? Der Eindruck hatte getäuscht. Ich musste offenbar dafür bezahlen, dass ich ihr ein Lächeln entlockt hatte.

»... damit Surfboards und Räder hier reinkönnen, die du zur Verfügung stellst. So könnten wir achthundert mit der Miete rauf. Pro Woche.«

Aha. »Und eure Provision steigt entsprechend auch an.«

»Selbstredend. Aber unter dem Strich bleibt dir natürlich viel mehr.«

Sieh es als Gratisweiterbildung an, hörte ich im Geist Sylvies Stimme und musste ein wenig lachen.

Humor hatte ich bitter nötig, als Aude im Innern der Cabane kaum lobende Worte für die clevere Küche fand, die auf kleinstem Raum gebaut war.

»Keine Mikrowelle? Keine Teigmaschine? Kein Freezer?«

»Der Supermarkt ist zu Fuß nur zehn Minuten entfernt.«

»Die Deutschen wollen freezen. Eis, Früchte, Fleisch. Tonnenweise Fleisch.«

Sie beanstandete fast alles: zu wenig Messer, zu wenig kleine Espressotassen, keine Weißweingläser. Keine Müslischalen. Zu wenig Stauraum.

»Du siehst ja, was das für ein Chaos hervorruft.«

Damit meinte sie das überall verstreute Spielzeug von Jennifer, die feuchten Badetücher, die Bücherstapel, den halb ausgepackten Koffer.

»Hätten wir uns angemeldet, hätten die alles aufgeräumt«, wagte ich einzuwerfen, aber sie wischte das Argument weg.

»Im Urlaub will man nicht aufräumen. Es braucht Luft und Großzügigkeit.« Ihre Mängelliste wurde immer länger. »Nur eine Toilette, ein winziger Geschirrspüler. Und nicht in jedem Zimmer ein Bildschirm …« Sie seufzte theatralisch. »Tereza, du brauchst Zubehör. Wir können über unser Konto eine Bestellung für dich machen, dann hast du alles in einer Woche, eine Art Rundum-sorglos-Paket.«

»Brauch ich nicht. Ich kaufe auf Trödelmärkten, in Secondhandshops und in Friperien.« Es reichte mir. »Aber können wir das ein anderes Mal besprechen? Ich muss jetzt wirklich los.«

Aude schaffte es, vor mir auf der Treppe zu sein, und nötigte mir einen Vertrag auf. »Wenn du unterschreibst, hast du morgen die Agenda bis Ende September voll.«

Das wiederum war ein Argument, dem ich mich nicht ganz verschließen konnte.

»Du musst meine Schwester nicht so ernst nehmen«, sagte Xavier, als wir wieder im DEJALU standen. »Wir haben über fünfhundert Ferienwohnungen, da braucht es klare Richtlinien. Aber die werden natürlich individuell angepasst. Bei einem Objekt wie diesem sind wir großzügig, nicht wahr, Aude?«

Sie nickte. »Die Cabane ist nicht so schlecht. Wie hast du sie genannt? Echt isidorisch.«

Mit demselben ominösen Lächeln wie eben ging sie hinaus.

Ich nahm Jeansjacke und Tasche und hängte das Schild »Heute ausnahmsweise geschlossen« ins Fenster. Als ich endlich draußen stand, sah ich gerade noch, wie sie in ihrem Jeep davonbrauste. Ihre Turnschuhe, ein blendend weißes Modell der Marke Naturalis, hatten ein Muster auf dem sandigen Vorplatz hinterlassen.

Ich bückte mich, fuhr mit dem Finger über die Rillen.

»Was machst du da?«, fragte Xavier.

Schnell verwischte ich den Abdruck. »Bodenprobe. Ich will einen Radunterstand bauen.«

»Dann fahren wir mal los. Wo genau in Postolonnec geht es hin?«

Ich nannte ihm einen Aussichtspunkt, nicht nötig, den Rosthaufen zu erwähnen, der laut Vivienne ja ein ziemlicher Luxusbau war. Sonst würde er den auch in seinen Katalog aufnehmen wollen.

***

Xavier ließ mich auf dem Platz der Menhire raus. Er lag etwas außerhalb von Crozon, an einem der höchsten Punkte des Kliffs, ein beliebter Ort bei Touristen, auch wegen der Picknicktische und des Küstenwanderwegs. Laut Vivienne sollte es von da einen verdeckten Fußweg nach Postolonnec geben.

»Bis bald, Tereza. Du kannst den Vertrag auch scannen und mailen, kein Problem. Und bei Fragen, ruf mich an.«

Er gab mir zum zweiten Mal seine Karte und brauste davon.

Ich schaute mich um. Auf der Anhöhe wehte auch bei dreißig Grad ein Lüftchen, und die Aussicht auf die Baie de Douarnenez war atemberaubend, vor allem, wenn man sich auf eine kleine Felsnase vorwagte.

Einige Augenblicke genoss ich das Rauschen von Wind und Brandung. Rechts war die Bucht eingefasst von Morgat mit seinem Sandstrand, der nun, bei Ebbe, besonders breit wirkte. Links sah man beinahe bis nach Douarnenez, und ansonsten war da der Ozean. Ein sanfteres Gewässer als drüben bei mir, mit weichen Wellen und einer Reihe von Mini-Katamaranen, einer neben dem anderen, aufgereiht wie bunte Nussschalen auf einer unsichtbaren Kette, während die Sonne am Himmel ihren langsamen Sinkflug begonnen hatte. Das Ganze erinnerte mich an das Picknick mit Gabriel und Sylvie, als wir nebeneinander auf der Felsnase von Dinan gesessen hatten. War das wirklich erst drei Tage her?

Ich holte mein Handy heraus. Keine Nachricht von Gabriel. Ob er schon mehr über den Schuhabdruck herausgefunden hatte? Ich hoffte für ihn, dass er sich nicht zu sehr in einen Konflikt mit seinem Vorgesetzten begeben musste. Gabriel liebte seinen Job, es wäre unfair, wenn er ihn für diese Sache riskieren müsste.

Plötzlich sah ich Isidore vor mir. Und zum ersten Mal, seit das alles angefangen hatte, erlaubte ich mir einen kritischen Gedanken. Mann, wo hast du uns da bloß reingeritten?

Dass er nie von seiner Schwester erzählt hatte, konnte ich ihm nachsehen. Es hatte was mit Stolz zu tun, er war nicht der Typ, der sich die Last leichter machte, indem er sie anderen aufbürdete. Die Unmengen an Quittungen und Belegen, die ich eben noch ganz unten in meinem Kleiderschrank versteckt hatte, waren eine andere Sache. Es würde schwierig werden zu klären, wem er was versprochen und verrechnet hatte, wer zufrieden gewesen war und wer gar nicht. In dem Muster erkannte ich auch die Art wieder, wie er mit seinen Freundinnen umging. Jedes Mal, wenn wir uns gerade aneinander gewöhnt hatten, war eine neue gekommen. Die Chance, verletzt zu werden, war groß. Nun hatte sich das Schicksal gegen ihn gewandt.

Ich beugte mich nach vorn, sah, wie das Meer an die Felsen schäumte, so heftig, dass ich viele Meter weiter oben das Salz auf meinen Lippen schmeckte und Tropfen auf der Haut spürte.

Aus den Augenwinkeln bemerkte ich eine wandernde Familie. Sie stiegen über den steilen Küstenweg nach unten. Die Frau ging voraus, dann kamen die Kinder, der Mann bildete das Schlusslicht. Seine Schuhe, das sah ich von Weitem, wirkten bequem, aber nicht klettertauglich. Prompt rutschte er auf den trockenen Schiefersteinbrocken aus, die Kniescheibe knallte auf die Granitkiesel. Er unterdrückte einen Fluch. Seine Familie hatte nichts gemerkt, der peinliche Moment der Entdeckung war ihm erspart geblieben – für sie würde er ein Held bleiben.

Er zeigte mir einen Stinkefinger. Das verstörte mich so, dass ich einen Fehltritt machte. Geröll rutschte, Steine knallten an den Felsen, ich hielt mich am Stamm einer Pinie fest. Meine Hand schmerzte. Als ich mich erholt hatte, war er weg. Dafür fand ich den Trampelpfad, den er und seine Familie benutzt hatten. Er war mühsam zu gehen und führte an zwei Menhiren vorbei durch die wilde Wiese zum Wald. Da wurde es schlagartig kühler.

Es war eine verwunschene Landschaft. Links düsteres Buschwerk, rechts blitzte das Meer zwischen den locker gewachsenen Baumstämmen türkisblau auf. Ich erblickte Kiefern, in ihrer Pose erstarrt, Buchen, Eichen, dazu Brombeerbüsche und Farn, Pinien und Rosmarin, wie am Mittelmeer.

Ein Knacken schreckte mich auf, es hatte sich angehört, als ob ein Zweig zerbrochen wäre.

»Hallo?«

Ich rechnete mit einem Reh oder sonst einem Tier. Doch da war nichts. Mir wurde bewusst, dass ich den Pfad verlassen hatte und ganz vorn bei der Klippe stand. Als ich mich orientieren wollte, verfing sich der Saum meines Kleides in einem Brombeerbusch.

Wenn du dich verirrst, geh einfach vom Meer weg, hatte ich Isidores Stimme im Ohr, nicht dass du aus Versehen fällst.

Sein Trick half. Zurück auf dem Pfad, der sich alsbald kontinuierlich verbreiterte und in einen Weg überging, tauchte, wie durch ein Wunder, ein Granitdach zwischen den Baumkronen auf. Beim Näherkommen sah ich die Mauern, die von tiefem, erdigem Rot waren, satt und warm, eine Farbe, der kein Foto gerecht werden konnte.

Erstaunt blieb ich stehen. Der Rosthaufen entpuppte sich als wunderschön saniertes Haus, das Tradition und Moderne verband. Es lag am Ende einer holprigen Sackgasse, die in den namenlosen Pfad überging. Das war der Grund, warum Google es nicht erfasst hatte.

Die Zufahrt wand sich steil hinunter bis zu einem Vorplatz, bei dem mir die Überwachungskamera sofort ins Auge fiel. Das war ungewöhnlich, hier oben verfügten nur die Villen der wirklich Reichen über ein solches Sicherheitssystem. Kein Auto stand draußen, keine Fahrräder, die Fensterläden waren geschlossen, das Garagentor ebenso, die Besitzer waren nicht da.

Ich trat zu der großen Eingangstür aus schwerem Holz. Es gab kein Namensschild, die Klingel befand sich unterhalb eines kleinen Bildschirms. Das Klingelgeräusch war dezent.

Als niemand öffnete, suchte ich gewohnheitsmäßig nach einem Topf mit einer blauen oder rosa Hortensie, unter dem der Schlüssel aufbewahrt würde. Vergeblich. Dafür entdeckte ich verborgen über der Tür ein weiteres Kamera-Auge. Ich winkte, damit mögliche Beobachter nicht das Gefühl hätten, ich hätte etwas zu verbergen. Dies war ein ganz normaler Spontanbesuch, und ich hatte mir genau zurechtgelegt, was ich sagen würde.

Ich ging links ums Haus herum und fand nebst einer Wäscheleine einen Anbau aus Holz und eine Terrasse mit Meersicht. Ich konnte es nicht lassen und stieg die paar Stufen hinauf. Die bodentiefe Verglasung der Vorderfront bot mir die Ansicht eines Wohnzimmers, das einem Lifestyle-Magazin hätte entsprungen sein können, mit bunten Kissen, Decken und Bildern mit beeindruckenden Naturmotiven.

Geld verbindet sich auch im Hausinnern mit Geschmack, dachte ich und überquerte die Terrasse zur anderen Seite des Hauses. Von da zog sich das Terrain den Hügel hinunter bis zu einem schimmernden Swimmingpool, hinter dem sich das Meer präsentierte. Das war sehr besonders, so etwas gab es hier selten. Heiderosen und Hortensien, Rhododendren und Beerenbüsche, Pinien und Kiefern, Dünengras und dahinter der Atlantik.

Das Beste der Bretagne war hier vereint, das Anwesen musste Millionen gekostet haben. Eine ganz andere Preisklasse als meine oder Selimènes Renovierung.

Ich holte das Handy heraus und scrollte auf Isidores Beleg mit dem Post-it-Vermerk. »Wechsel zu Unternehmen in Paris« und »ABF«. Bedeutete das, dass er zu Beginn dabei gewesen war und dass dann eine Pariser Firma übernommen hatte? Da die Firma namens ABF Feuerlöscher herstellte, mussten die Buchstaben für etwas anderes stehen.

Als ich wieder zurückging, hielt ich abrupt inne. An der Wäscheleine baumelte ein Badeanzug, den ich eben übersehen hatte.

»Hallo?«, rief ich. »Ich hoffe, ich störe nicht.«

Die Steinplatte unter dem Badeanzug war feucht von Wassertropfen. Das Modell kam mir bekannt vor, auch ich war versucht gewesen, es zu kaufen. Leider hatten sie meine Größe nicht gehabt.

Plötzlich fühlte ich mich unwohl – ich ging hier unautorisiert durch einen Privatgarten.

Schnell lief ich zurück, statt des Pfades ums Haus herum wählte ich den direkten Weg zur Garage. Dahinter stand ein hoher Schuppen mit mehreren Surfboards, Rädern, einem Motorboot und einem halb fertigen aufgebockten Katamaran.

»Hallo?«

Niemand.

Ich entschloss mich, wenigstens eine Nachricht zu hinterlassen, mit Bitte um Rückruf. Der Briefkasten, den ich nach einigem Suchen ein Stück vom Haus entfernt bei der Einfahrtsmauer entdeckte, war so stinknormal, dass es auffiel, aus Blech im üblichen Flaschengrün, ein Ebenbild von meinem, eine Art charmanter Makel, als ob die Besitzer nicht dazu gekommen waren, ihre Arbeit ganz abzurunden. Oder sie hatten ihn absichtlich stehen lassen, als Erinnerung an früher.

Was auch hier fehlte, war ein Namensschild. Und dennoch musste der Briefträger Bescheid wissen, zumindest gab es einiges an Post.

Ein Stapel Zeitungen im Milchfach, France Ouest und Le Télégramme, sowie das Gratisblatt von Crozon und ein paar Werbe-Flyer, einer für das Fest am Samstag in Camaret. Mit Hilfe meines Schweizer Taschenmessers fischte ich schließlich zwei Umschläge aus dem Briefkastenfach, sie waren an einen Monsieur Oliver Davies adressiert.

So also hieß der Besitzer, dachte ich und drehte die Umschläge um. Absender war bei beiden eine Firma namens … ABF.

Bingo, hier schien sich das Rätsel zu lösen. Unter dem Logo in den Farben Grün und Orange stand eine Erklärung für die Abkürzung: *L'architecte des bâtiments de France.* Einmal im Internet nachschauen und ich wusste, dass die Institution meist im Gemeindehaus zu finden war. Ihre Mitarbeitenden vertraten sozusagen alle Gebäude Frankreichs und sorgten für die Anwendung der Gesetze in den Bereichen Kulturerbe, Städtebaurecht und Umwelt. Die Dachorganisation saß in Paris.

Mit dem Zeigefinger meiner gesunden Hand riss ich einen der Umschläge auf. Absender des Schreibens war die Mairie, die Gemeinde Crozon, mit dem ABF-Leiter Monsieur Mael Abelas.

Guten Morgen, Tereza, dachte ich. Hätte ich nicht dauernd Isidore vorgeschickt, hätte ich das von Anfang an gewusst.

Monsieur Oliver Davies war der Besitzer des Rosthaufens, das Schreiben drehte sich um das Dach, es gäbe Probleme wegen der Höhe, eine Bewilligung fehle, und man lud ihn zu einem Gespräch ein.

Ich ließ das Papier sinken. War es nicht eigenartig, die Höhe eines Daches zu kritisieren, nachdem das Haus längst gebaut war? Hatte sich dieser Davies über Bestimmungen hinweggesetzt, oder waren die in der Zwischenzeit geändert worden? Er würde keine Freude an dem Brief haben.

Gerade als ich den zweiten Umschlag öffnen wollte, knallte es neben mir. Einige Granitsplitter der Mauer trafen meine Jeansjacke. Den Brief immer noch in der Hand, drehte ich mich um meine eigene Achse, als es erneut knallte. Erst da verstand ich die Gefahr. Jemand schoss auf mich.

18

»Nein!«, schrie ich, in der Überzeugung, dass hier jemand auf der Jagd war und mich für ein Tier hielt.

Ich brüllte weiter und fuchtelte wild, um auf mich aufmerksam zu machen, aber ein weiterer Schuss traf den Briefkasten. Noch ein Schuss und ich fühlte einen Druck an meinem rechten Oberarm.

Der meint dich, Tereza, dachte ich.

Ich wartete den nächsten Schuss ab, dann rannte ich los. Als ich die Bäume erreichte, hechtete ich nach vorn und versteckte mich hinter einem der dicken Stämme. Zwei Schüsse prallten daran ab, dass die Rinde nur so durch die Luft flog. Wenn ich stehen blieb, würde ich zur Beute werden, lief ich weiter, war ich eine Zielscheibe.

Ich warf mich auf den Boden und robbte vorwärts. Da bemerkte ich, dass ich immer noch die Briefe in der Hand hielt, sie waren blutig. Ich musste jemanden anrufen, eine Ärztin, Gabriel.

Obwohl sich mein Arm taub anfühlte, schaffte ich es irgendwie, die Umschläge in der Boule-rouge zu verstauen und das Handy herauszuholen. Bevor ich jedoch das Adressbuch anwählen konnte, peitschte erneut ein Schuss, diesmal über mir, die Person hatte mich erspäht.

Ich steckte das Handy wieder ein und robbte wie eine Irre weiter, in die Richtung, in der ich eine Straße vermutete, ohne Rücksicht auf Unterarme und Beine, durch Büsche und Sträucher. Mein Kleid verhedderte sich und riss, das Geräusch war lauter als der fallende Schuss. Dann wurde es still.

Vor mir tat sich eine Lichtung auf, rechts konnte ich bis zum nächsten Haus sehen, eine bürgerliche Angelegenheit, ein typisches Neobretonne, etwa zweihundert Meter entfernt. Ich dachte an meine Kinder, an meine beiden Enkel in Australien, an Mathilde, die nächste Woche kommen würde. Omi Tereza, hörte ich in meinem Ohr. Und dazu Merguez' Winseln.

Ich stand auf und rannte los. Ich rannte und rannte, bis ich den Fahrweg und danach die Hauseinfahrt erreichte. Hier parkte ein Auto, im Garten arbeitete eine Frau mit Strohhut.

»Hallo, können Sie mir helfen? Man hat auf mich geschossen.« Ich gab ihr mein Handy. »Der Kontakt ist Gabriel Mahon, rufen Sie ihn bitte an. Keine PIN, einfach auf Kontakte gehen.«

Dann wurde mir schummerig.

***

Ich saß im Rettungswagen, wo der blutige Druckverband gerade durch einen neuen ersetzt wurde. Die Diagnose lautete »Streifschuss«, die Blutung war gestoppt. Mein Herzrasen war verschwunden, ich hatte mich erstaunlich schnell erholt. Das lag vermutlich nicht nur an meiner robusten Art. Die rosa Wunderpillen, die mir der Sanitäter gegeben hatte, spielten wohl auch eine Rolle.

Gabriel war auf dem Rückweg von Brest gewesen, als ihn der Anruf der Frau mit dem Strohhut, Madame La Grange, ereilt hatte. Keine zehn Minuten später hatte er bereits in der Küche Erste Hilfe geleistet, während er gleichzeitig sein Team herbeordert und alles organisiert hatte.

»Hat er gut gemacht, der Mahon«, sagte der Sanitäter, ein Hüne mit Babygesicht, und befestigte eine zweite Klammer.

»Er war mal Militärarzt.«

Der Sanitäter nickte. »Wenn sie ihn bei der Polizei rausschmeißen, kann er zu uns kommen.«

»Wieso sollten sie das tun?«

Er sammelte die blutigen Tupfer ein. »Ach, man hört so dies und das. Der Präfekt ist zurzeit nicht so gut auf ihn zu sprechen. Ist sogar bis zu uns durchgedrungen.«

Das bretonische Buschtelefon! Es ging mir gerade ziemlich auf die Nerven. »Kennen Sie die Besitzerfamilie?«

»Von dem Haus da?« Der Sanitäter sah durch die Fensterscheibe hinüber zum Rosthaufen, dessen Fassade durch das Laub der Bäume blitzte. »Nein, die sind kaum hier, soweit ich weiß. Aber ich habe gehört, dass es verkauft wurde.«

»Wo haben Sie das her, das mit dem Verkauf?«

»Von unserer Ferienhaus-Agentur.«

Es stellte sich heraus, dass er in Morgat lebte und genau wie ich im Sommer ein Gartenhäuschen vermietete.

»Lassen Sie mich raten, es ist die Agentur der Amèrs.«

Er nickte. »Seit wir bei denen sind, ist unser Häuschen dauernd ausgebucht, alles deutsche Urlauber.«

»Und trotzdem müssen Sie kein Deutsch sprechen ...«

»... wofür wir gern bezahlen.« Sein Grinsen war ein ganz klein wenig schuldbewusst.

»Wie viel denn?«, fragte ich.

»Wir haben uns vertraglich verpflichtet, keine Dinge wie den Prozentsatz der Provision oder den Stand der Renovierungen in der Öffentlichkeit zu teilen.«

»Ich bin dabei, auch einen Vertrag zu unterschreiben, wenn ich das mit dem Arm und der Hand hinkriegen sollte.« Ich war ja sozusagen doppelt lädiert. »Ein Vergleich wäre nützlich.«

Es arbeitete im Gesicht des Sanitäters. Schließlich holte er Luft. »Fünfunddreißig Prozent.«

»Das ist verdammt viel.«

»Wir haben das Rundum-sorglos-Paket gewählt, inklusive Putzleute und Willkommensdrinks im Kühlschrank. So haben wir mit nichts etwas zu tun.«

Wie oft ich dieses Argument schon gehört hatte.

»Sie erledigen sogar die Auswahl der Leute«, doppelte er nach.

»Würden Sie nicht gern selbst entscheiden, wer zu Ihnen kommt?«

»Nö. Meine Frau auch nicht.«

»Na ja, viele Leute kommen ja auch regelmäßig wieder. Dann wird's bestimmt billiger.«

Er schüttelte den Kopf. »Die Provision ist fix.«

Bevor ich weiterfragen konnte, spürte ich, dass meine Hände eiskalt wurden und meine Zähne zu klappern begannen.

»Das ist der Schock«, stellte der Sanitäter lapidar fest. »Ich dachte mir schon, dass Sie zu munter sind. Eigentlich müssten Sie auf die Krankenstation. Sollen wir Sie da hinbringen?«

»Lieber nach Hause. Ist ja nur ein Kratzer.«

»Da muss Mahon aber das Okay geben.«

Als sie Gabriel informierten, kam er vorbei.

»Die Kollegen von der Spurensicherung sind im Anflug. Bevor jemand dich fährt, habe ich noch ein paar Fragen an dich.«

Ein Polizeiauto hielt beim Rosthaufen, vier Personen in weißen Plastikanzügen stiegen aus.

»Kannst du mir zeigen, wo ungefähr du durchgegangen bist?«

Ich wurde unendlich müde. »Immer der Nase nach. Da sind bestimmt jede Menge Spuren von mir, abgeknickte Äste, Fußabdrücke.«

Er legte den Arm um mich. Tereza, sagte seine Körperspannung, wir brauchen deine Aussage.

»Du schaffst das, *my hen*. Wir gehen die Strecke gemeinsam ab.«

Langsam ging ich neben ihm her und versuchte mich zu erinnern.

»Hast du hier gestanden?«

Gabriel deutete auf eine Stelle, wo auf der sandigen Erde zwischen zwei Farnen ganz schwach ein Sohlenabdruck zu sehen war.

»Vermutlich.«

»Oder hier?«

»Gut möglich.«

»Und dann hat jemand geschossen?«

Ein Schmerz durchzuckte mich. Ich fasste an meinen Oberarm, der in einer Schlinge steckte. Plötzlich brach mir der Schweiß aus, ich glaubte, alles noch mal zu erleben.

»Der erste Schuss kam von da.« Ich zeigte zum Rosthaufen. »Oder von da?« Ich sah in die Gegenrichtung. Leider war mein Hirn Matsch, nach weiteren Versuchen gab ich auf. »Die Person hat mich auf jeden Fall verfolgt. Im Wald muss sie mich verloren haben. Mein Glück war, dass ich den Fahrweg so schnell gefunden habe.«

Mit Gabriels Hilfe rekonstruierte ich Stück für Stück die Strecke, die ich zurückgelegt hatte, wobei uns ein Polizist folgte. Mir wurde klar, dass er uns Deckung geben sollte, im Falle eines weiteren Angriffs.

»Ist der von dir?« Gabriel wies auf einen neuen Sohlenabdruck.

»Nein. Zu groß, das sehe ich mit bloßem Auge. Außerdem habe ich nicht hier gestanden.« An die Palme hätte ich mich erinnert. Das also war seine Position gewesen, von hier aus hatte mich der Schütze ins Visier genommen. Ich schauderte.

Gabriel hatte sich vor den Abdruck gekniet. »Ein echtes Goldstück«, murmelte er.

Die Erde war staubtrocken und hell, darum waren die Konturen sehr gut und prägnant sichtbar.

Per Funkgerät rief er die Kollegen herbei und erwähnte Rillen und Wellen.

»Seid ihr da weiter? Mit dem Abdruck auf Isidores Rücken?« Ich schluckte.

»Mittlerweile haben wir das Profil eingegrenzt. Es stammt vermutlich von Naturalis, einer Freizeitschuhmarke.«

»Naturalis? Die habe ich eben bei Aude gesehen.«

Gabriel nickte. »Wird leider sehr häufig verkauft hier oben. Jeder Zweite trägt sie, seit es eine Aktion im Supermarkt in Crozon gegeben hat. Aber ich werde das überprüfen.«

»Einfach zur Erinnerung, ich trage die von der Konkurrenz«, sagte ich.

Gabriel grinste ein wenig, es tat mir gut. Er bat mich, auf einem verfaulten Holzstrunk Platz zu nehmen, während zwei seiner Leute nach Projektilen suchten und ein Fotograf das

Profil im Sand knipste, bevor ein Vierter es mit einer Nummer und einem Rahmen versah und Utensilien auspackte, um einen Gipsabdruck zu nehmen.

»Macht man das immer noch so, wie Hobbydetektive?« Es kam mir absurd vor.

»Es wird auch digital ausgewertet, aber ein Gipsabdruck ist immer gut.« Gabriel trat zu seinem Kollegen. »Kannst du schon was zur Schuhgröße sagen?«

»Um die vierzig«, murmelte der Kollege, ganz aufs Rühren der Gipsmasse konzentriert. »Vielleicht auch größer. Große Frau oder kleiner bis mittelgroßer Mann.«

»Wenn wir nur wüssten, wer in dem Haus wohnt«, sagte Gabriel.

Mir fiel etwas ein. »Laut dem Sanitäter soll es bereits wieder verkauft worden sein. Frag doch den Lehenaff von der Mairie. Die müssten das wissen. Der Datenschutz gilt ja wohl im Falle einer Schießerei nicht mehr.«

»Wozu bist du eigentlich hergekommen?«

Ich war zu erschöpft für eine Ausrede. »Es soll hier mal gebrannt haben, aber es gibt verdächtig wenig Informationen. Isidore ist möglicherweise in die Renovierung involviert gewesen.«

Ich zeigte ihm das Foto des Belegs, samt dem Post-it-Kommentar von Isidore.

»Woher hast du …?« Gabriel erstarrte. »Von Le Fret. Du hast den entwendet und mir nicht gezeigt.«

»Ich wollte Isidore rehabilitieren, verstehst du das nicht?«

Er unterdrückte eine Antwort und bellte mehrere Befehle in sein Handy. Danach wandte er sich für einen Anruf ab. Ich sah nur seinen Mund, der auf- und zuklappte. Bis er zu mir zurückkam.

»Das Haus gehört einer amerikanischen Familie, die in den USA auf einer Rundreise und schwer zu erreichen ist.«

Das war eine Neuigkeit.

»Also war es niemand von ihnen, der Schütze, meine ich.«

»Vermutlich nicht. Aber die Schießerei könnte mit ihnen zu tun haben. Lehenaff hat angedeutet, dass es in der Nachbarschaft ein Problem gibt, wegen der Dachhöhe.«

Ich dachte an die beiden Briefumschläge in meiner Tasche. Bevor ich sie Gabriel übergab, wollte ich sie noch mal in Ruhe selbst lesen.

»Du musst mit Mael Abelas sprechen, Gabriel. Ich vermute, dass bei den Baubewilligungen Mauscheleien passieren. Vivienne hat mir gesagt, dass du da längst eine Spur hast.«

Seine Augen wurden schmal. »Hat sie das? … Du siehst bleich aus. Gehen wir zurück.«

Auf der Höhe des Rosthaufens fiel mir etwas ein.

»Im Garten hängt ein nasser Badeanzug. Er hat die Steinfliesen vollgetropft.«

Während ich die Wäscheleine beschrieb, rief Gabriel einen weiteren Kollegen herbei, um den Badeanzug sicherzustellen.

»Versprich dir nicht zu viel davon«, flüsterte ich ihm zu. »Die gab's auch als Aktion, im Super U in Camaret.«

»Bist du sicher, Tereza?«, fragte er einige Minuten später, nachdem ihn jemand angefunkt hatte. »Die Kollegin sagt, dass die Steinfliesen trocken sind. Und da hängt nichts.«

Ich hatte ein Déjà-vu. Deutlich sah ich die Veranda der Villa Selimène vor mir, glaubte sogar, das Wiegenlied zu hören.

Jemand will mich verwirren, dachte ich, dahinter steckt Methode. Trotzdem ging ich noch mal zurück und schaute nach. Aber sie hatten recht, da hing kein Badeanzug.

***

Gerade als wir auf dem Weg zum Sanitätsauto waren, kam Madame La Grange den Weg hinuntergehastet. Sie war robust, mit Goldschmuck und etwas zu viel Schminke.

»Das ist schon mal passiert. Das mit der Schießerei.«

»Wie meinen Sie das?«, fragte Gabriel, mit einem kurzen Seitenblick auf mich.

»Kürzlich hat jemand geschossen. Der Besitzer war gerade auf Stippvisite.«

»Wann?«

»Ach ... vor einigen Wochen, denke ich.«

»Haben Sie es der Polizei gemeldet?«

»Nein. Sie müssen wissen, das Haus ist in der Nachbarschaft verschrien. Ich und mein Mann, wir nennen es nur den Kotzhaufen.« Das klang sehr ordinär aus ihrem geschminkten Mund. »Dabei haben wir es mal kaufen wollen.«

Sie erzählte, dass das Haus nach dem Brand vor drei Jahren zum Verkauf gestanden habe. »Die Vorbesitzer waren Leute aus der Region, eine Erbengemeinschaft von drei Geschwistern.«

»Wissen Sie, aus welchem Grund es damals gebrannt hat?«

Sie überlegte. »Wegen einer defekten Kaffeemaschine.«

Gabriel und ich wechselten erneut einen Blick.

»Von dem Brand hat man kaum was gehört«, sagte ich.

»Weil die Feuerwehr nicht geholt wurde, die Besitzer haben es selbst geschafft, nur ein kleiner Teil des Daches ist ausgebrannt. Sie haben es nie an die große Glocke gehängt.«

»Und warum haben Sie es dann nicht gekauft?«

»Das lag nicht an uns. Wir waren mitten in der Verhandlung, als die Amerikaner gekommen sind und uns überboten haben. Typisch Erbengemeinschaft, leben alle in Paris, sehen nur das Geld und verkaufen es lieber Ausländern als den Hiesigen.«

»Erinnern Sie sich an den Namen der Firma, die das Haus renoviert hat?«

»Ich könnte auf den Fotos nachschauen. Von unserem Sitzplatz aus habe ich eine gute Sicht und habe alles dokumentiert.«

Was für eine Vorstellung. Madama La Grange, die den ganzen Tag auf ihrem Beobachtungsposten verharrte. Sie erinnerte mich an Hérvé.

Während Gabriel mit ihr klärte, dass sie ihre Aussage gleich schriftlich zu Protokoll geben würde, ging ich einige Schritte bis zum Briefkasten.

»Da hat er übrigens auch reingeschossen«, rief ich.

Das Einschussloch versetzte die Leute von der Spurensicherung in Aufregung, denn es stellte sich heraus, dass sich im Milchfach ein Projektil befand.

Madame La Grange winkte mich beiseite. »Sie sehen übrigens der amerikanischen Besitzerin ähnlich. Die trägt auch so Flatterzeugs.« Sie deutete auf meinen zerfetzten Rocksaum. »Vielleicht war sie gemeint? Dann wäre es ein Versehen gewesen.«

»Es hat sich nicht wie ein Versehen angefühlt.«

»Aber es wäre logisch, nicht? Der Schütze wollte eine Warnung abgeben, keine Fremden hier, nicht in diesem Weiler.« Etwas Spucke flog von ihren Lippen, sie hatte sich in Rage geredet.

»Warnschüsse? Das wäre in höchstem Maß strafbar«, sagte Gabriel, der wieder neben mich getreten war. Offensichtlich wollte er mich mit Madame La Grange nicht allein lassen. »Wir üben hier keine Selbstjustiz. Sie haben doch sicher eine Ahnung, welcher Nachbar es gewesen sein könnte?«

»Ich habe keinen Nachbarn erwähnt. Niemand hier würde so etwas tun, auch wenn die meisten Mühe haben mit den Amerikanern.« Madame La Granges Mund wurde schmal. »So ein riesiges Haus, und dann sind sie im Jahr nur zwei Wochen da! Nun soll es an Feriengäste vermietet werden.«

Ich stieß Gabriel unauffällig an.

»Mit exorbitanten Mieten. Ich habe etwas von viertausend Euro munkeln hören. Pro Woche.«

»Über eine Agentur?«

Das wusste sie nicht.

»Jemand hat gemeint, es sei bereits wieder im Verkaufsprozess.«

»Das ist mir neu.«

Der starre Blick, die Röte am Hals – sie hatte gelogen.

Vielleicht steckt das dahinter, dachte ich. Die Nachbarn zwangen die Amerikaner mit allen Mitteln zum Verkauf.

»Wieso wollten Sie den Rosthaufen damals eigentlich kaufen?«, fragte ich. »Sie haben doch ein eigenes Haus.«

Ihre Miene bekam etwas Verklärtes. »Aber dieses hier hat Meerblick, reinen, puren, unverbaubaren Meerblick. Davon träumen alle.«

»Sehen Sie das Meer denn nicht?«

»Seit Jahren nicht mehr, seit die Pariser damals dieses Dach gebaut haben. Sie haben uns die Aussicht gestohlen.«

Sie hatte das Gefühl, sie habe das Recht auf unverbaute Meersicht.

»Würden Sie dafür zur Waffe greifen?«

Damit war ich zu weit gegangen. »Was fragen Sie mich solche Dinge?« Böse starrte sie mich an. »Sind Sie eigentlich von der Polizei?«

Gabriel räusperte sich. »Danke, Tereza«, sagte er und bat Madame La Grange um Geduld. »Können Sie bei sich zu Hause auf uns warten? Jemand wird gleich vorbeikommen. Wegen Ihrer Aussage.«

»Bin ich angeklagt?« Madame La Granges Augen waren so rund wie bretonische Galette.

»Sie sind Zeugin … für den Moment«, fügte Gabriel leise an, aber das hörte sie nicht mehr.

Er dirigierte mich zu den parkenden Autos.

»Ein Kollege bringt dich jetzt nach Hause. Ist Sylvie im Laden?«

»Wir haben geschlossen.«

»Das heißt, du bist allein?«

»Vielleicht ist ja Team Elke da.«

Er schüttelte den Kopf. »Du kannst nicht allein in die Villa Wunderblau. Ob und wann ich es heute schaffe, ist unklar. Die Geschichte wird immer komplizierter, wir sollten nicht mehr miteinander darüber sprechen, du weißt. Der Interessenkonflikt wächst mit jedem Ereignis.«

»Du denkst also auch, dass die Brände zusammenhängen?«

»Natürlich. Und du weißt verdammt viel darüber, Tereza, darum bist du gefährdet.«

»Quatsch. Du hast ja gehört, die haben mich für die Amerikanerin gehalten. Nur Vivienne kannte meinen Plan, hierherzukommen.«

Er hob die Augenbrauen.

»Schau nicht so! Sie hat es bestimmt niemandem erzählt.«

»Vielleicht aus Versehen. Sie ist Journalistin.«

Das konnte ich nicht glauben. »Aber ich fühle mich nirgendwo so sicher wie in der Villa Wunderblau. Wir könnten doch Merguez holen. Er ist bei Vivienne und Basile.«

»Guter Versuch. Merguez könnte den Feind in die Flucht schlagen mit seiner Pupserei.« Sein Lächeln war angespannt.

»Es ist mein Ernst. Ich will nach Hause.«

Er überlegte, dann holte er sein Funkgerät heraus. »Emil? Ich habe einen Überwachungsauftrag für dich. Nachtarbeit.«

19

Camaret-sur-Mer, Mittwoch, 19. Juli

Es war der Tag der Beerdigung, und der Himmel war bedeckt, so grau wie das zivile Polizeiauto, das die ganze Nacht vor der Villa Wunderblau geparkt hatte. Ich stand in der Küche, machte Emil einen Kaffee und holte die Frischback-Croissants aus dem Ofen. Fertigware – mehr hatte ich nicht im Angebot.

Der Vorabend war ruhig verlaufen. Elke und die Kinder waren erst spät vom Strand heimgekommen, ich hatte sie nur gehört, nicht gesehen. Als Merguez, dessen böser Zahn immer noch drin war, seinen Abendspaziergang verweigerte, hatte ich mich zu ihm aufs Sofa gekuschelt und ein paar Stunden gedöst. Im Morgengrauen war ich ins Kabuff gegangen, hatte mich vor die Plakatwand gestellt und die Liste der Verdächtigen ergänzt. Im Netz hatte ich nach weiteren Informationen gesucht, über die ABF, über Notre littoral und über die Lex Dahut, bis ich meinen Laptop mit in die Küche genommen, alles eingetippt und ausgedruckt hatte, um es in meiner Boule-rouge zu verstauen. Den Moment hatte sich Emil für sein Hereinkommen ausgesucht.

Mit dunklen Schatten unter den Augen saß er nun am Küchentisch, schlürfte einen Kaffee und verschlang gleich drei Croissants.

»*Merci*, Tereza! Willst du auch?«

»Ich muss mich umziehen.« Vor dem Kleiderschrank entschied ich mich für mein schwarzes Kleid, das einzig wirklich festliche Stück, das ich besaß, ein Erbe meiner Großtante. Isidore hätte es gefallen. *»Coquette«*, war sein Kommentar gewesen, als ich es einmal zum Spaß getragen hatte.

Emil verabschiedete sich, als ich wieder hinunterkam, auch er brauchte andere Kleidung. »Die Überwachung brechen wir tagsüber ab. Wenn du von der Beerdigung heimgehst, sagst du mir Bescheid.«

Nachdem er weg war, rief ich Gabriel zurück, der es schon einige Mal bei mir probiert hatte.

»Wir werden auf der Beerdigung mit mehreren Leuten präsent sein«, sagte er. »Möglich, dass Isidores Mörder vor Ort sein wird.«

Dass er das Wort in den Mund nahm, beunruhigte mich. »Also ist es Mord?«

»Ich gehe davon aus.«

»Und der Schütze? Ist es dieselbe Person?«

»Wissen wir nicht«, sagte er. »Ich hätte die Beerdigung ja verschoben.«

Der Präfekt, dachte ich, dem die Fassade das Wichtigste war.

»Keine Angst, Tereza, wir haben alles im Griff.«

Draußen fuhr Vivienne vor, um mich abzuholen. Beim Reinkommen musterte sie mich kritisch.

»Es ist kein Kostümball.«

»Ist für Isidore.« Ich fühlte den Kloß im Hals, ertappte mich wieder dabei, dass ich verdrängt hatte, was unumstößlich war: Ich fuhr zur Beerdigung eines meiner besten Freunde.

»Was ist mit deinem Arm?«

Ich setzte sie ins Bild, dass beim Rosthaufen auf mich geschossen worden war.

»Tereza!« Sie war schockiert. »Wieso hast du mir nichts gesagt? Oder Gabriel, als er Merguez geholt hat?«

»Je weniger Bescheid wissen, desto besser. Ich will auf keinen Fall meine Kinder beunruhigen.« Das klang etwas absurd, sie waren weit entfernt.

»Aber … geschossen?«

»Es kann auch ein Versehen gewesen sein. Jemand hat gejagt, oder die Schüsse waren als Warnung für die Besitzer des Rosthaufens gedacht.«

Während ich sprach, hatte sie auf ihrem Handy herumgewischt.

»Auf dem Polizeiticker steht nichts von einer Schießerei.«

»Wir wollen es möglichst lange geheim halten. Hast du eigentlich jemandem erzählt, dass ich nach Postolonnec gefahren bin?«

Sie verneinte.

»Ganz sicher?«

»Tereza. Traust du mir nicht? Stehst du vielleicht unter Schmerzmitteln?«

»Tut mir leid. Aber es war schon ziemlich heftig.«

»Also doch kein Versehen?«

Ich zuckte die Achseln und ging zur Theke, um das vorbereitete Schild zu holen, »Wegen Todesfall geschlossen«. Ich hängte es ins Fenster.

»Lass uns jetzt gehen, nicht dass wir zu spät kommen.«

Sie würde die Liveberichterstattung direkt von der Kirche Saint-Pierre in Crozon machen.

Wir stiegen in ihren Van, gefolgt von Merguez, der nicht zu überreden war, zu Hause zu bleiben.

Im Auto ließ Vivienne »Balance ton quoi« laufen.

»Sonst bin ich ja für Abwechslung. Aber da fühlt man sich doch irgendwie getröstet. Nicht?«

Kaum waren wir unterwegs, wehte ein kräftiger Wind, und dunkle Wolken bauten sich von Westen her auf. Ich bemerkte durch die seitliche Scheibe die Wellen in der Bucht von Dinan, sie waren hoch, mit Schaumkronen. Es sah echt gefährlich aus, trotzdem waren ein paar Surfer mit ihren Brettern unterwegs. Ich verfolgte den Lauf des einen, der sich längere Zeit auf dem Kamm hielt und dann wie ein Ast in die Luft geschmissen wurde, um im Wasser zu verschwinden.

»Ayala gibt heute keine Workshops«, sagte Vivienne. »Da können nur Profis raus.«

Etwas weiter vorn kam die Abzweigung nach Kersiguénou.

»Ob Selimène auch zur Beerdigung kommt?«, fragte ich.

Vivienne blieb auf das Fahren konzentriert. »Nein, dafür ist sie zu erschöpft.«

»Und Sœur Nominoë?«

»Sie kommt. Alle kommen.«

»Vivienne … ich habe kein gutes Gefühl. Etwas wird passieren.«

***

Wo sonst Marktstände standen, war der Kirchenplatz voller Menschen. Ein Meer von Menschen und Blumen. Die Wolken waren weggeblasen, der Himmel präsentierte sich in kräftigem Blau, nur der Wind hatte auch hier aufgefrischt.

Vivienne parkte diskret am Rand.

»Sorry, Tereza, ab jetzt habe ich Dienst. Merguez darf bleiben, wenn er brav ist. Fang!« Sie warf mir eine schwarze Jacke zu. »Die kannst du ausleihen. Wenn du nicht willst, dass dich jeder nach deinem Arm fragt.«

Sie schwenkte ihren Sitz und baute das Innere des Wagens binnen Sekunden in ein Radiostudio um. Aus Pietätsgründen verzichtete sie auf die Lautsprecher, der Anlass wurde nur im Radio und per Stream übertragen.

Als erste Interviewpartnerin schnappte sie sich die Bürgermeisterin von Crozon, eine bodenständige Person, mit der man sich nicht anlegen wollte. Die schleuderte ihre Föhnfrisur zur Seite und beugte sich vor, um mit tiefer Stimme ins Mikro zu sprechen.

»Isidore Breonnec war so etwas wie der Kitt unserer Halbinsel. Er fehlt an allen Ecken und Enden.«

Was für eine ganz und gar passende Beschreibung.

Ich ging auf die Kirche zu, ein herrschaftlicher Bau mit einem üppigen Pflanzenbeet neben dem Eingangsportal, das zu den beginnenden Glockenklängen gerade geöffnet wurde. Die ersten Trauergäste traten ein, rasch bildete sich eine Schlange, ich war zu langsam und landete am Schluss.

»Weißt du, wie er gestorben ist?«, fragte eine Frau vor mir ihre Begleiterin.

»Auf einer Baustelle … wie er es sich gewünscht hätte. Bestimmt baut er gerade den Himmel um.«

Ich musterte die Sprecherin. Sie war ganz in Cremefarben, mit riesiger Sonnenbrille. Konnte sie *ma puce* sein?

Das Glockengeläut erreichte den Höhepunkt. Der Turnschuhabdruck auf Isidores nacktem Rücken fiel mir ein. Ich sah mir die Schuhe der Menschen an: lederne Halbschuhe, Sandaletten, Sandalen. Viele Turnschuhe. Sehr viele Turnschuhe und die Marke Naturalis war gut vertreten.

Wenn die alle auf Gabriels Liste von Verdächtigen zu stehen kommen, dann viel Spaß, dachte ich.

Mein Arm begann zu schmerzen, die Wirkung des Medikaments ließ nach. Mir wurde ein wenig schwindelig. Hoffentlich ging das schnell vorbei, die Vorstellung meines Bettes oben im Atlantique schien mir sehr verführerisch.

»*Bonjour*, Tereza.«

Myrthe Abelas hatte mich von Weitem gegrüßt, die schwarze Bluse ließ sie blass erscheinen. Ich winkte ihr zu. An der Seite standen ihr Mann und Hérvé, in eine heftige Diskussion verwickelt.

Hérvé Dupont. Wie oft ich an den Typen gedacht hatte. In meinem Kopf war er zu einem Monstrum aufgeblasen worden. Und nun sah ich einfach einen kleinen, dicken, glatzköpfigen Mann, außer Atem und sichtlich durchgeschüttelt.

Und dann erspähte ich Sylvie in der Menschenmenge. Sie stand mit Aimon bei Basile, der durch seine Größe auffiel.

»Hei!«, rief ich und drängte mich durch die Leute. Wir hatten einige Worte zu wechseln, sie und ich. Sie hatte mich im Stich gelassen und kein einziges Mal zurückgerufen.

»Sylvie!«

Hatten sie mich nicht gehört? Auf jeden Fall setzten sich die drei in Bewegung. Ich sagte mir, dass es wegen der vielen Menschen war, dass sie mich nicht gesehen hatten, und doch traf es mich. Ich versuchte sie einzuholen. Eine Gruppe vor mir war in einen Begrüßungsreigen verwickelt, und als ich an denen vorbei war, sah ich Basiles kurz geschnittenes Haar gerade im Inneren der Kirche verschwinden.

»Arbeiten Sie nicht im DEJALU?« Ein kurzer Plausch, ein Hinweis, dass ich die Besitzerin und nicht die Angestellte sei, dann war die Person, deren Name mir partout nicht mehr einfiel, weitergezogen.

Nun erblickte ich Aude und Xavier, er war in anthrazitfarbenes Leinen gekleidet, der schönste Mann auf dem Platz, zweifellos.

Die Glocke wurde leiser, und ich erreichte endlich das Portal. Jedes Mal, wenn ich diese Kirche betrat, hielt ich den Atem an. Wie so viele Gebäude war sie während der Besatzungszeit schwer beschädigt worden, aber die Restaurierung in den neunziger Jahren war gelungen, sie war ein kleines Juwel, ein Stück gelebte Geschichte dieses Dorfes. Der Boden aus glänzendem Stein, über Hunderte von Jahren glatt gelaufen von unzähligen Füßen, die Holzbänke dunkel poliert, die Säulen aus Sandstein. Der Glockenturm stammte aus der Mitte des 19. Jahrhunderts, aber richtig alt war das Altarbild aus dem 16., welches die Hinrichtung von Legionären auf dem Berg Ararat darstellte.

Sonst zündete ich jeweils eine Kerze für meine Eltern und für meine Patentante an, aber nun schritt ich durch das Kirchenschiff, nahm die Kühle wahr, den Weihrauchduft, die leisen Orgelklänge, das Blumenarrangement auf der Kanzel, die Leinwand, dafür gedacht, die Vorgänge beim Altar auch in die hinteren Bänke zu übertragen.

Sylvie, Aimon und Basile saßen etwa in der Mitte. Gerade wollte ich zu ihnen, als mich jemand am gesunden Arm packte.

»Tereza. Was ist passiert?« Auguste starrte auf die Schlinge.

»Man hat auf mich geschossen«, sagte ich und hob die Jacke ein wenig an, damit er den Verband sehen konnte. »Nein, Scherz, ich bin gefallen. Aber nicht schlimm.«

»Gut. Ich wollte dich fragen … kommst du mit mir, bitte? Ich brauche jemanden. Und wenn ich einen von Isidores Bekannten bitte, dann fühlen sich alle anderen zurückgesetzt.«

Ich blickte zu Sylvie, die in ein Gesangsbuch vertieft war, während Aimon und Basile miteinander flüsterten.

»Ich würde lieber bei meinen Freunden sitzen.«

»Bitte, Tereza.« Er ließ nicht locker, kam damit an, dass er ein Oussentin sei und hier eigentlich niemanden kenne.

Was soll ich sagen, ich gab nach, und er hängte sich bei meinem gesunden Arm ein. Gemeinsam schritten wir durch den Mittelgang nach vorn. Alle Leute starrten uns an.

Auf Sylvies Höhe warf ich ihr einen Blick zu. Und siehe da. Sie lächelte.

»Warte.« Ich schüttelte Auguste ab und ging schnell zu ihr hin.

»Na, Tereza, alles fit im Schritt?«, flüsterte sie mir zu.

So leicht ließ ich mich nicht kaufen. »Was war denn mit dir los?«

»Ich erkläre es dir später. Begleite jetzt Auguste.«

Auch Aimon ermunterte mich, und so schritt ich weiter. Vor dem Altar waren viele Kränze und Blumen aufgebaut: Nebst den üblichen gab es auch Rosen und Heideblumen, es war eine bunte Mischung. Auf einer Staffelei befand sich ein Foto von Isidore, wie er leibte und lebte: im Relais des Pêcheurs, ein Coreff in der Hand, ein breites Grinsen im Gesicht. Oh Gott.

In der vordersten Bank, die für die Familie reserviert war, saß gleich beim Gang eine gedrungene Frau in einer Kittelschürze, die die Wärme einer Gefängnisbeamtin ausstrahlte, und etwas von ihr entfernt eine kleine, magere Frau mit schmalem Gesicht, die fast in der grünen Jacke ertrank, die ich in Isidores Haus gesehen hatte.

»Ist das Marine?«, fragte ich und blieb stehen.

Auguste war überrascht. »Sie sollte nicht kommen. Und wo hat sie ihr Doudou?«

»Du meinst, ein Kuscheltier?«

Er nickte. »Ohne wird es kritisch.«

Er legte das letzte Stück bis zur Bank zurück, beugte sich hinunter und murmelte der Frau in der Schürze etwas zu. Ihre

Antwort schien ihn nicht zufriedenzustellen, aber er gab sich geschlagen.

Er quetschte sich an ihr vorbei, setzte sich neben Marine und machte mir ein Zeichen, ihm zu folgen. Im Vorbeigehen streifte mein Blick die zweite Reihe, in der fünf Frauen nebeneinandersaßen. Eine davon war Ivy, die Yogalehrerin, etwas rundlich geworden, sie ignorierte mich. Aurélie, deren hennarotes Haar zu einem stumpfen Grau gewechselt hatte, nickte mir zu, zusammen mit Agnes. Die beiden neben ihnen kannte ich nicht, die eine war eine zierliche Blonde, die andere mit dunkler Ausstrahlung und sehr groß. Beide trugen betont bunte Kleider, als hätten sie sich abgesprochen.

Wer von euch ist *ma puce*, dachte ich. Und wer hat ihn getreten?

Da kam der Priester heraus, ein magerer Kerl mit Glatze, violetter Kutte und einem Headset samt Mikrofon, gefolgt von einer Entourage aus Vikar und Ministranten. Er stellte sich an den Altar, begrüßte uns, und dann ging es los mit einer pompösen Einleitung, untermalt vom Gesang der Bergamotten, dem Nonnenchor auf der Empore, die nahtlos von einem Kirchenlied zu einer bretonischen Volksweise wechselten. Sœur Nominoë dirigierte, Aimon hatte sich mit seinem Banjo zu ihnen gesellt, Ayala in einem hellgelben Kleid sang ein Solo. Die ersten Tränen flossen. Die nächsten, als der Priester Isidore würdigte. Danach wollte er das Wort an Auguste übergeben.

»Für den Lebenslauf«, sagte er.

Auguste stand die nackte Panik im Gesicht. »Ich kann das nicht, es ist komplett aus dem Ruder gelaufen«, flüsterte er mir zu.

Was meinte er damit?

Er mühte sich vor das Mikrofon. Auf seiner Stirn glänzten Schweißtropfen. Er holte einen Zettel heraus und wollte anfangen zu sprechen. Aber zuerst kam nur ein Krächzen.

»Also, Isidore, mein Cousin, er war älter …«

Er stockte, blickte zum Pfarrer und dann zu Marine, die wie

eine Statue in der Bank saß und mit keiner Wimper zuckte, völlig überfordert, wie es mir schien. Schließlich suchte er meinen Blick. Hilf mir, signalisierten seine Augen.

»Was soll das, dann übernehme ich«, sagte Ivy hinter mir. »Ich habe den Lebenslauf dabei.«

»Nein, ich mach das.«

Als ich mich umdrehte, sah ich, wie Ivy Aurélie in den Arm kniff.

»Du darfst nicht. Er hätte mich gewollt.«

Die fünf Frauen hatten je ein Blatt Papier in der Hand und musterten sich kriegerisch.

»Habt ihr alle einen Nachruf vorbereitet?«

»Auguste hat mich darum gebeten«, flüsterte Aurélie.

»Nein, mich.«

»Mich.«

Unruhe machte sich breit, der Pfarrer räusperte sich und schraubte das Stimmvolumen hoch.

»Wie gesagt, wir kommen nun zum Lebenslauf, verlesen von … Wer liest das denn nun vor?« Die Frage hallte durch das Gewölbe der Kirche.

»Wir brauchen eine Lösung.«

»Mach du das, Tereza.«

Als mir Agnes ihren Zettel in die Hand drückte, taten es ihr die anderen so schnell nach, dass ich gar nicht nachkam.

Auguste verließ den Platz hinter dem Altar, während der Pfarrer mich zur Kanzel begleitete. »… der Lebenslauf wird vorgelesen von seiner besten Freundin … äh …«

Ich sagte ihm meinen Namen.

»… genau, Madame Bescher.«

Diese Aussprache meines Namens hatte ich noch nie gehört.

Ich schaffte die Treppe ohne Stolpern, legte die Blätter auf den kleinen Ständer, versuchte, die Buchstaben zu entziffern. Alles war Französisch. Mein Gott, auch das noch. Ich konnte gut sprechen, ich verstand alles, aber mit dem Lesen haperte es, peinlich für eine Buchhändlerin, aber so war es.

»Herzlich willkommen zu meinem … zu Isidores Lebenslauf.«

Na, das war reichlich verkrampft rausgekommen. Ich las einen Satz ab. »Er war ein unheimlich sensueller Mensch, einer …«

Wer hatte das geschrieben? Ivy? Aurélie?

»… zwischen ihm und mir bestand eine Seelenverwandtschaft.«

Ich hörte einige Reaktionen, wechselte das Blatt. »Schon als kleiner Junge hat er …«, ich verstummte und überflog den Rest, »… lieber mit Mädchen gespielt als mit Jungs.«

Das musste von der Blonden sein, die mit ihm zur Schule gegangen war.

Ich wagte einen weiteren Versuch. Agnes war mir immer vernünftig vorgekommen, ihre Schrift war auch gut leserlich.

»Isidore Breonnec kam am 13. November 1952 zur Welt, als einziger Sohn eines Camarétois, eines Fischers, und seiner Frau. Im Alter von drei Jahren bekam er seinen ersten Hammer geschenkt, im Alter von fünf Jahren zimmerte er seinen ersten Stuhl. Einige Tage später dann wurde er von einer Nachbarin gebeten, ihren Siphon zu reinigen …«

Ein unterdrücktes Kichern aus der Trauergemeinde.

Ich besah mir die Seiten, etwa zwanzig davon, dicht beschrieben. Ich schob sie beiseite.

»*Saludo*, meine Lieben.« Ganz nah beugte ich mich zum Mikrofon. »So hätte uns Isidore heute begrüßt. Dann hätte er uns angelächelt, mit seinen Augen, die so hell waren wie das Meer an einem Sommertag. Danach hätte er sich an die Arbeit gemacht.« Ich holte kurz Luft. »Ich weiß nicht, wie es euch geht, aber ich habe ihn nur arbeitend erlebt. Und seine Methoden waren immer kreativ. Ohne ihn würde ich bis heute im Dunkeln leben. Er war es, der aus einem verschmutzten, verstaubten Dachboden mittels allerlei Bautricks und drei Bullaugen einen Raum mit Meerblick gemacht hat. ›Da sieht man hinaus zu meinem Freund Bob, dem Delphin.‹ Die Geschichte von Bob hat er mir aber ein anderes Mal erzählt, weil er zuerst meine übergelaufene Sickergrube reparieren musste.«

An der Stelle vernahm ich zustimmendes Gemurmel.

»Das war die schönste Liebeserklärung, die man sich vorstellen kann. Wer einmal einen überlaufenden Abwassertank erlebt hat, weiß, wovon ich spreche. Ab da war er mein Held, mein Handwerker fürs Grobe – der Abwassertank hat sehr gestunken – und fürs Feine – die Bücherregale in meinem Laden sind Millimeter-Maßarbeit. Außerdem hat er Merguez, meinem Hund, jedes Mal ein Leckerli mitgebracht.«

Ich hörte ein Winseln, sah Vivienne mit dem Aufnahmegerät, Merguez an ihrer Seite.

»Immer wenn er etwas fertig hatte, gab es einen Kouignamann, diesen bretonischsten aller bretonischen Kuchen. ›Den Ofen aufheizen, eine Minute lang rein. Butter, Zucker und eine Prise Sel de Guérande verschmelzen zu einer einzigartigen Explosion‹, hat er mir jeweils erklärt. Als ich wollte, dass er auch probiert, hat er abgelehnt. ›Nachher, Tereza, wenn ich deine Klingel repariert habe.‹«

Nun erkannte ich auch die Gesichter unter mir. Alle waren da, alle. Bis auf Selimène.

»Isidore hat jedes Problem gelöst, manchmal genau nach Vorschrift, manchmal kreativ. Er hat Formulare als Unterlagen benutzt, Quittungen dienten ihm als Putzlappen, und manchmal wurden Rechnungen einfach vom Wind verweht. Aber niemals hätte er etwas getan, das andere gefährdet hätte.«

Ich sah von Aimon zu Auguste, die an dem Image des Haldodris gearbeitet hatten, und fixierte Mael Abelas. Nun war es ganz still. Kein Mucks war zu hören. Hier ging es um etwas, um Isidores guten Ruf.

»Drähte und Kabel zusammenbauen konnte er wie kein Zweiter, in vierzig Jahren hat er keinen einzigen Kurzschluss verursacht. Er war ein Zauberer. Aber selbst er hätte einem Wasserkocher oder einem Toaster niemals ansehen können, dass er kaputt war.« Dieses Statement kam aus tiefster Seele, merkte ich in dem Augenblick, da ich es aussprach.

Es wird alles wieder gut, dachte ich, aus der Magie heraus, trunken vom Duft der Kerzen und dem Licht der bunten Fenster und all den Menschen, die gekommen waren, Isidore zu ehren.

»Er war einfach der Beste.«

Ich schluckte. Bis jetzt hatte ich das Weinen unterdrückt. Nun packte es mich, und ich brachte keinen Ton mehr heraus.

Der Priester sprang ein. »Dem kann ich mich nur anschließen.« Dann begann er zu singen, die unvermeidlichen *tri martolod*, die Trauergemeinde fiel mit ein, wir kamen durch den Rest des Gottesdienstes, und der Pfarrer kündigte erst einen Aperitif auf dem Kirchenplatz und danach den gemeinsamen Gang zum Friedhof und zum Grab an.

Auguste, Marine und ich gingen hinter ihm hinaus, dann kamen die Frauen, dann der Rest.

Als sich Auguste für die Kondolenzrunde aufstellte, verzog ich mich klammheimlich und ging schnurstracks zu Sylvie, die etwas abseits von den anderen bei der Mauer am Rand des Platzes stand. Im Laufen lösten sich meine Vorwürfe gegen sie in Luft auf. Sie hatte etwas Distanz gebraucht. Na und? Wir waren uns nicht einig gewesen. Kam in den besten Freundschaften vor.

»Hör mir zu«, platzte ich heraus, als ich sie erreichte. »Ich wollte einfach nicht, dass mir jemand reinredet. Mittlerweile finde ich die Agentur Amèr gar nicht mehr so schlimm, und den Prozentsatz kann man hoffentlich verhandeln.«

Sylvie schüttelte den Kopf. »Darum geht es nicht.« Sie holte so tief Luft, als ob sie gleich vom Zehnmeterturm springen würde. »Gehst du mit? Hier gibt's zu viele Ohren.«

Ich nickte und folgte ihr über die Straße zu einem Durchgang, der auf den großen Parkplatz hinter dem Supermarkt führte, wo auch das Gemeindehaus und das örtliche Notariat lagen. Der Platz war zugeparkt, Menschen wuselten herum, wie immer kaufte die ganze Halbinsel hier ein. Aber da die meisten Touristen waren, konnten wir uns ungestört unterhalten.

Wir stellten uns zwischen einen Liefer- und einen stehen gelassenen Einkaufswagen.

»Es ist so«, sagte Sylvie, »Isidore hat bei mir auf dem Campingplatz etwas repariert und wollte bar bezahlt werden.«

Wovon sprach sie? Ich wollte mich mit ihr versöhnen. »Das ist doch jetzt egal.«

»Nein, hör mir zu. Ich habe einen Chef, und der will Abrechnungen. Außerdem bin ich pingelig, du kennst mich.«

»Ja, aber wieso erzählst du mir das?«

»Warte. Ich habe ein wenig rumgefragt und gemerkt, dass Isidore das methodisch gemacht hat. Das mit den Rechnungen.«

»Nicht methodisch, das ist übertrieben, manchmal, selten. Du hast doch meine Rede eben gehört.«

»Ja, und sie war sehr schön, aber auch sentimental. Wir hatten einen Steuerprüfer auf dem Campingplatz, einen ganz scharfen Hund. Ich musste mich entscheiden, ob ich Isidore anschwärze oder für seinen Fehler geradestehe.«

Ich schwieg. »Das tut mir leid«, sagte ich schließlich.

»Mir auch, vor allem weil ich eine Geldstrafe bekommen habe. Darauf hatten wir einen richtig schlimmen Streit, bevor ich zum Picknick kam. Beim Château de Dinan.«

Nun wurde mir einiges klar. »Darum warst du so gestresst.«

»Ich war stinksauer.«

Automatisch gingen meine Augen zu ihren Füßen. Und, was soll ich sagen, ihre Turnschuhe waren von der Marke Naturalis. »Woher hast du die?«

Sie war konsterniert. »Du meinst meine Turnschuhe? Aus dem U in Camaret. Sie waren eine Sonderaktion. Keine besonders gute Qualität, die Sohlen sind schon ganz abgelatscht.«

Wir wurden von Gabriel unterbrochen. Keine Ahnung, woher er plötzlich kam, in der Kirche war er mir nicht aufgefallen.

Er war im Ledermantel, würdigte mich keines Blickes, sah nur Sylvie an.

»Sylvie Meerwein, ich verhafte dich wegen versuchten Mordes an Isidore Breonnec. Alles, was du sagst, kann gegen dich verwendet werden.«

20

»Aber du irrst dich, Gabriel«, sagte Sylvie zum wiederholten Mal und wandte sich mir zu. »Wo ist Aimon? Hol ihn her, sofort.«

»Er ist noch vor Ende des Gottesdienstes ins Kommissariat gekommen und unterschreibt jetzt seine Aussage«, sagte Gabriel. »Komm mit, Sylvie, bitte.« Er nahm sie am Arm. »Wir haben neue Beweise, und die belasten dich leider.«

»Bist du noch ganz dicht?« Ich riss an seinem Mantel. »Sehr schlechter Scherz, bei der Beerdigung.«

»Ich habe extra gewartet, bis der Gottesdienst vorbei war.«

»Nein.« Ich stellte mich ihm in den Weg.

Die ersten Leute sahen zu uns herüber.

»Tereza. Sylvie hatte große Probleme mit der Steuerbehörde, wegen Isidore.«

»Da erzählst du mir so was von nichts Neues.« Zum Glück hatte sie es mir eben gebeichtet. »Und deswegen bringt sie ihn natürlich um.«

Gabriel suchte nach Worten. »Weißt du, wie hoch ihre Geldstrafe war?«

Ein schneller Blickwechsel mit Sylvie. Hoch, sagten ihre Augen.

»Tausend?«

»Der Campingplatz ist wegen der Geschichte in den roten Zahlen, und Sylvies Chefin droht mit ihrem Rauswurf.«

»Das kriegen wir hin, wir werden mit ihr sprechen. Wir gründen einen Verlag, Sylvie und ich. Da kann sie das Geld zurückzahlen.«

»Das erfindest du jetzt gerade.«

»Das erste Projekt steht, der Untergang der Drummond Castle.« Damit spielte ich auf die Ereignisse diesen Frühling an. »Ein True-Crime-Roman. Er wird sich verkaufen wie warme Croissants.«

Sylvie winkte ab. »Danke, Tereza, für deine Hilfe, aber es ist nicht nötig. Gabriel irrt sich, und das wird er gleich zugeben müssen.«

Doch ich kannte ihn. Wenn seine Nasenflügel zitterten, wenn er bleich war wie der Tod und seine Augen diesen schottischen Glanz bekamen, hatte er Witterung aufgenommen. Zwei ungelöste Brandstiftungen in Küstenhäusern, die Warnschüsse aus der Nachbarschaft, Isidores Tod – hier ging es um mehr als nur um ein paar vergessene Quittungen. Alles hing zusammen, nur wusste Gabriel noch nicht, wie.

Seine Kollegin, die ich bislang nicht beachtet hatte, stand neben dem Dienstfahrzeug und kam auf sein Zeichen herbeigeeilt.

»Das ist meine Mitarbeiterin. Sie wird dich begleiten.«

Yunas glattes braunes Haar war wie gestern zu einem Pferdeschwanz gebunden, der bei jeder Bewegung auf und ab wippte. Sie strahlte die Energie eines Jungpferdes aus und war mir unsympathischer denn je.

Während sie Sylvie – ohne Handschellen – zum Auto führte, zischte Gabriel: »Ich muss dich sprechen. Jetzt.«

Ohne sich noch einmal umzusehen, ging er in der Annahme, ich würde ihm folgen, durch die Leute in Richtung Notariat. Der Parkplatz war noch voller als eben und zeigte eine andere Seite der Bretagne: den Einkaufswahn der TouristInnen an einem gewöhnlichen Mittwochmorgen.

In dem Moment knallte ein vollgepackter Gitterwagen gegen mein Schienbein.

»Pardon«, sagte ein Mann in Zürcher Dialekt, während eine Flasche Orangensaft auf den Boden rollte.

»Warum hast du das gekauft?«, keifte seine Frau und hob die Flasche auf.

»Fürs Frühstück«, antwortete der Mann und schob seinen Wagen zu einem Auto.

»Aber im Kühlschrank gibt's doch welchen. Willkommensgeschenk der Vermietung.«

»Die billigste Sorte. Und dafür zahlen wir zweitausend Euro die Woche, unverschämt teuer, aber du musstest ja …«

»Ich? Du hast die Agentur ausgewählt.«

»Weil die Deutsch sprechen. Ich kann keine französischen Webseiten lesen.«

»Entschuldigung.« Ich trat zu dem Paar, das mittlerweile alle Tüten im Kofferraum des Autos mit Zürcher Nummer verstaut hatte. »Ich habe aus Versehen Ihr Gespräch mit angehört. Mein gemietetes Ferienhaus ist abgebrannt, und ich brauche notfallmäßig Ersatz.«

Die Frau nestelte in ihrem Bauchbeutel und gab mir Xaviers Karte. »Dann sind Sie bei den Amèrs an der richtigen Stelle.«

Also hatte die Agentur auch bei den Touristen einen guten Ruf. Diese Information hatte mir bislang gefehlt.

»Spinnst du? So was behält man doch für sich«, sagte ihr Mann.

Komischer Typ, erst über die Agentur schimpfen, dann den Kontakt nicht weitergeben.

Ich lief weiter in die Richtung, in der Gabriel über einen kurzen Fußweg am Notariat vorbei in dessen Hinterhof verschwunden war. Als Erstes stach mir der Gestank von Thunfisch in die Nase, dann entdeckte ich Gabriel neben einer lotterigen Bank mit Tisch, wie ich sie nur von Autobahnraststätten kannte. Obwohl wir nur wenige Meter vom Supermarkt-Parkplatz entfernt waren, war es hier ganz ruhig.

»Wieso hast du Sylvie verhaftet?«, fragte ich. »Du bist so ein falscher Hund. Du hättest mich warnen müssen.«

Er war sichtlich gestresst. »Ich habe es kurz vor dem Gottesdienst erfahren. Anordnung von oben.«

»Der Präfekt?«

»Die Anschuldigungen sind gravierend, es tut mir leid.«

Mein Wutpegel stieg. »Wie kannst du denen glauben? Wegen einer doofen Steuerbuße würde Sylvie Isidore doch nicht angreifen.«

»Sprich bitte nicht so laut.«

Aber ich war in Fahrt. »In Crozon passieren gerade viel schlimmere Dinge. Und sie haben mit Isidores Tod zu tun. Eines davon ist die Vetternwirtschaft von Mael Abelas.«

»Das sind Gerüchte. Hier geht es um Beweise. Sylvie hat mit Isidore lautstark gestritten.«

»Hat sie mir erzählt.«

»… auf dem Gerüst.«

Hatte ich mich verhört? »Wo?«

»Von der Villa Selimène, kurz vor dem Zeitpunkt seines Todes. Es gibt einen Zeugen.«

Das hatte sie mir nicht gesagt. Ich schluckte leer. »Xavier Amèr, der eine weibliche Stimme gehört haben will? Oder jemand von dieser Liste?«

Ich holte den zerknitterten A4-Ausdruck aus der Tasche. »Während du Sylvie hinterherrennst, habe ich gearbeitet. Das sind alles Leute, denen Isidore eine halbschaurige Quittung ausgestellt hat.«

»Ich habe dir bereits gesagt, dass Hérvé nicht in Frage kommt –«

Ich unterbrach ihn. »Ich spreche nicht von diesem Würstchen.«

Gabriel hatte die Liste überflogen. »Da stehe ich ja mit drauf.«

»Ja, weil er bei dir auch gearbeitet hat.«

»Aber nur Kleinkram.«

»Ich habe mehr als einmal erlebt, wie du ihm deswegen ein Bier bezahlt hast, im Relais, der Wirt ist Zeuge.«

»Das kannst du nicht vergleichen. Es ging um Kleinstbeträge. Zwanzig Euro und solche Sachen.«

»Kleinvieh macht auch Mist, hat Isidore immer gesagt.«

Wieder dieser gehetzte Blick, dabei waren wir ganz allein. »Sag jetzt endlich, wovor du Angst hast?«

Er ging nicht darauf ein. »Woher hast du eigentlich all diese Namen?«

»Ich habe einige Quittungen und Belege durchgeackert.«

»Also nicht nur die drei, die ich vorgestern bei dir gefunden habe.«

Ich starrte ihn an. »Es war eine ganze Schachtel. Mehrere hundert.«

Er war sichtlich fassungslos. »Und wie ist sie zu dir gekommen? Als du bei ihm im Haus warst, in Le Fret?«

»Was fragst du so doof, wenn du es doch weißt?«

Gabriel stöhnte auf. »Ganze Arbeit, Tereza, darum haben Emil und ich nichts mehr gefunden. Ein ganzes Spusi-Team hat das Haus vergeblich auf den Kopf gestellt. Das sind Beweise, verdammt.«

»Ich habe alles zusammengerechnet … letztlich hat Isidore vielleicht knapp zwanzigtausend Euro unterschlagen. Was ist das? Nichts im Angesicht der wirklichen Verbrechen. Du weißt es, und ich weiß es, es geht um Geld, es geht immer um Geld. Und zwar um richtig viel.«

Wir starrten uns an. Und dann, was soll ich sagen, gab Gabriel nach. Es war, als ob jemand die Luft aus ihm herausgelassen hätte.

»Das Ganze hat mit der Sanierung von Villen mit Meerblick zu tun, stimmt's? Und Isidore könnte das geahnt oder gewusst haben.«

Er nickte.

»Das Haus in Postolonnec hat durch den Umbau bestimmt eine massive Wertsteigerung erfahren. Beide Häuser, der Rosthaufen und die Villa Selimène, gelten zusätzlich als *monuments historiques*, als schützenswerte Bauten.«

Er nickte wieder.

»Ich habe gelesen, dass es Restaurierungsprämien und Staatsgelder für energieeffizientes Umbauen gibt. Hinter den Bränden steckt vielleicht Methode.«

»Ich bin in meiner Untersuchung noch nicht so weit. Es handelt sich um sensible Daten, mehrere Ämter sind involviert, vieles läuft über Paris.«

»Ein Dschungel, in dem ich mich schon öfter verirrt habe.«

»Und dann passiert diese Scheiße mit Sylvie.« Gabriel ballte eine Faust. »Wir haben in der Nacht eine Durchsuchung bei ihr gemacht und die Quittung für das Ringelshirt gefunden, im Bettkasten des Campingwagens. *Ihres* Campingwagens.«

Auch das hatte sie nicht erzählt. Wie konnte ich sie verteidigen, wenn sie mir die Hälfte verschwieg?

»Die Quittung stammt aus dem Comptoir«, fuhr er fort, »über einen Betrag von fünfunddreißig Euro. Ein dunkelblaues Ringelshirt für Männer, Größe M.«

Ich war sprachlos.

»Darauf wurden ihre Fingerabdrücke sichergestellt. Und es gab eine Handynachricht von dir. Weißt du was über diese Quittung?«

Was hatte ich ihr noch draufgesprochen? »Ich wollte mich lediglich bedanken, für ein Überraschungsgeschenk.«

»Lüg nicht. Sie hat das Shirt nicht dir geschenkt, sondern Isidore. Dass sie die Marke Amor Lux eingekauft hat, passt zu ihr. Touristennepp.«

»Sie ist keine Touristin.«

»Aber eine Deutsche, und die fahren auf das Zeug ab.«

»Das … das … ist rassistisch, du Arsch! Sylvie würde nie ein solches Shirt verschenken, das weiß ich einfach.«

»Ich habe bis zum letzten Moment, bis zum allerletzten Moment verhindert, dass wir sie in U-Haft nehmen. Nach der ersten Befragung …«

»Ihr habt sie schon mal befragt?«

Darum ihr Schweigen, ihr Kontaktabbruch. Gott im Himmel, wie falsch ich alles eingeschätzt hatte. Eine absolute Niete, das war ich.

»… konnte ich sie gehen lassen. Die Quittung hätte von jemand anderem platziert sein können, um sie zu belasten. Und Valérie vom Comptoir hat sie auf einem Foto nur vage erkannt. Aber dann kam der Fußabdruck auf Isidores Rücken.«

»Der stammt nicht von Sylvie.«

»Du weißt doch genau, dass sie dieses Turnschuhmodell trägt.«

»Und tausend andere auch. Aude zum Beispiel …«

»Sie hat nicht gesuchte Schuhgröße.«

»Dein Kollege hat gesagt, es kann auch größer gewesen sein. *Fuck you!*«

Die Stille war dröhnend. Gabriels Augen irrten von der Mauer zum Hintereingang, zum Weg.

»Also gut, du hast es so gewollt.« Er holte sein Handy heraus, zeigte mir ein Foto von einem Schuhprofil, auf dem die Wellen zu sehen waren, aber nicht in einer klaren Linie, sondern immer wieder unterbrochen, als ob sie unregelmäßig abgelatscht worden wären. »Sylvies Turnschuhprofil.«

Und dann ein Foto vom Abdruck auf Isidores Körper, bläuliche Verfärbungen auf käsiger Haut, sie sahen aus wie Schriftzeichen, in unterbrochenen Linien, die kurz vor einem Muttermal endeten.

Der Kloß in meinem Hals wuchs ins Unermessliche. Gabriel plumpste schwer auf die Bank. Dann griff er in seine Brusttasche und holte eine Zigarette heraus. Das machte er nur in absoluten Extremsituationen.

»Komm her«, sagte er und ließ sein Zippo schnappen.

Und, was soll ich sagen, ich tat es. Die Zeiten, in denen wir nach so einer Auseinandersetzung tagelang geschwiegen hatten, waren vorbei.

»Wie geht's deinem Arm?«

»Er pocht.«

Sanft zog er mir die Jacke von den Schultern. Ein Blutfleck prangte auf dem Verband.

»Du musst das noch mal anschauen lassen.«

»Ich habe zwei Kinder großgezogen, ich bin auch Pflegepersonal, ich schaffe das.«

Er nahm einen Zug.

»Ich glaube nicht, dass Sylvie Isidore umgebracht hat. Jemand muss nach ihr zu ihm aufs Gerüst geklettert sein. Jemand, der die gleichen Turnschuhe trug. Nimm die Liste und durchsuche die Schuhregale dieser Leute. Da wirst du noch mehr finden.«

»Hättest du sie mir früher gegeben, hätte ich das getan. Aber nun muss ich die abgeben.«

»Wieso das denn?«

Er nahm erneut einen tiefen Zug.

»Indem ich eigenständig eine rechtsmedizinische Untersuchung anberaumt habe, habe ich meine Kompetenzen überschritten. Das Resultat kann deswegen nicht verwendet werden.«

»Bedeutet?«

»Das, was ich gesagt habe. Es ist nicht erwiesen, dass der Fußabdruck auf dem Rücken mit Isidores Sturz direkt zusammenhängt. Bis eine neue Untersuchung – nicht durch Miguela notabene – nicht das Gegenteil beweist, wird der Fall *nicht* als Mord behandelt. Sie ermitteln im Bereich von fahrlässiger Tötung.«

»Wieso *sie*? *Du* ermittelst doch.«

Er machte die Zigarette aus.

»Gabriel, was ist? Wollen sie dich von dem Fall abziehen? Weil du Isidore kennst?« Ich hielt inne und schlug mir die Hand auf den Mund. »Nicht wegen Isidore tun sie das. Wegen Sylvie.«

Er schüttelte den Kopf. »Vor allem wegen Aimon.«

Also hatte ich richtig getippt, er war draußen. Die Nachricht musste ich erst verdauen.

»Sie haben ja recht. Aimon ist mein Freund, und er verteidigt Sylvie durch alle Böden. Genau wie du. Sie hat«, er verzog den Mund zu einem schiefen Grinsen, »wirklich gute Freunde. Wie gesagt … die Ringelshirt-Quittung habe ich erfolgreich in Frage stellen können. Nicht aber die Zeugenaussage.«

»Wer ist denn jetzt dieser Zeuge? Xavier?«

»Ich weiß es nicht. Emil hat die Befragung durchgeführt und direkt an den Präfekten rapportiert.«

»Das ist Missachtung der Zuständigkeiten. Emil ist Gendarm.«

»Er macht nur seinen Job, Tereza. Nach dem Wochenende wird ein neuer Kommissar …«, er rang sichtlich um Fassung, »… diesen Fall übernehmen.«

»Aus Paris?«

»Korrekt. In Brest sind alle beschäftigt.« Gabriel deutete in Richtung des Supermarkt-Parkplatzes. »Und in schätzungsweise drei Minuten wird Emil auftauchen und mich offiziell suspendieren.« Er stand auf. »Ich muss vorübergehend zu ihm nach Morgat ziehen. Falls ich mich weigere, würden sie mir eine elektronische Fußfessel verpassen.«

»Reicht die Suspendierung nicht aus?«

»Sie finden, nicht. Sie finden, ich würde überreagieren, weil ich zu nah an der Sache dran sei. Sprich: an dir.«

Die Vorstellung, wie er in dem kleinen, überfüllten Häuschen von Emil und Aileen auf dem Sofa schlief, war deprimierend.

»Und was, wenn bis zum Wochenende etwas passiert? Wenn es weitere Schüsse gibt, wenn noch jemand fällt?«

»Das habe ich auch erwähnt. Aber sie meinen, Emil und Yuna hätten das im Griff. Die Schüsse werden ohne Gegenbeweis als Nachbarschaftsdelikt behandelt.«

»Das ist Quatsch. Sie machen einen großen Fehler. Niemand sieht so gut hinter die Fassade der Leute hier wie du.«

Mein Kompliment schien ihm wieder neue Energie zu geben. »Ich könnte natürlich heimlich etwas unternehmen, wenn ich gewisse Informationen hätte. Dafür bräuchte ich dich, Tereza.«

Gabriel Mahon bat mich um Hilfe?

»Im besten Fall erwischen wir den Brandstifter, Isidores Mörder, decken die Korruption bei Renovierungen auf und holen Sylvie raus.«

»Also glaubst du doch an Mord?«

»Ja. Aber ich bin der Einzige.«

Ich stand ebenfalls auf. »Falsch. Wir sind zwei. Zwei Matrosen. Was muss ich tun?«

»Gabriel!« Emils Ruf durchdrang die Stille.

»Das Wichtigste ist, einen Kommunikationsweg zu etablieren.«

Der Polizeijargon, in den er verfiel, ehrte mich. »Wir können telefonieren.«

»Sie werden mir die SIM-Karte wegnehmen.«

Daran hatte ich nicht gedacht.

»Pass auf. Hinter dem Relais des Pêcheurs geht der Küstenwanderweg hoch. Bei der ersten Weggabelung gibt es vier Briefkästen, der zweite von links ist angeschrieben mit ›Rien ne va plus‹. Leg da bitte einmal täglich einen Bericht rein. Ich werde jeweils abends kurz abhauen, um ihn zu leeren. Gegen Mitternacht, nach Einbruch der Dunkelheit.«

»Und wie soll ich da hinkommen? Ich habe kein Auto mehr.«

»Nimm Sylvies E-Bike. Es steht vorn beim Supermarkt. Sie hat mir das für dich gegeben.« Er drückte mir einen Schlüssel in die Hand.

»Sie wusste, dass du sie verhaften würdest?«

»Aimon hat sie vorgewarnt.«

»Mahon!« Schon wieder dieser Ruf, diesmal ein wenig näher.

Er zog mich an seinen schmalen, harten, fiebrigen Körper und sprach auf mich ein, während ich gleichzeitig den Durchgang im Blickfeld hatte.

»Heute Morgen habe ich die Familie in den USA erreicht. Seit sie den Rosthaufen gekauft hatten, ist bereits zweimal auf sie geschossen worden, in der Schlussphase des Umbaus.«

Wieder der Ruf nach Gabriel. Gleich würde Emil hier sein.

»Sie tippen auf den Mann von Madame La Grange. Darum haben sie es nie gemeldet, sie hatten Angst. Sie wurden förmlich hinausgemobbt, sagen sie. Die Schießerei fanden die Amerikaner nicht schlimmer als die tote Ratte auf dem Kompost oder die Reißnägel in der Auffahrt. Sie haben nun einen Käufer gefunden und hoffen, dass er sich nicht abschrecken lässt, das Verfahren läuft.«

»Verfahren? Wird hier ein Hausverkauf als Verbrechen behandelt?«

»Du bist vielleicht eine Marke.« Gabriel verkrampfte sich, es fühlte sich an, als ob er geschüttelt würde.

»Lachst du mich aus?«

»Manchmal triffst du es auf den Punkt, *my hen*.« Er japste nach Luft. »Beim Hausverkauf kämpfen Anwalt und Gegenanwalt gegeneinander, und beide müssen Dokumente liefern. Während des Kaufprozesses herrscht eine komplette Kontaktsperre, es geht um den Schutz beider Parteien.«

»Und wer ist in dem Fall der Käufer? Oder die Käuferin?«

»Um an den Namen zu kommen, hätte ich eine Verfügung gebraucht.«

In dem Moment schoss Emil um die Ecke. Er war in voller Uniform, samt Litzen.

»Gabriel, du sollst nicht mit Tereza sprechen!«, rief er.

Aber Gabriel flüsterte in mein Ohr. »Frag die Nachbarn, nicht die Grange … die bei der Straße links …«

»Wie heißen die?«

»Ein Professor aus Paris, den Namen kannst du rausfinden. Das Haus ist ein Penty, mit einer Palme davor.«

Emil stand nun dicht vor uns. »Tereza! Lass Gabriel los.«

Der gab immer noch nicht nach, es war die intensivste Umarmung meines Lebens. »Geh ins Gemeindehaus, die ABF macht in einer halben Stunde auf. Such nach einer Parallele, einem weiteren Fall, am besten in Kersiguénou. Es muss kein Brand gewesen sein, ein Unwetterschaden, Flut, Sturm, irgendwas. Finde heraus, ob Häuser verkauft wurden. Wenn ja, von wem, an wen? Ich vermute, dass in der Gemeinde ein Maulwurf sitzt, der Informationen weitergibt. Vielleicht gab es irgendwo weitere Tote. Und sprich mit den Amèrs. Sylvie hat sie häufig kontaktiert.«

»Logisch, wegen der Cabane Wunderblau.«

»Nein, dafür waren es zu viele Anrufe. Finde heraus, wer da alles mitarbeitet.« Er nahm meinen Kopf in beide Hände. »Aber sei vorsichtig, keine Risiken. Irgendwo rennt einer mit einer Knarre rum. Und du bist allein.«

21

Ich stand neben Sylvies Rad auf dem Parkplatz und schaute dem Wagen der Gendarmerie nach, der sich durch die vielen geparkten Autos und die vollen Einkaufswagen der Touristen einen Weg bahnte. Am liebsten wäre ich nach Hause gefahren und hätte mich mitsamt meinem kaputten Arm ins Bett gelegt. Aber ich musste meine Freundin aus dem Gefängnis holen, die Machenschaften in der Gemeinde aufdecken und einen Killer aufhalten.

Ich informierte Ayala und Auguste, dass mir schlecht geworden sei und ich nicht mit auf den Friedhof käme. Bis das Gemeindehaus aufmachte, schrieb ich den Amèrs von meinem Hotmail-Account aus, den ich kaum benutzte, inkognito eine Nachricht. Ich erfand eine Notsituation, dass ich für den nächsten Tag eine Wohnung bräuchte, in Crozon und Umgebung. Auf diese Weise konnte ich mir vielleicht einen Überblick über das Personal verschaffen.

In dem Moment sah ich von Weitem, wie die Beerdigungsprozession von der Kirche herkommend vor dem Supermarkt-Parkplatz in die Hauptstraße einbog. Der Wind hatte sich gelegt, der Priester schritt, flankiert von Messdienerinnen mit dem Kreuz, vorneweg, dahinter gingen Marine, die sich an die Urne klammerte, als wäre sie ein Kuscheltier, und Auguste, dessen Anzug im hellen Nachmittagslicht eindeutig nach Brockenhaus aussah. Ihm rann schon wieder der Schweiß, allen anderen auch, Isidores Ex-Freundinnen und den vielen Leuten, die ihnen folgten, in ihrer Mitte der Radio-Wagen mit Basile am Steuer und Vivienne, die aus dem Wageninneren heraus kommentierte.

»Was ist das für ein Umzug?«

Die Stimme kam mir bekannt vor. Schnell bückte ich mich und machte mich an Sylvies Rad zu schaffen.

»Ich will dahin.«

Keine drei Meter von mir entfernt tauchte Jennifer auf, gefolgt von der mit Tüten beladenen Elke. Crozon war wirklich ein Dorf!

»Nein, Jenny, wir fahren nach Hause.« Elke stellte eine Tüte hin und versuchte, Jennifer zu packen.

»Ich will aber mittanzen.« Die Kleine riss sich los. »Es ist Karneval! Der da vorn spielt Gitarre.«

Der Wirt vom Relais des Pêcheurs hatte tatsächlich sein Banjo herausgeholt und spielte ein bretonisches Lied, während einige Trauerleute die Begleitung summten.

»Das ist ein Beerdigungszug.«

»Ich will mitmachen.«

»Es ist nur für geladene Gäste.«

»Dann hol mir eine Einladung.«

»Geht nicht.«

»Dumme Kuh.«

Ich hielt es nicht mehr aus und ging dazwischen. »Wie sprichst du denn mit Elke, du freches Kind?«

Anna kam dazu, und Elke gab sich schockiert. »Tereza ist zufällig aufgetaucht und hat Jennifer gerade beschimpft.«

So lief das bei ihr, heimlich ärgerte sie sich über Jennifer, vor Anna traute sie sich nichts. Da gab es wohl ein Missverhältnis in der Beziehung.

Annas Blick war denn auch angriffig. »Sorry, Tereza. Aber wie ich meine Tochter erziehe, ist meine Sache.«

Schnell füllten sie ihr Zeug in den Kofferraum und fuhren davon.

Die letzten Gäste des Trauerzugs verschwanden um die Ecke, in Richtung Friedhof. Entschuldige, mein Freund, dachte ich. Ich wäre gern dabei, aber dein Mörder läuft frei herum. Da niemand daran glaubt, dass er einer ist, muss ich ihn erwischen. Trotzdem bin ich in Gedanken bei dir.

Auch ohne da zu sein, hatte ich plastisch vor Augen, was jetzt passieren würde. Das Grabmal der Familie Breonnec bestand vollständig aus Marmor und befand sich ganz in der Nähe der Opfer des Zweiten Weltkriegs. Sie würden die Urne auf dem Rand platzieren, neben einem Strauß mit Heiderosen und einem weiteren Foto des lächelnden Isidore. Es würde einige Reden geben, zwangloser als eben in der Kirche, spontan, jede und jeder war eingeladen. Dann würde die Urne in ein kleines Loch hinuntergelassen, und diejenigen, die wollten, konnten entweder eine Schaufel Erde, eine Muschel oder eine Hortensie obendrauf schmeißen. Danach würden sie in Gruppen herumstehen und Auguste und Marine einmal mehr kondolieren, die wiederum alle in die Crêperie l'Escale Gourmande einladen würden, ein Restaurant etwas unterhalb des Kirchenplatzes, in dem Isidore gern gegessen hatte.

Nein, das musste ich alles nicht haben. Ich würde lieber tun, was Gabriel mir aufgetragen hatte.

Bis das ABF öffnete, blieben mir noch einige Minuten. Ich setzte mich etwas abseits auf eine Mauer und zog die beiden Umschläge hervor, die ich gestern aus dem Briefkasten von Oliver Davies gefischt hatte. Die Blutflecken waren dunkler geworden und erinnerten mich daran, dass ich Gabriel versprochen hatte, bei der Krankenstation vorbeizuschauen.

Im ersten Brief war es um die Höhe des Daches gegangen, der zweite enthielt eine Art Vorladung mit Terminvorschlag, Gegenstand sei die Ausnutzungsziffer des Terrains, die nochmals überprüft werden müsse, weil es aus der Nachbarschaft eine Meldung wegen Überschreitung gebe. Mittlerweile war ich zur Fachfrau mutiert und verstand genau, was das bedeutete.

Sofort fiel mir Madame La Grange ein. Ihr traute ich zu, dass sie mit dem Zentimeterband nachmaß und jeden Fehler meldete, während ihr Mann um sich schoss, um die Amerikaner loszuwerden. Zusammen mit dem problematischen Dach würden diese Dinge den Verkaufspreis ungünstig beeinflussen, am Schluss verlören die Amerikaner viel Geld, und profitieren würde der neue Käufer, an dessen Namen Gabriel gescheitert war. Ob ich ihn aus Corentin Lehenaff rauskriegen würde?

Ich schob Sylvies Rad über den Platz. Das Gewusel war noch mehr geworden, das Übliche an einem Mittwochmittag in der Hochsaison. Autos kreisten, die Leute füllten ihre Kofferräume, unterhielten sich über die Hitze, die wie im Süden sei. Einige hatten sich vor dem Schaukasten mit den Hausverkaufsanzeigen versammelt, der vor dem ABF hing.

»Eine gute Geldanlage, mit dem Klimawandel wird die Lage immer begehrter.« Auch das ein übliches Phänomen im Sommer, jeder wollte was kaufen. Bis sie erfuhren, wie kompliziert es war.

Gewohnheitsmäßig sah ich die Anzeigen durch und bekam fast einen Herzschlag. Der Rosthaufen war darunter, mit zwei Komma fünf Millionen, einem Agenturnamen und einer Telefonnummer. Nicht diejenige der Amèrs, sondern von einer Agentur namens Ventnew, die in Camaret-sur-Mer, in der Nähe des Hafens, lag.

Ich hinterließ eine Nachricht. »Ich suche ein Haus für eine vermögende Freundin. Diese Villa interessiert mich.« Vielleicht war die Anzeige veraltet, und sie konnten mir den Namen des Käufers verraten.

Dann begab ich mich zu dem beflaggten Gebäude aus rechteckigen Sandsteinen mit einem großflächigen Granitdach. Das Büro der ABF lag laut einer Messingtafel neben der Steuerbehörde.

Das Rad abzuschließen schaffte ich nicht, zu kompliziert mit dem verletzten Arm. Das Fahren später wird kein Spaß werden, dachte ich.

***

Die Tür des Büros im zweiten Stock stand halb offen. Ein Schild wies zwei Namen aus: Mael Abelas und Corentin Lehenaff.

Nach dem zweiten Klopfen kam Corentin Lehenaff um die Ecke.

»Wieso sind Sie nicht auf der Beerdigung?«, fragte ich nach der Begrüßung.

»Jemand muss hier die Stellung halten.«

»Aber Sie waren doch auch mit Isidore befreundet?«

Er winkte ab. »Mein Chef kannte ihn viel länger.«

»Er soll ja in jede Renovierung in Crozon verwickelt gewesen sein.«

»Leider.«

Ich machte große Augen, das konnte ich, bei Bedarf. »Er war manchmal nicht einfach, da haben Sie recht. Meine Ferienwohnung ist immer noch nicht ganz fertig.«

»Welche Ferienwohnung? Sie haben doch ein Haus, die Villa Wunderblau.«

»Ja, natürlich. Und im hinteren Teil des Terrains seit Neuestem die Cabane.«

»Neu gebaut?«

»Umgebaut, davor war es ein Stall.«

»Umgebaut?« Lehenaff sah aus wie ein Geier, der seine Beute erspäht hatte. »Haben Sie eine Bewilligung?«

»Aber ja doch, alles ganz legal.« Ich zwang mich zu einem Lächeln.

»Ich will Sie nicht unnötig aufregen, Madame Berger. Es ist nur so, dass mir einige Dossiers vorliegen, in denen Monsieur Breonnec die Bewilligungen nicht eingeholt hat. Es wurde illegal gebaut. Im schlimmsten Fall müssen diese Häuser wieder abgerissen werden. Ich würde das bei Ihnen gern kurz kontrollieren. Kommen Sie mit?«

In seinem Büro, einem kleinen Eckzimmer mit Sicht auf den Hinterhof mit Thunfischgeruch, begann er, in einen Computer zu tippen.

»Es dauert einen Augenblick, setzen Sie sich doch.«

»Ich stehe lieber.«

Eine Pinnwand war vollgehängt mit Dokumenten, Klebezetteln und Zeitungsartikeln. Prominent in der Mitte war je einer aus France Ouest und Le Télégramme zum Brand in Kersiguénou, beide mit Fotos. Man sah die aus dem Dach lodernden Flammen vor dem Nachthimmel.

Lehenaff war so in seinen Computer vertieft, dass er nicht bemerkte, wie ich näher an die Pinnwand ging und die Artikel anhob. Tatsächlich, ganz zuunterst war auch die kleine Notiz zu Postolonnec angepinnt. Gabriel und ich waren nicht die Einzigen, die da eine Verbindung sahen.

»Hatte ich doch recht«, sagte Lehenaff. »Da ist nichts über eine Cabane.«

»Gartenhaus Wunderblau«, beeilte ich mich zu sagen. »Checken Sie das.«

»Leider nein. Keine Baubewilligung.«

»Braucht es denn eine, bei einem Umbau?«

»Wie das Amen bei einer Beerdigung.«

Ich schluckte. »Ich bin sicher, dass Isidore alles korrekt abgewickelt hat.«

»Ich kläre das noch mal ab und komme wieder auf Sie zu.«

Was für ein beschissener Einstieg für meine Karriere als offizielle Ermittlerin. Ich musste dringend meine Strategie ändern.

»Wie lange arbeiten Sie eigentlich schon hier, Corentin?« Ich wählte bewusst den Vornamen.

Seine Ohren röteten sich etwas. »Seit einem Monat.«

»Davor waren Sie ja in Brest bei diesem Anwalt.«

Die Ohren wurden noch röter. »Schon lange nicht mehr. Ich bin vor allem gereist.«

»Also weiß Mael Abelas nichts von Maître Rebetez, dem Winkeladvokaten, dem Sie zugedient haben und der jetzt im Gefängnis sitzt?«

Stille. Bis er sich wieder gefasst hatte, dauerte es. Er blickte zur Tür. »Wär's das gewesen, Madame Berger?«

»Nein, ich habe erst angefangen.« Ich setzte mich auf den Stuhl ihm gegenüber. »Eine begüterte Freundin von mir überlegt sich, ein Haus zu kaufen. Aber sie wünscht sich Meerblick. Und mir ist aufgefallen, dass es direkt an der Küste kaum Häuser gibt.«

»Wir sind hier in einem Naturschutzgebiet. Bei uns sind die

Gesetze noch strenger als anderswo. Das Bauen in Küstennähe ist seit Jahren untersagt.«

»Dank der Schutzinitiative Notre littoral von Selimène Lacroix.«

Ich holte mein Notizbuch und einen Stift aus der Boulerouge. Mit links zu schreiben fiel mir zum Glück nicht schwer.

»Und was, wenn es brennt?«, fragte ich. »So wie in Kersiguénou?«

»Dann müssen sie es wieder aufbauen.«

»Erst ist es verboten, dann wird es zur Pflicht.« Ich notierte alles. »Ich werde das meiner Freundin so mitteilen.«

»Wie die meisten Touristen hat sie vermutlich keine Ahnung. So ein Umbau ist eine große Sache.« Lehenaff rief die Bedingungen auf und las mir vor, was ich bereits wusste. »Es muss im Stil von früher gemacht sein, das Material muss stimmen, kein Plastik, wenn da Holz war …«

»… und die Ausnutzungsziffer darf nicht überschritten werden.« Ich nahm seinen erstaunten Blick wahr. »Was bedeutet das genau?«

»Nur so viel Platz darf bebaut werden, wie die bisherigen Gebäude einnehmen.«

»Also bleibt das Wohnhaus ein Wohnhaus.«

»Sie können es auch in die Garage verwandeln. Und die Garage in das Wohnhaus.«

»Aber etwas Neues ist nicht möglich. Zum Beispiel ein Hotel.«

»Korrekt.«

»Wenn auf dem Grundstück also ein Schweinestall steht …«

»Hier oben gibt es kaum Schweine.«

»Ein alter Bootsschuppen …«

»… können Sie an der Stelle theoretisch ein Ferienhaus bauen.«

»So wie bei mir. Davor war es ein Gartenhaus. Das müsste dann legal sein.«

Er legte sich nicht fest. »Wäre es das gewesen?«

»Noch nicht ganz, ich will alles verstehen. Und Sie sind ja ein Experte.« Ich schlug im Notizbuch eine neue Seite auf. »Ein hohes Haus kann also genauso hoch gebaut werden wie sein Vorgänger. Auch wenn es den Nachbarn nicht passt.«

»So lauten die Bestimmungen. Wobei man den Heimatschutz beachten muss. Das kann sehr schnell sehr kostspielig werden.«

»Es sei denn, der Heimatschutz würde sich an den Kosten beteiligen.«

»Das machen sie nur bei geschützten Gebäuden.«

»Bei den *monuments historiques*, genau. Und da gilt die … die …« Ich tat so, als ob ich das nachschauen würde. »Genau, die Lex Dahut.«

»Die was?«

Ich erklärte es ihm. »Das ist der Name des Gesetzes, das den Erhalt von historischen Nebengebäuden in Küstennähe regelt.«

»Ja, klar, das weiß ich natürlich. Aber dafür sind Sie hier falsch, da müssen Sie zum Heimatschutz.« Er deutete zum Flur. »Neben dem Büro von Notre littoral.«

»Und wer ist da zuständig?«

»Mael Abelas. Alle Institutionen auf dem Stockwerk unterstehen ihm.«

»Und wie ist es mit Solaranlagen und solchen Dingen? Ich meine mich zu erinnern, dass wir in der Villa Wunderblau einen Zuschuss bekommen haben.« Hatten wir definitiv nicht. Isidore hatte die Solarpanels gebraucht und günstig von jemandem erworben. »Ist diese Stelle auch hier?«

Lehenaff bejahte. »Im dritten Stock. Diese Bewilligungen laufen alle über Paris.«

»Davon kann ich ein Liedchen singen.« Ich stand auf. »Ich werde das so berichten, *merci*, Corentin.«

Die Erleichterung über meinen Abgang war nicht zu übersehen. »*Adieu*, Madame Berger.«

Bei der Tür blieb ich stehen. »Eine letzte Frage noch. Selimène Lacroix' Haus in Kersiguénou, das vorgestern gebrannt hat, das ist doch auch so ein geschütztes *monument historique*?«

Sein Blick wurde leicht panisch. »Da habe ich keine Kenntnis.«

»Warum hängen dann die Artikel hier?« Ich deutete auf die Pinnwand.

Er drehte seinen Stuhl einmal um die Achse. »Das … mein Chef …«

»Genau, Monsieur Abelas. Er ist Kunde bei mir im DEJALU. Ist er hier?« Ich spähte zur geschlossenen Verbindungstür. »Ach nein, Sie sagten es schon, er ist bei der Beerdigung.«

Lehenaff griff einen Stift und zog ein Dossier heran. »Weitere Fragen? Oder haben Sie alle Informationen für … ›Ihre Freundin‹?«

»Nein.« Ich griff in meine Boule-rouge und holte eine Tafel Grain de Sail heraus. Es war meine Lieblingsschokolade, und ich hatte immer einen Notvorrat dabei.

»Es geht noch um was anderes. Mögen Sie?« Ich bot ihm ein Stück an.

Seine Ohren glühten. »Wollen Sie mich bestechen?«

»Ja«, sagte ich. »Ich will eine zweite Ferienwohnung bauen. Der Buchladen wirft nicht genug ab. Wie soll ich vorgehen? Wenn ich das Ferienhaus nicht abfackeln will.«

Er bekam einen Hustenfall.

»Isidore fand, ich könnte aufstocken. Obendrauf.«

»Ohne Grund geht das nicht.«

»Wir haben einen Wasserschaden.«

»Im Dach?«

»Von einem Sturm.«

»Haben Sie das Fenster offen gelassen?«

Ich überlegte kurz, welche Antwort die richtige wäre. »Ein morscher Dachbalken, und schon war es passiert.«

»Sie sprechen von einem Sturmschaden?«

»Hab ich doch gesagt. Dürfen wir jetzt das Dach abreißen und neu bauen, auch wenn es historische Elemente enthält?«

»Aber nur, wenn jemand die Schäden festgestellt hat.«
»Sie?«
»Wir. Von der ABF.«
»Und dann geben Sie in Paris eine Empfehlung ab, dass umgebaut werden darf.«
»Korrekt.«
»Wie bei dem Haus in Postolonnec, zum Beispiel?«
»Welches Haus?«
Ich ging zur Pinnwand und zeigte ihm die Notiz. »Ich kenne die Familie, die da wohnt. Ausländer wie ich, sie haben mir Tipps gegeben. Aus dem alten Haus, das sie damals erstanden haben, ist eine Luxusvilla geworden.«
»Die Art des Umbaus geht uns nichts an. Wir schreiben lediglich das Material vor, der Rest ist den Besitzern überlassen.«
»Und die rostrote Farbe?«
»Welche Farbe?«
»Das Haus sieht schlimm aus. Manche in dem Weiler nennen es auch Kotzhaufen.«
Er schluckte. »Da habe ich keine Ahnung.«
»Vielleicht können Sie nachsehen.« Ich steckte die Schokolade wieder ein. »Danach bin ich weg, versprochen.«
Er rief im Eiltempo eine Datei auf. »Hier steht, die Farbe wurde bewilligt, weil das ehemalige Haus auch diese Art Anstrich hatte.«
»Aber es war viel kleiner.« Das hatte ich erfunden.
Lehenaff runzelte die Stirn. »Man kann auch mehrere Gebäude zusammenlegen. Sollten da beispielsweise zwei Ställe und ein Bootshaus gestanden haben, dann ist das gut möglich. Unter dem Strich darf es am Schluss nicht mehr sein. Und, ich kann es nicht genug betonen, die schützenswerten Teile müssen erhalten bleiben. Sie finden alle Informationen auf unserer Webseite. Und einen Abschnitt für die häufigsten Fragen.« Mit einer aggressiven Geste wandte er sich seinem Computer zu.
»Verzeihen Sie, ich muss noch ein letztes Mal darauf zu-

rückkommen, einfach um ganz sicher zu sein. Wenn auf dem Land meiner Freundin nirgendwo ein Lotterschuppen stand, kann sie also einen Umbau vergessen. Es sei denn, ein Sturm zerdeppert die Scheibe des Ferienhauses, sodass sie es für unbewohnbar erklären kann.«

Durch das geöffnete Fenster waren Stimmen von unten zu vernehmen.

Lehenaff sah völlig fertig aus. »Wissen Sie was? Bringen Sie doch die Unterlagen mal mit, dann schaue ich sie mir an. Am besten an einem Dienstag, da ist mein Chef jeweils unterwegs.«

Ach so, dann hatte er sturmfrei. »Aber nächsten Dienstag ist zu spät, außerdem brauche ich den Namen des Käufers des Kotzhaufens.«

»Was?«

»Das Haus soll verkauft worden sein. Und nicht mal die Besitzer wissen, wer es gekauft hat.«

»Da müssen Sie beim Grundbuchamt nachfragen. Das ist zwei Büros weiter.«

»Der Vorsteher ist Mael Abelas, nehme ich an?«

Dazu hatte Lehenaff nichts zu sagen. Na gut, als letzte Möglichkeit, den Villenbesitzer herauszufinden, würde ich beim Palmenhaus nachfragen, an das Gabriel mich verwiesen hatte.

»Könnten Sie mir dann wenigstens ein, zwei Häuser in Kersiguénou nennen, wo ein Umbau stattfindet oder stattgefunden hat?«

»Nein.«

Nun hörten wir die Stimmen auf dem Flur.

»Vielleicht hilft das?« Ich holte den Zweihundert-Euro-Schein heraus, den ich am Morgen eingesteckt hatte.

Lehenaff zögerte keine Sekunde und ließ ihn mit einer eleganten Bewegung in seiner Hosentasche verschwinden.

»Namen bekommen Sie keine. Lediglich eine Adresse, da können Sie nachfragen.« Er packte mich am verletzten Arm. »Und Sie haben sie nicht von mir.«

»Ehrensache. Welche Schuhgröße tragen Sie eigentlich?« Ich

blickte auf seine Lederslipper, die für einen Mann sehr klein waren. Mit Sicherheit wies das Profil keine Wellen oder Linien auf. »Haben Sie die im Ausverkauf erstanden?«

»*Adieu*, Madame Berger.«

Draußen wurde mir schwindelig. Soweit ich es einschätzen konnte, wurde hier gemauschelt, was das Zeug hielt, aber nichts war wirklich nachweisbar, alles innerhalb einer Grauzone. Den Namen des Hauskäufers von Postolonnec hatte ich nicht, dafür vermutlich ein Verfahren wegen illegalen Umbaus am Hals, und Isidores Tod blieb ein Rätsel. Als Erfolg konnte man das nicht bezeichnen.

Eine Weile später verließen Lehenaff und Abelas das Haus. Als sie mich erspähten, winkte mir Abelas zu.

»Wir gehen zum Leichenmahl. Kommen Sie auch?«

22

Während ein junger Pfleger gleich beide Verbände wechselte – den von der Schusswunde und den der Verbrennung –, unterdrückte ich ein nervöses Zittern.

»Madame Berger, halten Sie still.« Er befestigte die Klammern. »Der Arm muss ruhig gelagert werden. Keine unnötigen Bewegungen.« Er deutete durch die Scheibe der Krankenstation zu meinem Rad, das draußen an die Wand gelehnt stand. »Radfahren geht gar nicht.«

»Ich habe kein Auto.«

»Das wäre auch verboten.«

Ehe ich michs versah, konfiszierte er kurzerhand den Schlüssel, ging hinaus und kettete mein Rad an ein Geländer. Ich versuchte es mit Bestechung, da ich diesen Vorgang gerade recht erfolgreich hinter mich gebracht hatte, aber Schokolade wollte er nur vegane, und Geld hatte ich keines mehr. Beim einzigen Taxidienst der Region bestellte ich mir darum ein Gefährt und beschloss, die Wartezeit auf dem Kirchenplatz zu verbringen.

Auf dem Weg dahin rief Vivienne an.

»Wie geht's meinem Hund?«, fragte ich sie.

»Er ruht hier auf den Rückbankpolstern und will nicht mehr runter. Den harten Keks hat er verschmäht, schlau, der Süße.«

Also war der Eiterzahn noch drin, und ich war froh, dass sie einwilligte, Merguez weiter zu hüten, vor allem unter dem Aspekt, dass Sylvie in den nächsten Tagen ausfiel und auch Gabriel keine Hilfe sein würde.

»Danke, Vivienne. Treffen wir uns am Abend beim Relais in Morgat? Ich muss da was abgeben.« Den Bericht, den ich Gabriel in den Briefkasten legen würde.

Eine unbekannte Nummer erschien auf dem Display meines Handys, ich lehnte sie ab. Gleich darauf kam eine Textnachricht. Sie war von Aileen, Emils Frau.

»Tereza, ich muss dich dringend sprechen. In einer Stunde, auf dem Friedhof in Camaret. Es geht um Sylvie.«

Auf dem Kirchenplatz war es im Vergleich zur Trauerfeier vor einer guten Stunde geradezu gespenstisch leer. Es herrschte wieder der Courant normal, mit geparkten Autos und ein paar älteren Einheimischen, die ein träges Pétanque unter den Platanen spielten. Im Restaurant am Markt bestellte ich einen *café avec énormément du lait*. Das Taxi sei unterwegs, beschied mir die Wirtin, es dauere etwa eine halbe Stunde. Woher sie von der Bestellung wusste, blieb mir ein Rätsel. Typisch Crozon halt.

Der Kaffee schmeckte bitter, nicht so gut wie im Beaux Arts. Auf dem Klo traf ich dann eine Deutsche, die auch über die Webseite der Amèrs gebucht hatte – in fast jeder Ferienhausvermietung hatten die ihre Finger drin.

Zurück an meinem Tisch, holte ich mein Notizbuch heraus und notierte alle Akteure des Dramas: Isidore, das Opfer. Die Behörden mit Mael Abelas, Lehenaff und weiteren. Die Polizei mit Gabriel, Emil, Yuna, dem designierten Kommissar und dem Präfekten. Die Besitzer der Brandhäuser: Selimène und Oliver Davies plus weitere, die ich hoffentlich aufspüren würde. Störenfriede wie Hérvé und die La Granges, Hauskauf-Interessenten mit Fragezeichen, dazu die Agentur Ventnew.

Das brachte mich dazu, Nominoë anzurufen, es wäre möglich, dass auch Selimène ein Kaufangebot erhalten hatte.

Sie war gerade dabei, von der Trauerfeier aufzubrechen.

»Ich dachte, Sie seien krank, Tereza«, sagte sie.

»Auf dem Weg der Besserung«, antwortete ich vage. »Ich würde gern noch einmal kurz mit Selimène sprechen, kann sie mich zurückrufen?«

Sie versprach, es auszurichten, machte mir jedoch wenig Hoffnung, sie sei wirklich sehr erschöpft.

»Aber über das Heft mit der Feuersalamander-Geschichte hat sie sich gefreut.«

Also wusste Nominoë von meinem Besuch im Leuchtturm. Ohne darauf einzugehen und mich zu verteidigen, beendete ich das Gespräch.

Weil das Taxi immer noch nicht da war, bezahlte ich, verließ das Café, überquerte den Platz und betrat die Buchhandlung Par Chemin, die zwischen der Apotheke und dem Tabac-Presse-Laden lag und deren Angebot sich erfrischend hartnäckig auf französische Titel beschränkte. Die Besitzerin war klein und rührig, wir begrüßten uns mit Küsschen.

»Haben Sie einen Bildband über schützenswerte Häuser auf der Halbinsel?«

Sie hatte gleich zwei im Angebot, beide von Pariser Fotografen, die hier ihr Domizil hatten. Darin waren nur Kirchen und Klöster – Landévennec, Saint-Hernot, Crozon – und ähnliche Bauten erwähnt.

»Ich brauche eher Alltagshäuser, von besonderen Architekten gebaut, mit historischem Wert. So was.«

Sie versprach nachzuforschen.

Durch das Schaufenster sah ich das Taxi vorfahren. Der Chauffeur, der kurz darauf gemütlich in Richtung Kersiguénou fuhr, entpuppte sich als Türke mit sehr guten Französischkenntnissen. Er lebte in Camaret, kannte das DEJALU und hatte sich nie getraut, da reinzugehen.

»Ich kann nicht Französisch lesen.«

»Da geht es mir wie Ihnen. Darum haben wir alles auf Deutsch.«

»Ich brauche Türkisch.«

Damit brachte er mich auf die Idee eines vielsprachigen Regals. Er freute sich sehr, als ich mir alles notierte und nachfragte, welche Sprachen ich für einen Versuch bevorzugen sollte.

»Ich denke, Arabisch wäre was.« Seine Frau käme aus Marokko und fühle sich fremd hier, arbeiten könne sie nicht, da sie keine Bewilligung habe.

Vor lauter Plaudern hatte ich nicht auf den Weg geachtet. »Hier ist die Abzweigung.«

Er hielt abrupt an und kam direkt vor dem Ortsschild von Kersiguénou zu stehen.

»Weiter ins Dorf hinein fahre ich nicht.« Die Straßen seien zu eng und unübersichtlich.

Dafür versprach er, mich in einer halben Stunde wieder abzuholen.

Ich steckte das Handy ein und blickte mich um. Von der Seite präsentierte sich das Dorf als ein malerischer Ort mit Weilercharakter. Häuschen reihte sich an Häuschen, mit bunten, gepflegten Gärten in Hellblau und Pink, dahinter das freie Dünenland und als schimmernder Streifen am Horizont das Meer. Die Luft flimmerte. Es roch nach Honig und Salz und ein klein wenig nach den Blutalgen vom Strand.

Ich machte mich auf zu der Adresse, die mir Corentin Lehenaff gegeben hatte.

23

Die Villa Havenac befand sich ähnlich wie das Haus von Selimène auf einer Anhöhe, sie war nur über eine steile Auffahrt mit Haarnadelkurve zu erreichen und schien auf großzügige Weise verschachtelt. Und vor allem war es ein Neubau. Der Garten war frisch angelegt, mit vereinzelten Palmen, deren Wedel im Wind eine Art ratterndes Schnurren produzierten.

Auf mein Klingeln machte niemand auf. Darum erlaubte ich mir einen Blick durch die Scheiben ins Hausinnere, wo sich mir eine sandfarbene Sofalandschaft und eine Feuerstelle darboten, als Farbtupfer ein Sessel, und eine Küchentheke in Anthrazit.

Kein Ikea, dachte ich, alles Edeldesign, ähnlich wie in Postolonnec. Umso befremdlicher waren die Schmutzspuren auf dem hellen Teppich zwischen den Sofas, die leeren Teller und Tassen auf der Theke und der halb aufgerissene Müllbeutel.

Hier hatten ziemlich unordentliche Menschen gehaust.

Zu guter Letzt betrat ich die Terrasse, die mit vier stelzenartigen Beinen an die Vorderfront angefügt war.

Und, was soll ich sagen, die Aussicht auf die Anse de Dinan war prächtig. Von dem ovalen Tisch und den seltsam geformten Leichtmetallstühlen aus hatte man den Sonnenuntergang, die Erbsenfelsen und das Kliff sozusagen auf dem Teller. Es war die nachmittägliche Stunde, in der die Sonne den Zenit allmählich verließ, sich der Horizontlinie zuneigte und dabei ein silbernes Gleißen über das Wasser warf. Das Meer war ablandig, es herrschte tiefste Ebbe.

Bei der Wasserlinie sah ich einen breiten Streifen in Rot, der sich über etwa dreihundert Meter hinzog, davor und danach war nichts. Hatten sich die Algen vermehrt? Unten am Strand waren sie bestimmt ätzend, von hier oben sahen sie wie ein blutroter Samtteppich aus.

Es interessierte mich nun brennend, was für ein Haus wohl früher hier gestanden hatte und warum dieser Neubau möglich gewesen war. Weit und breit war keine alte Steinmauer erhalten, kein Teil eines Schuppens integriert. Der Besitzer musste einen sehr guten Draht zur Gemeinde haben.

Der grüne Briefkasten, so bescheiden wie der von Postolonnec, war von Hand beschriftet, ich konnte die Buchstaben nicht eindeutig entziffern. Nach einer kurzen Überprüfung – es gab keine Kameras – fand ich darin einen Brief der ABF, adressiert an Georges Havenac. Ich fischte ihn heraus und riss den Umschlag auf. Das Schreiben enthielt eine Abrechnung der Gebühren für die Bewilligungen, im fünfstelligen Bereich.

»Sind Sie die neue Mieterin?«, ertönte es hinter meinem Rücken.

Schnell steckte ich den Umschlag in die Tasche und drehte mich um.

»Sie sind zu früh. Die Übergabe ist erst um sieben.«

Die Stimme gehörte einer drahtig wirkenden Frau, die durch das offene Seitenfenster sprach, während sie ihr Auto parkte. Ich hatte sie nicht kommen hören, weil der Wind erneut aufgefrischt hatte.

»Nein, nein, ich wollte nur was fragen.«

Sie lud ihr Zeug aus dem Kofferraum. Zwei Eimer, eine Kiste mit Putzmitteln in Neonfarben, einen mobilen Staubsauger. Auf der Seitenwand des Wagens prangte eine Inschrift: »Les Jeunes de Ménage de Crozon«. Es war die Putzfirma, von der Xavier erzählt hatte und die auch die Villa Selimène gereinigt hatte.

Ich stellte mich vor, die Frau wies auf das Schild an ihrem Kittel: Katalin hieß sie und sprach mit einem leichten Akzent.

»Was muss ich mir unter Les Jeunes de Ménage vorstellen? Teenager?«

»Es soll ein Wortspiel sein, üblicherweise nennt man Putzfrauen *femmes de ménage*.« Katalin schnallte sich den Staubsauger auf den Rücken. »Der Name ist ein Witz. Unser Chef will damit Personal anlocken. Am liebsten hätte er einen Trupp jungdynamischer Einheimischer, die in den Sommerferien vormittags putzen und nachmittags surfen. Er findet keine, die sind alle weggezogen. In unserem Team sind viele über fünfzig, die meisten sogar über sechzig. Wollen Sie einen Job? Sie würden zu uns passen.«

Hatte sie mich eben zehn Jahre älter gemacht? »Im Gegenteil, ich suche kurzfristig eine Ferienlocation für meine Familie. Jemand hat mir diese Adresse gegeben.«

Katalin winkte ab und ging zum Eingang, um aufzuschließen. »Das Haus ist durchgehend vermietet.«

»Kann ich mir vorstellen«, sagte ich. »Es ist prachtvoll. Und groß. Putzen Sie ganz allein?«

Sie nickte. »Ausnahmsweise. Meine Kolleginnen sind bei einer Beerdigung.«

»In Crozon? Da komme ich her. Ich habe die Prozession gesehen. Ich glaube, der Mann war sehr beliebt.«

Sie wirkte plötzlich bedrückt. »Isidore Breonnec. Er war ein Freund von uns. Wir haben gewürfelt, wer hier zum Putzen kommen muss.«

Ich musste schlucken. »Haben Sie nicht alle freibekommen?«

»Sicher nicht. Den ankommenden Gästen ist die Beerdigung egal, dem Besitzer auch.«

»Heißt er Monsieur Havenac? Sein Name steht auf dem Briefkasten.«

»Sie konnten die Schrift lesen? Da haben Sie aber genau hingeschaut.«

»Ich war so frei. Haben Sie vielleicht eine Karte, für ein anderes Mal?«

»Ist nicht nötig. Die Villa Havenac finden Sie ganz einfach im Netz, am besten wenn Sie den Zusatz *Boule bleue* eingeben. Aber machen Sie sich keine Hoffnungen, außer Sie wollen im Januar kommen, wenn es grau ist und stürmt. In der Hochsaison ist die Villa auf zwei Jahre im Voraus ausgebucht, soweit ich weiß.« Damit verschwand sie im Haus, nur um gleich darauf wieder herauszukommen und das restliche Putzzeug zu holen.

»Boule bleue?« Ich hob die Tasche hoch, um ihr zu helfen. »Ein schöner Name, poetisch.«

»Es bezieht sich auf den Dorfnamen, die Einheimischen nennen es *La Boule bleue de Kersiguénou*. Sie behaupten, es würde nie regnen, der Himmel sei immer blau.«

Ich blickte zur Himmelskuppel. »Es stimmt doch.«

»Quatsch. Sehen Sie im Westen, da braut sich was zusammen.«

Sie meinte die dunkelgrauen Wolken am Horizont.

»Außerdem kommt am Abend der Nebel.«

Nebel? Sie hätte auch Schnee sagen können.

Sie trat wieder ins Haus. »Schluss mit lustig, ich muss mich beeilen. Die Neuen werden bald kommen.«

»Das ist unüblich, der große Bettenwechsel ist am Samstag.«

»Die Villa Havenac wird auch tageweise vermietet, manchmal kommen wir dreimal die Woche.«

»Die Folge davon ist, dass es so aussieht.« Ich deutete auf den Müll im Wohnzimmer, den man von der Tür aus sehen konnte.

»Was geht Sie das an?« Katalin musterte mich misstrauisch. »Sind Sie von der Arbeitskontrolle?«

»Sicher nicht.«

»Wie sind Sie überhaupt hergekommen? Ich habe kein Auto gesehen.«

»Mit dem Taxi.«

»Sie wollen doch gar kein Haus mieten.« Sie holte ihr Handy heraus. »Ich rufe die Polizei.«

Um sie auf meine Seite zu ziehen, blieb mir nichts anderes übrig, als mit einem Teil der Wahrheit herauszurücken. »Sie haben richtig vermutet. Es geht um den Brand unten in der Villa Selimène. Meine Freundin steht unter Verdacht, was völlig lächerlich ist. Ich will ihr helfen und suche nach Hinweisen, wer hinter der Brandstiftung stecken könnte. Sie ist es nicht gewesen.«

»Ich auch nicht, wenn Sie das andeuten wollen.«

»Aber Sie haben bei Selimène geputzt, bevor es gebrannt hat?«

»Natürlich. Wir waren zu dritt, und wir wurden auch mehrfach befragt, wegen diesem blöden Wasserkocher. War's das?« Sie trippelte auf der Stelle. »Ich muss jetzt wirklich anfangen.«

»Warten Sie noch kurz. Ich wüsste gern, was für ein Haus hier früher, anstelle der Villa Havenac, gestanden hat?«

Die Antwort kam wie aus der Pistole geschossen. »Ein Penty.«

»Historisch?«

»Und wie. Es musste abgerissen werden.«

»Ein Penty aus Stein? Die darf man eigentlich nicht abreißen. Hat es gebrannt?«

»Nein. Der Dachstuhl ist von einem Frettchen ruiniert worden.«

»Einem Frettchen?«

»Am Schluss war es eine ganze Kolonie, die sich auch durch den Kammerjäger nicht vertreiben ließ, der Kot lag in allen Ritzen.« Sie blickte zur Villa Havenac. »Wollen wir hoffen, dass die wirklich weg sind.«

Ich schüttelte mich innerlich und beschloss, die Cabane Wunderblau von oben bis unten zu desinfizieren, sobald Team Elke abgereist war.

»Erstaunlich, dass die sich hier einnisten konnten. Ich habe noch nie von Frettchen gehört.«

»Die sind auch nicht von selbst gekommen, jemand hat die mit Fischresten geködert.«

»Aber wieso? Um den Besitzer zu ärgern?«

Sie wurde konspirativ. »Um den armen Monsieur Gyger zum Verkauf zu zwingen, das war der alte Besitzer. Er war nicht von hier. Er ist nach dem Krieg vom Süden eingewandert. Ein netter Kerl. Trotzdem gab es eine kleine Bürgerwehr gegen ihn, angeführt von Monsieur Dupont.«

»Hérvé Dupont? So ein Zufall. Ich glaube, er hat auch meine Freundin belastet.«

»Ich bin überzeugt, dass er die Frettchen im Dachstock ausgesetzt hat.«

Das war eine heftige Anklage. »Was hatte er davon?«

»Vielleicht eine Provision von Monsieur Havenac, dem Käufer.«

»Weil er das Haus günstig erwerben konnte?«

Sie hob die Hände. »Ich meine nur.«

Eine ganz neue Richtung tat sich vor meinem inneren Auge auf. »Wären Sie bereit, das offiziell auszusagen?«

»Also sind Sie doch von der Polizei?«

»Nein. Aber alles, was ich liefern kann, entlastet meine Freundin.«

Sie überlegte. »Selimène ist die älteste Bewohnerin hier. Sie hat gesagt, dass es hier noch nie Frettchen gegeben habe.«

»Mit ihr wollte ich sowieso sprechen. Ideal wäre natürlich ein Zeuge, der Hérvé bei seiner Aktion gesehen hat.«

Katalin kannte jeden in Kersiguénou, wie sich herausstellte, und sie wollte rumfragen. Ich gab ihr meine Nummer.

»Wie ist er so, dieser Havenac?«

»Niemand von uns hat ihn je gesehen.«

Das Bild eines Unbekannten manifestierte sich vor meinem inneren Auge. Wie der Feuersalamander stieg er aus den Fluten und nahm Gestalt an. War er skrupellos, und würde er töten, wenn sich ihm jemand in den Weg stellte? Jemand wie Isidore?

»Ich muss ihn finden. Vielleicht weiß er weitere Dinge, die meine Freundin entlasten könnten.« Und vielleicht trägt er Schuhgröße vierzig, Marke Naturalis.

Sie überlegte. »Die von der Agentur müssen ihn ja erreichen können. Aber zu denen habe ich keinen Draht. Ich habe nur mit ihnen zu tun, wenn ich endlich meine Freitage beziehen will oder weil der Stundenlohn nicht korrekt abgerechnet wird.«

»Wenn ich fragen darf, wie hoch ist der?«

»Sie bezahlen eine Pauschale.«

Die Zahl war beschämend niedrig. »Wochenendzuschlag? Sozialkosten?«

Sie verdrehte nur die Augen. »In meinen Träumen. Wir gelten als Saisonniers. Alle zwei Monate müssen wir uns neu bewerben.« Sie kniff die Augen zusammen. »Geben Sie es endlich zu: Sie sind doch von der Arbeitsmarktkontrolle.«

»Nein. Ich habe eine Buchhandlung in Camaret. Das DEJALU.«

»Ach so, davon habe ich schon gehört. Aber ich kann kein Deutsch.«

»Was ist denn Ihre Muttersprache?«

»Kroatisch.«

»Das kommt ins Sortiment. Bald.« Ich nickte ihr zu. »Wenn ich Sie wäre, würde ich die Agentur melden. Das klingt nicht sehr legal.«

Katalin zuckte die Achseln. »Sie geben uns Arbeit. Ansonsten bleiben nur die Supermärkte und die Restaurants. Ist mir beides zu stressig. Ich putze lieber, da bin ich meine eigene Chefin.«

»Kann ich gut verstehen. Das bin ich auch.« Ich gab ihr einen Flyer vom DEJALU. »Zum Trost, ich verdiene weniger als Sie.«

Sie steckte ihn ein, wir schüttelten uns die Hand zum Abschied.

»Und die Agentur sind die Amèrs, richtig?«

Sie nickte.

»Wer ist da Ihre Ansprechperson?«

»Die Human-Resources-Tante. Eine bittere Pille, die Frau. Sie schreibt hässliche E-Mails, und auf WhatsApp ist sie dauerpräsent. Wenn wir nicht gleich antworten, droht sie mit Rausschmiss.« Katalin zeigte den Hang hinunter. »Das Büro ist gleich da unten, nach der Kurve. Aber von mir haben Sie nichts. Auf Wiedersehen!«

24

Eine Frettchenplage, sollte ich das glauben? Ich ging ein paar Schritte, um bei Google einige Berichte über von Nagetieren heimgesuchte Häuser zu finden, allerdings nicht hier auf der Halbinsel.

Dann rief ich Corentin Lehenaff an, dessen Nummer ich mir eben notiert hatte.

»Sagen Sie einfach nur Ja oder Nein. Gab es eine Sondererlaubnis, das Penty in Kersiguénou komplett abzureißen? Sie wissen schon, das Haus, zu dem Sie mich geschickt haben und das von Frettchen in Grund und Boden genagt wurde?«

Ein Husten am anderen Ende, dann wurde aufgelegt.

Mittlerweile war später Nachmittag, und so langsam kam ich dem System auf die Spur. Beim ABF und beim Heimatschutz wurden willkürlich Bewilligungen erteilt, von denen nicht nur Privatbesitzer, sondern auch die Amèrs profitierten. Meine anonyme Anfrage an sie war immer noch unbeantwortet – das Versprechen auf der Webseite, innerhalb eines Arbeitstags zurückzurufen, wurde nicht eingehalten. Mal sehen, ob ich etwas Bewegung in die Sache bringen konnte.

Ich ging die Auffahrt hinunter und danach die Straße entlang zum Zentrum des Dorfes bis zum Haus der Amèrs, wo auf dem Vorplatz der offene Jeep parkte. Aude war also vom Leichenmahl zurück.

Nach mehrfachem Klingeln öffnete sie. Ihr Haar war zu einem losen Knoten aufgesteckt, sie trug nicht mehr die Trauerkleidung, sondern eine Hose und ein Shirt im Surferinnen-Stil Automatisch wanderten meine Augen zu ihren Füßen. Barfuß. Gabriel hatte ihre Turnschuhe noch kontrolliert, bevor er suspendiert worden war.

Aude wirkte gestresst, ihre Augen waren verquollen. Trotzdem ließ sie mich anstandslos herein, bot mir ein Glas Wasser an und führte mich in einen engen Arbeitsraum mit einem Schreibtisch, einer Küchenzeile und einer übervollen Pinnwand.

»Ich will Sie nicht stören. Es geht um was Administratives. Vielleicht holen Sie mir die zuständige Person?«

»Wen? Hier arbeiten nur Xavier und ich«, sagte sie.

»Aber …« Ich biss mir auf die Lippen. Katalin musste sich geirrt haben. Oder die Amèrs gaben sich gegenüber ihrem Personal absichtlich größer, als sie waren. »Wo ist er denn? Immer noch mit den anderen im Restaurant?«

Aude verneinte. »Auf einer Katamarantour, die konnte er nicht verschieben.«

»Wohin?«

»Erbsenfelsen oder Île Vierge, das weiß ich nicht so genau. Bringen Sie den Vertrag? Sylvia wollte ihn schon lange geschickt haben.«

»Sylvia?« Ich fand die Art, wie sie den Namen aussprach, eigenartig.

»Ich habe sie mehrfach angerufen, aber sie meldet sich nicht.«

Schwierig, aus der Untersuchungshaft heraus, dachte ich. »Sie musste kurzfristig weg, aber Sie können alles mit mir besprechen. Die Cabane Wunderblau gehört mir.«

»Nicht Sylvia?«

Ich klärte sie auf. Wenn sie irritiert war, zeigte sie es nicht. »Wir brauchen so oder so einen Vertrag.«

»Wieso das denn?«

»Augenblick!« Sie wühlte auf dem Schreibtisch herum und brachte einen Zettel zutage. »Es gibt offenbar eine Beschwerde seitens Ihrer Mieterinnen.«

Elke und Anna. »Hä?«

»Sie hätten sich in die Erziehung eingemischt.« Sie blickte mich an.

»Das ist absurd.«

»Es liegt ein Tonprotokoll vor.«

Die hatten die Auseinandersetzung vor dem Supermarkt aufgenommen?

Sie zerknüllte den Zettel. »So wird der Eintritt in unseren Katalog schwierig, das müssen Sie verstehen.«

Du kannst dir deinen blöden Katalog sonst wohin stecken. »Die Mieterinnen können jederzeit ausziehen.«

»Und das werden sie auch, aber sie müssen noch einmal übernachten. Ab morgen haben sie eine alternative Lösung.«

Das war echt der Gipfel, schlichen sich einfach davon, ohne mir etwas zu sagen.

Aude räusperte sich. »Tut mir leid. Ich nehme gern Ihre Version in die Unterlagen auf. Um zu vermeiden, dass Sie Schadenersatz zahlen müssen.«

»Wieso Schadenersatz? Doch nicht wegen dem kleinen Scharmützel.«

»Sie verursachen Umzugskosten, dazu kommt der Donnerstag, den der Umzug in Anspruch nimmt, was von der Urlaubszeit abgeht. Aber keine Angst, im Vertrag sind solche Dinge geregelt, darum brauche ich den.«

Als ich dic Mappe mit den Unterlagen aus meiner Tasche zog und den Vertrag herausholte, streckte sie die Hand danach aus.

Das war die letzte Gelegenheit, wegen Havenac nachzufragen. »Ich habe mir eben das Haus oben in der Kurve angeschaut, von außen, zum Vergleich. Es soll auch ein Ferienhaus sein, und Monsieur Havenac, der Besitzer, steht bei Ihnen unter Vertrag. Ich würde mich gern mit ihm austauschen, wir sitzen ja sozusagen im selben Boot.«

Ihre Augen wurden groß. »Das ... ich glaube, das geht nicht. Er ist nicht hier.«

»Aber es wäre nützlich, bezüglich der Erfahrungen. Welche Miethöhe ist sinnvoll, welches Inventar, was bewährt sich, was nicht. Teppiche, Extralampe, Rüstmesser ... das ganze praktische Zeug.«

»Dafür kriegen Sie von uns eine Liste. All unsere Mietobjekte sind in passenden Kategorien klassiert, und unsere Klienten bekommen Antworten auf die von Ihnen erwähnten Fragen.«

Die volle Kontrolle, dachte ich. Die Agentur will absolut keine Transparenz und keinen Kontakt zwischen den Besitzern.

»Schade, aber danke.« Ich steckte den Vertrag wieder ein. »Mir ist eingefallen, dass ich noch gar nicht unterschrieben habe, ich mach das lieber zu Hause.«

Sie nahm es sportlich. »Kein Thema. Es ist ja nur zu Ihrem Schutz.«

»Auf Wiedersehen, Aude.«

»Ich kann ihn auch bei Ihnen abholen. Geben Sie einfach Bescheid.« Sie kam mit mir hinaus, schloss ab und verschwand hinter dem Haus.

Mein Handy summte. »Wo bleibst du, Tereza?«, schrieb Aileen.

Ich hatte die Zeit vergessen, das Taxi würde in zwei Minuten da sein.

Während ich den Chauffeur telefonisch wegen meiner Verspätung informierte, ging ich über die Einfahrt bis zum grünen Briefkasten und tat so, als ob ich mich an der Boule-rouge zu schaffen machte, während ich gleichzeitig die Klappe hob.

Es ist der Fall der Briefkästen, dachte ich, als ich ein Bündel Briefe herausfischte. Einige waren an die Agentur Amèr adressiert, andere schienen privat, und zwei gingen an Georges Havenac. Der Typ wurde immer interessanter.

In dem Moment hörte ich einen Automotor. Ich machte Fotos und legte die Briefe zurück. Keine Sekunde zu früh, Aude brauste im Jeep an mir vorbei, eine Staubwolke hinterlassend.

***

Oben an der Straße wartete kein Taxi, und die Frau des Chauffeurs verstand am Telefon weder Deutsch noch Französisch und nur ganz wenig Englisch.

»No good«, sagte sie immer wieder. »Omar ist weg. Neuer Auftrag.«

Also stellte ich mich auf die rechte Straßenseite, wo die Fahrzeuge in Richtung Camaret fuhren, und hielt den Daumen raus. Ein rauer Wind wehte, der Himmel zog sich immer mehr zu. Vom Meer, das eigentlich keine zwei Kilometer entfernt lag, war kaum etwas zu spüren, bis auf den Gestank der Algen, der uns auch hier einholte.

Das Glück war mir hold, ein Bekannter von Isidore nahm mich mit.

»Sie trampen, Tereza? Steigen Sie ein. Komme gerade von der Beerdigung.«

Er roch nach Cidre und Rauch und war sentimental. Im Radio liefen auf Viviennes Sender Isidores Lieblingslieder in einer musikalischen Hommage.

»Es war sehr traurig. Marine, seine Schwester, von der niemand etwas gewusst hatte, hat einen Kollaps erlitten.«

Oh nein, das tat mir leid. Sie hatte so zerbrechlich gewirkt, sich immer nach Isidore umgeschaut.

»*Ma puce* hat sie ein ums andere Mal gesagt«, ergänzte der Bekannte. *»Ma puce.«*

Ein Schauder fuhr mir über den Rücken. War Marine *ma puce*? Oder kannte sie *ma puce*? Ich könnte sie danach fragen. Auch wenn alle so taten, als sei sie nicht vorhanden, sie hatte Augen und Ohren und nahm Dinge wahr.

»Wo ist Marine jetzt? Ich würde gern mit ihr sprechen.«

Der Bekannte hatte keine Ahnung. »Sie musste mit der Ambulanz weggebracht werden.«

Ich rief Auguste an, der meinen Anruf ablehnte. Gleich darauf traf eine Textnachricht ein. »Bin im Relais, wir Männer, also der harte Kern, wir trinken auf Isidore. Und singen seine Lieblingslieder. Totenwache. Ruf dich später zurück.«

Fair enough, da konnte man ihn nicht stören. »Ist Marine wieder im Heim in Brest?«

Die Antwort blieb aus. Bei der Krankenstation wollte man

mir nicht sagen, wohin die Ambulanz mit Marine gefahren war, Datenschutz.

Schließlich hinterließ ich eine Nachricht bei Sœur Nominoë.

»Ich brauche die Adresse des Heims von Marine Breonnec, die wollten Sie mir doch geben.«

Eine Mail kam herein. Sie war von der Agentur Amèr und ging an meinen Hotmail-Account. Endlich!

»Sehr geehrte Frau Gisler.« Ich hatte den Namen meiner verstorbenen Patentante angegeben. Unerwartet sei ein Haus für zwei Wochen frei geworden, ich müsse mich aber möglichst bald melden, innerhalb einer Stunde am besten, sonst würde das Objekt weitervergeben.

»Es ist eines unserer besten Häuser, wegen der einzigartigen Lage und des neuen Designs.«

Die Beschreibung, die folgte, passte ziemlich genau auf meine Cabane Wunderblau. Konnte das sein? Weil Team Elke auszog, suchte die Agentur einen Ersatz – ohne mich zu fragen, ohne jegliche vertragliche Grundlage. Der angegebene Preis war doppelt so hoch wie der, den ich verlangte. Ob sie die Differenz einfach einkassieren würden?

So wie sich alles entwickelte, hatte ich nicht nur drei, sondern vier Fälle am Hals: die Brandstiftung, Isidores Tod, den Behördenfilz und die Machenschaften der Ferienhausagentur Amèr.

Ich las die Nachricht mehrmals durch, entschied dann aber, dass der Inhalt nicht ausreichte, um irgendetwas zu beweisen. Ich musste mehr herausfinden, insbesondere ob das Ganze Methode hatte und wer dahintersteckte. Aude, Xavier oder beide zusammen.

»Darf ich das Haus zuerst sehen?«, schrieb ich zurück. »Meine Familie ist etwas heikel.«

Die Antwort kam postwendend. »Es ist leider vermietet. Aber ich kann Ihnen exklusive Fotos liefern.«

Mein Herz klopfte. Woher hatten sie die?

»Fotos wären nett.«

»In einer Stunde. Für die Express-Bearbeitung wird eine Extragebühr erhoben.«

Würden die Amèrs bei mir einbrechen, um an die Fotos zu kommen?

25

Der Taxi-Chauffeur ließ mich an der Mole von Camaret-sur-Mer raus. Aber Aileens Standplatz war verwaist, der Ladenbesitzer von nebenan hatte sie nicht gesehen.

»Keine Crêpes heute. Sie ist auf Isidores Beerdigungsfeier.«

Siedend heiß fiel mir ein, dass Aileen den Friedhof von Camaret als Treffpunkt angegeben hatte. Ich eilte den Berg hinauf. Unterwegs rief mich die Besitzerin vom Par Chemin zurück, sie hatte tatsächlich ein Buch über örtliche Architektur gefunden und würde es mir beiseitelegen.

»Ganz am Schluss sind die Akteure oft alphabetisch aufgeführt«, sagte ich. »Könnten Sie für mich nachschauen, ob es einen Georges Havenac gibt?«

Ein Schnauben, französisches Parlieren, Gelächter. Dann wieder ihre Stimme.

»Der Name ist gelistet. Seltsamerweise fehlt aber eine Zuordnung. Wir haben das Buch in der zweiten Auflage, möglicherweise wurde da mal was geändert.«

***

»Tereza, hier bin ich.« Aileen hatte etwas verdeckt hinter einer Reihe von Grabsteinen auf mich gewartet. »Ich habe eine Nachricht von Sylvie für dich. Ich sollte ihr eine Crêpe zum Abendessen in den Gefängnisraum liefern, Emil hat nicht aufgepasst, darum konnten wir uns kurz austauschen.«

Die beiden Frauen hatten den Gendarm gelinkt, das gefiel mir.

»Sie sagt, dass sie die von der Agentur von früher kennt.«

»Die Amèrs?«

Sie nickte.

»Und was meint sie mit *früher*?«

»Dazu ist sie nicht mehr gekommen.«

Meine Gedanken überschlugen sich. »Hat sie erwähnt, dass sie damals Sylvia genannt wurde?«

Aileen sah mich verwirrt an. »Nein, und jetzt muss ich gehen. Emil wartet, er ist gerade sehr misstrauisch. Wegen … na, du weißt schon.«

Sie meinte Gabriel. »Eine Frage noch. Hast du eine Ahnung, welche Katamarantour Xavier Amèr unternimmt?«

»Klar. Sonnenuntergang und Abendbaden bei der Île Vierge.«

An dem kleinen wilden Strand der Île Vierge gab es das türkisblaueste Wasser, das man sich vorstellen konnte. Aufgrund von möglichem Steinschlag war es seit einiger Zeit verboten, dort hinunterzusteigen. Man konnte den Strand wirklich nur noch über den Wasserweg erreichen, was Xaviers Ausflug sehr attraktiv machte.

»Wann fährt er los?«

Aileen blickte auf ihre Uhr. »Ich denke, so um einundzwanzig Uhr. Tschüss, Tereza, ich muss.«

Sie eilte davon, am Grab des örtlichen Dorfpoeten Saint-Pol-Roux vorbei.

Kaum war sie weg, klingelte mein Handy. Sœur Nominoë. Sie hatte schon mal was von einem Georges Havenac gehört, und dummerweise habe sie die Adresse von Marines Heim in Brest verlegt.

»Wissen Sie, ob Isidore Marine *ma puce* genannt hat?«

»Er nannte sie *ma crevette*. Wenn er *ma crevette* sagte, musste sie immer kichern. *Ma puce*? Vielleicht war das seine Freundin.«

Ich schickte Ivy, Aurélie und Agnes eine Nachricht mit der Frage nach ihren Kosenamen. Es ginge um einen Text zu Isidore.

Antworten bekam ich keine, sie waren bestimmt noch beim Leichenmahl – bretonische Beerdigungsfeiern konnten lange dauern.

Dann studierte ich die Fotos der Briefumschläge aus dem Briefkasten der Amèrs. Wohnte der geheimnisvolle Havenac bei ihnen, als Untermieter? Oder agierte jemand von ihnen als Havenac?

Mein Anruf beim Postbeamten – ich kannte ihn persönlich, wegen der vielen Bücherlieferungen – wurde auf die Mailbox umgeleitet, logisch, auch er war beim Leichenmahl.

Eine SMS. Ayala. Sie wartete seit Längerem in meiner Küche, mit einem mitgebrachten Take-away, das allmählich kalt würde. »Ich dachte, du seist krank.« Sie habe später noch eine Abendsurfstunde und mich überraschen wollen.

»Wer sind die Leute in deinem Garten?« Team Elke benähme sich, als gehöre er ihnen. »Ein Kind ist dabei, Blumen auszurupfen.«

»Ich bin in fünf Minuten da.«

Das Laufen fiel mir schwer, in meinem verletzten Arm begann es zu pochen. Ich machte einen kleinen Umweg über die Immobilienagentur Ventnew, aber sie hatte bereits geschlossen. Im Schaufenster hing genau wie in Crozon ein Bild des Rosthaufens, nur war der Verkaufspreis hier höher.

Ich rief erneut da an und hinterließ eine Nachricht. Ich wisse, dass ein Monsieur Havenac ein Kaufangebot gemacht habe, ich würde es auf jeden Fall überbieten.

Ob das ein Türöffner sein würde?

Gleich darauf war ich zu Hause, wo ich Ayala nach der herzlichen Begrüßung vorschwindelte, dass ich frische Luft gebraucht habe.

»Wo sind denn alle anderen? Immer noch im Restaurant in Crozon?«

»Nein. Vivienne sendet live vom Relais des Pêcheurs, da hat sich ein spontaner Trauerchor gebildet«, erklärte Ayala. »Merguez hatte keine Lust mehr, er hat dauernd gewinselt. Darum habe ich ihn dir heimgebracht.«

»Was ist mit deinem Zahn, mein Lieber?« Ich streichelte ihn. »Ist er immer noch drin?«

Vom Garten her tönte Geklirr.

»Zum Glück reisen die morgen ab«, sagte ich. »Ich betrachte

das Experiment Ferienwohnungen als gescheitert. Wenn die Amèrs gleich wegen Fotos kommen, lasse ich sie nicht rein.«

»Ich glaube, sie, Aude, war schon da, sie ist gleichzeitig mit mir vorgefahren.« Ayala sah schuldbewusst aus. »Sie meinte, ihr Bruder habe sie geschickt, es sei alles mit dir abgesprochen.«

Stumm riss ich mein Handy heraus.

Die Amèrs hatten tatsächlich Fotos auf meinen Hotmail-Account geschickt. Sie stammten vom Wohnzimmer der Cabane Wunderblau und waren mit einem Weitwinkelobjektiv aufgenommen, was es riesig wirken ließ. Die Kaschmirdecke auf dem Ikea-Sofa ergab zusammen mit einer schicken Vase samt farblich auf die Küchenmöbel abgestimmtem Rosenstrauß eine elegante Note, Lichtreflexe taten ein Übriges – aus meiner kinderfreundlichen Campingstyle-Bleibe war mit einigen wenigen Requisiten eine edle Gartenvilla geworden.

»Sie kann tatsächlich was«, murmelte ich, als ich Ayala die Bilder zeigte.

»Sind Haustiere erlaubt? Wir haben eine Katze«, schrieb ich als Kundin.

Die Antwort kam postwendend, sie lautete Ja, verbunden mit einem Smiley. Gleich darauf die Nachfrage über meinen normalen Account, ob mir Katzen genehm wären. Und eine Information, sie hätten eine Mieterin gefunden, die allerdings nur die Hälfte des Preises bezahlen wolle, wegen Kurzfristigkeit. Ohne mein Nein innerhalb von dreißig Minuten würden sie zusagen.

Es war ungeheuerlich. Sie operierten mit Druck und Erpressung und zählten darauf, dass alle abhängig und geldgierig genug waren, um nicht darüber zu sprechen. Ich spürte, wie mein Herz pochte, obwohl ich nichts unterschrieben hatte.

Im nächsten Text erwähnten sie eine Kopie der Hausratversicherung, die ich nebst dem Vertrag einreichen müsse.

»Sollte es eine Brandinspektion geben, was angesichts der jüngsten Entwicklungen plausibel wäre, müssen Sie eine Versicherung haben, sonst drohen ein Bußgeld und der Entzug der Zulassung für eine möblierte Touristenunterkunft. Ebenso brauchen wir eine Kopie der Abnahme durch die Feuerpolizei.« *Mince.* »Die Putzleute kommen morgen um zehn.«

Das war ihre zweitletzte Nachricht. Die letzte enthielt eine hohe Putzpauschale, die nichts mit dem zu tun hatte, was mir Katalin in der Villa Havenac erzählt hatte.

Ihr könnt mich mal, dachte ich.

»Gib Kai Bescheid«, sagte ich zu Ayala. »Wir werden die Vermietung selbst machen. Das ist mein allerletztes Wort.«

»Mach ich.« Sie blickte auf meinen Arm. »Du blutest.«

Tatsächlich, der Verband war an derselben Stelle rot wie eben. »Ich gehe schnell ins Bad, nimmst du mich danach mit nach Crozon? Ich will noch mal bei der Krankenstation vorbeigehen.«

Anstatt ins Bad stieg ich ins Atlantique hinauf. Um an die nötigen Beweise zu kommen, würde ich das Prozedere noch etwas länger über mich ergehen lassen. Ich fand die Besitzurkunde, meinen Pass, das Ladenzertifikat, weitere Zertifikate, alles war da, wo es hingehörte, nur zur Cabane Wunderblau fand ich nichts. Blatt für Blatt entnahm ich dem Ordner: kein einziges Zertifikat. Dass alle fehlten, bedeutete hoffentlich, dass sie bei Isidore in Le Fret waren.

»Können wir einen Umweg machen?«, fragte ich, als ich zu Ayala in den Van stieg, und beschrieb ihr mein Dilemma. »Ich befürchte, dass die Amèrs in dem Punkt recht haben, ich brauche all diese Unterlagen, sonst rutsche ich in die Illegalität. Da sie nicht bei mir sind, könnten sie bei Isidore sein. Ich will einfach nachschauen.«

Ayala war einverstanden.

»Und was machen wir mit dir, Merguez?«

Er wedelte und kuschelte sich auf die Rückbank.

***

Ayala fuhr auf der Landstraße an der Küste entlang. Unterwegs unterhielten wir uns über Marine. Sie erzählte, wie erstaunt die Leute auf der Beerdigung gewesen seien. Ein paar Alteingesessene hätten sie längst für tot gehalten, andere hätten gar nichts von ihrer Existenz gewusst. Isidore hatte dieses Geheimnis perfekt gewahrt und seine Schwester so beschützt.

Wir näherten uns Le Fret. Auf mein Geheiß parkte Ayala ein Stück vom Haus entfernt, den Rest des Weges legte ich zu Fuß zurück, wobei ich mich immer wieder vorsichtig umschaute. Aber da war weit und breit niemand zu sehen, es lag wirklich sehr abgelegen.

Das Absperrband war weg, der Eingang jedoch versiegelt. Wie beim letzten Mal holte ich den Schlüssel unter dem Hortensientopf hervor und benutzte die Terrassentür. Mir war schlecht vor Aufregung – und es wurde auch nicht besser, als ich keine Unterlagen fand, weder in Isidores Büro noch im Schlafzimmer.

Zum Schluss schaute ich sogar in Marines Zimmer nach. Natürlich war da nichts, dafür entdeckte ich das Krevetten-Motiv, das ich beim ersten Mal übersehen hatte: die lila Decke, die Bilder an der Wand, die Bücher … sie alle enthielten Variationen eines winzigen Krabbentiers.

Und noch etwas bemerkte ich, eine Karte mit der Aufschrift: »Du bist die coolste Krevette der Welt.« Unterschrieben mit einem A und einem Punkt. Wer war A? Agnes? Aurélie?

Als ich mich einen Augenblick aufs Bett setzen wollte, musste ich zuerst ein Stoffkaninchen und einen Plüschsalamander zur Seite räumen. Beide Kuscheltiere wiesen am Hals Schlitze auf. Hatte Marine ihre Tiere kaputt gemacht? So etwas würde ich Jennifer zutrauen, um damit Elke zu schaden, aber doch nicht Marine. Oder hatte sie es aus Kummer getan, weil ihr Bruder sie im Stich gelassen hatte?

Die Riesenkrevette war als einzige intakt. Ich presste sie an mich und ließ mich kurz zurücksinken. Nur einen Moment lang die Augen schließen …

Das Handy riss mich aus dem Tiefschlaf.

»Tereza, wo steckst du? Ich muss los.«

Schreckstarr sah ich auf die Uhr. Eine Viertelstunde war ich komplett weg gewesen. Erst auf der Treppe bemerkte ich, dass ich die Krevette immer noch bei mir trug. Ich knautschte sie zusammen und packte sie in die mittlerweile zum Platzen volle Boule-rouge.

»Sorry, Ayala.«

Sie nahm es gelassen. »Es spielt keine Rolle, wenn ich zu spät komme, ich bin ja die Chefin. Ich muss nur schneller sein als der Nebel. Wir können bei Wind und Sturm und Regen surfen, aber Nebel ist tödlich.«

26

Nachdem mich Ayala um kurz nach zwanzig Uhr einmal mehr auf dem Dorfplatz von Crozon abgesetzt hatte, ging ich, Merguez im Schlepptau, in der Krankenstation vorbei. Ich wollte meinen Fahrradschlüssel zurück.

Die Schwester, die gerade den Abenddienst angetreten hatte, war zum Glück Kundin im DEJALU, sie deckte sich bei mir regelmäßig mit Horror-Krimis ein. Sie schaute sich Merguez' Zahn an und fand, er hinge an einem seidenen Faden, die Sache würde sich bald von selbst erledigen. Danach wechselte sie meinen Verband und rückte ein Schmerzmittel sowie den Schlüssel heraus. Im Gegensatz zu ihrem jungen Kollegen traute sie mir zu, einhändig Rad zu fahren.

»Einfach vorsichtig sein, gell. Und du, Merguez, passt schön auf deine Meisterin auf.«

Während ich das Rad in Richtung Dorfausgang schob, erhielt ich einen Anruf. Ventnew, die Immobilienagentur von Camaret. Für eine Sekunde verlor ich den Faden, bei all den doppelten Spielen, in die ich verstrickt war. Was wollte ich schon wieder von denen? Herausfinden, ob es diesen Havenac wirklich gab und ob er den Rosthaufen kaufen wollte. Im besten Fall bekam ich seine Telefonnummer.

Ich meldete mich mit einem neutralen *bonjour*.

»Sie erwähnten einen Interessenten namens Havenac?«, sagte eine männliche Stimme.

»Das ist richtig. Sie kennen ihn?«

So erfuhr ich, dass Georges Havenac bekannt für Barzahlung und eine schnelle Abwicklung der Geschäfte war, offenbar hatte er verschiedene Drähte sowohl zum Notariat als auch zu den wesentlichen Stellen.

Ich rang mir ein Lachen ab. »Zum ABF, zu Notre littoral, zum Heimatschutz. Diese Kontakte habe ich auch.«

»Ich dachte, Sie handeln im Namen von Havenac?«

»Das war nur ein Vorwand. Ich würde ihn gern übertrumpfen. Er hat mir schon mal ein Haus vor der Nase weggeschnappt.«

Schweigen im Hörer.

»Ich habe die Mittel, glauben Sie mir. Genug Geld, um die Villa zu kaufen.«

Der Typ schlug mir ein Treffen noch vor dem Wochenende vor, er schien es eilig zu haben. »Die Villa Postolonnec ist ganz neu auf dem Markt, eine Perle«, schwärmte er. »Wir können sie maximal ein paar Tage reservieren.«

Er versuchte, mir Druck zu machen.

»Geht für mich in Ordnung«, sagte ich. »Einzige Bedingung: Sie müssen sie solange vom Markt runternehmen.«

»Das ist unmöglich.«

Schließlich einigten wir uns, dass ich am Samstag Bescheid geben müsste, sie hätten geöffnet, Samstag sei einer ihrer wichtigsten Verkaufstage.

»Haben Sie eigentlich Monsieur Havenac persönlich getroffen?«

»Ich nicht. Aber mein Chef.«

Ich zwang mich zum Durchatmen. War Havenac real? Oder ein Pseudonym für jemanden, den ich kannte? Die Amèrs? Ich konnte mir aber auch Mael Abelas vorstellen, der verdeckt unterwegs war, vielleicht mit Hilfe von Corentin Lehenaff und Hérvé Dupont. Oder Madame La Grange und ihr Mann.

Um die Person zu entlarven, musste ich meine nächsten Schritte gut planen.

Nicht vorpreschen, Tereza, dachte ich, bleibe einmal kühl und agiere mit Verstand.

***

Die Straße nach Postolonnec führte so steil hinunter, dass ich das Rad weiterhin schieben musste, was mit meinem lädierten

Arm schwierig war. Merguez schien es zu freuen, er war nicht erpicht auf die Rennerei.

Das Haus mit der Palme erwies sich als gepflegtes Neobretonne, der grüne Briefkasten, den ich gleich als Erstes erspähte, war ebenso wie die anderen nicht beschriftet und leer.

»Guten Abend, sind Sie Madame Berger?«, ertönte eine warme Stimme vom Haus her. »Monsieur Mahon hat Ihren Besuch angekündigt. Kommen Sie doch herein.«

Ein älterer Herr stand im Türrahmen, klein, eisgraues Haar und Brille, eine professorale Ausstrahlung. Er stellte sich als Robert Lei vor und bat mich in einen gemütlichen Wintergarten. Ich zog mein Notizbuch aus der Tasche.

»Entschuldigen Sie, wenn ich gleich auf den Punkt komme«, sagte ich. »Wollen Sie den Rosthaufen kaufen? Ich nehme an, Sie wissen, welches Haus ich meine.«

Sein Lachen war herzlich. »Ich? Wieso das denn? Es gehört den Amerikanern.«

»Sie verkaufen bereits wieder. An den Namen des potenziellen Käufers kommen wir über die Gemeinde nicht ran. Und wir brauchen ihn.«

Er antwortete mit einer Gegenfrage. »Weil Sie auch am Rosthaufen interessiert sind, Sie und Monsieur Mahon? Es ist ein schönes Anwesen.«

Gabriel und ich? »Wir haben ein wunderbares Zimmer, mit Meerblick, in meiner Villa Wunderblau.«

»Warum suchen Sie dann diesen Käufer?«, fragte Professor Lei.

Ich entschied mich für die Wahrheit. »Gabriel wurde im Fall der Brandstiftung in Kersiguénou suspendiert, bei dem es einen Toten gab. Die Ermittlungen laufen verlangsamt, bis ein Kommissar aus Paris übernimmt. Ich habe ihm versprochen, möglichst viele Informationen zusammenzutragen.«

Der Blick des Professors streifte meinen verbundenen Arm. »Ich habe gehört, dass Sie verletzt wurden. Das tut mir leid.« Das Verhältnis unter den Nachbarn sei eigentlich mehrheitlich sehr gut. »Wir sind ja nicht viele und leben alle sehr zurückgezogen. Es ist recht wild und einsam hier, zwischen den Häusern liegt Wald, unten das Meer … wir sind aufeinander angewiesen.«

Wegen der Schüsse tippte er auf einen Jäger – es gäbe hier inflationär viele Kaninchen.

»Ihre Höhlengänge bedrohen manche Gärten, und die Bewohner müssen zur Selbsthilfe greifen.«

»Mit Verlaub«, sagte ich. »Kaninchen in der Bretagne?«

Er lachte. »Die sind alle in Postolonnec. Eine ganze Kaninchenkolonie. Dazu existiert sogar eine Sage.«

Sagen interessierten mich immer. »Erzählen Sie sie mir?«

»Aber gern.« Vor langer Zeit sei Kaninchenkönig Rann Herr über den Wald zwischen Crozon und Postolonnec gewesen, sein Bau ein Schloss, die anderen Tiere hätten Steuern mit Nahrung bezahlt. Dafür hätte er sie vor Schlangen und Seeungeheuern beschützt, vor allem aber vor wildernden Menschen. »König Rann war ein Magier, die Tiere verehrten ihn.«

»Und wo ist der Haken?«

»Sein Bau wurde angezündet. Von seiner Frau, dem Kaninchen Ranghild. Sie war eifersüchtig.«

»Und?«

»Einfach eifersüchtig. Das reicht doch.«

Gabriel war eifersüchtig gewesen auf Isidore, ich auf Yuna. Und wir waren eigentlich ziemlich vernünftige Menschen, im Gegensatz zu den Akteuren in dieser Geschichte. Eifersucht könnte ein Schlüssel sein.

»Madame, sind Sie noch bei mir? Sie sehen ganz weggetreten aus.«

Es musste das Schmerzmittel sein. »Alles in Ordnung. Wie ging es weiter?«

»Seither geistern Rann und seine Getreuen durch die Gegend. Wenn es zu viel wird, greift ab und zu jemand zum Gewehr. Niemand weiß hinterher, wer es gewesen ist. Man vermutet, Ranghild habe ihre Finger im Spiel.«

»Die Person, die auf mich geschossen hat …«, ich strich über den Verband, »… war das also Ranghild?«

In Monsieur Leis Miene arbeitete es. Schließlich stand er auf. »Ich esse etwas Suppe. Darf ich Sie einladen?«

Zu spät bemerkte ich, dass er damit Moules-frites meinte. Meeresfrüchte und ich – was soll ich sagen, wir sind nicht wirklich Freunde geworden.

Und doch saß ich gleich darauf mit ihm zusammen an einem schweren Eichentisch im Wohnzimmer und aß tapfer einen Teller leer, indem ich mich auf die Zwiebel- und Möhrenstückchen konzentrierte und das Glibberzeug ausblendete.

»Haben Sie«, sagte ich nach ein paar Bissen, »mal was von einem Georges Havenac gehört?«

Robert Lei starrte mich an. »Ein Monsieur Georges Havenac war ein Vertrauter der Vorbesitzerin.«

»Sie kennen ihn?«

»Nie persönlich getroffen.«

»Und wer ist diese Vorbesitzerin?«

»Sie hieß Mique und ist nach dem Brand gestorben. Zur Erbengemeinschaft gehören ihre beiden Töchter und ein Cousin.«

Das elektrisierte mich gleich doppelt. »Nirgendwo hat etwas von einem Verbrechen gestanden. Gabriel Mahon hat nichts erwähnt.«

»Weil es ein natürlicher Tod war. Sie hat einen Herzschlag erlitten, das Feuer war zu viel für sie.«

»Wie alt ist sie geworden?«

»Fast neunzig.«

Zeigte sich hier ein neues Muster? Plötzlich hatte ich den Fußabdruck auf Isidores Rücken vor meinem inneren Auge.

»Sie hat festgelegt, dass Havenac das Haus bekommen sollte, wenn die Erbengemeinschaft der Kinder es verkaufen würde.«

»Was heißt das – bekommen?«

»Er sollte es zu einem Vorzugspreis kaufen können. Aber

die Kinder haben sich nicht daran gehalten und den Rosthaufen in einer Nacht-und-Nebel-Aktion den Amerikanern verkauft, Monsieur Davies und seiner Familie.«

»Wusste Oliver Davies von der Situation?«

»Mittlerweile bestimmt. Am Anfang jedoch nicht. Vielleicht hätte er sonst die Finger von dem Haus gelassen.«

»Sind Sie mit ihm in Kontakt?«

»Leider nein. Wir sind uns bislang nur zweimal begegnet, unter widrigen Umständen, wegen der Schüsse. Es ist schade, ich hätte gern Kontakt zu netten Nachbarn. Mit Kindern, ich mag Kinderlärm.«

Er ist einsam, dachte ich, sitzt jeden Abend allein hier. Myrthe fiel mir ein, die Frau von Mael. Sie hatte eine ähnliche Ausstrahlung.

Ich schob den Teller weg, stand auf und stellte mich ans Fenster. Der Professor hatte Aussicht auf den Wald.

Ein Bild formte sich vor meinem inneren Auge. Das Bild einer Person, die Häuser aufkaufte. Verbrannte Häuser, beschädigte Häuser, Häuser, bei denen die Besitzer starben, getötet oder in Altersheimen geparkt wurden. Häuser, in die man investieren musste, um danach Profit daraus schlagen zu können. Die Villa Havenac kostete über den Katalog der Amèrs dreitausendfünfhundert Euro Miete in der Woche, ohne Nebenkosten. Damit ließe sich einiges verdienen, wenn man bedachte, dass die Hochsaison fast ein halbes Jahr andauerte.

»Und wo finde ich diesen Georges?«

»Das hat mich schon Gabriel Mahon gefragt. Genau wie ihn muss ich Sie enttäuschen. Wie gesagt, ich habe ihn nie gesehen und weiß nichts über ihn.«

»Könnte es vielleicht ein Pseudonym von Madame La Grange sein?«

Der Gedanke überraschte ihn. »Meine Nachbarin? Nie im Leben. Kommen Sie mit.«

Er öffnete die Flügeltür und ging vor mir her über die Terrasse, bis er zu einem mannshohen Felsblock kam. In der Mitte, etwa auf Augenhöhe, war der Stein herausgebrochen, ein Loch war entstanden, es wirkte wie ein natürliches Fernrohr.

»Schauen Sie.«

Ich trat näher und presste ein Auge an den Felsen. So konnte ich direkt auf einen Sitzplatz sehen, wo Madame La Grange in ihrem Plastikstuhl eingenickt war.

Saß Professor Lei hier und beobachtete seine Nachbarin? Sehr eigenartig.

»Die Grange hatte kürzlich zweimal Besuch«, ergänzte er. »Ich habe nur die Stimmen gehört. Aber mir war, als ob sie einmal den Namen Havenac erwähnt hätten.«

Ich notierte das für Gabriel. »Könnte sie das Feuer gelegt haben?«

»Das traue ich ihr nicht zu. Sie ist unbeweglich, geht kaum mehr aus ihrem Garten. Ihr Gatte ist noch schlimmer, ein Jäger, der nur in seinem Hochsitz thront. Aber sie könnte jemanden informiert haben, dass ein günstiger Zeitpunkt gekommen sei. Diesen Monsieur Havenac zum Beispiel.«

»Und die Schüsse? Wenn wir bei ihr eine Waffe finden würden …«

»Die finden Sie hier überall, sogar bei mir. Die Kaninchen sind wirklich eine Plage. Wenn Sie mich fragen, ob sie auf Menschen schießen würde …« Er überlegte. »Auch sie würde gern ihr Haus renovieren. So ein Prachtbau wie der Rosthaufen weckt Begehrlichkeiten.«

Das war monströs. Und doch genau die Dimension, die ich befürchtet hatte. Isidore war nur ein Rädchen gewesen. Ein unbequemes Rädchen, das sich quergestellt hatte. Vielleicht war sogar der Präfekt in diese Maschinerie der Mauscheleien involviert. Dann wäre es kein Wunder, dass er nicht von Mord sprechen mochte und an einer Aufklärung nur bedingt interessiert war.

Ich stand auf und bot an, beim Abräumen zu helfen. Mit einem Lächeln lehnte der Professor ab.

»Ich habe den ganzen Abend Zeit. Die Sonne geht erst um

halb elf unter. Das sind noch fast zwei Stunden.« Er brachte mich zur Tür.

»Adieu, Professor Lei. Wenn Ihnen noch etwas einfällt, geben Sie mir bitte Bescheid. Und sollten Schüsse fallen, rufen Sie bitte sofort die Polizei.«

27

Es war Zeit, Gabriel meinen Bericht zu bringen. Darum fuhr ich hinunter nach Morgat. An der Mole herrschte Flanierstimmung, vor lauter Menschen war es schwierig, mit dem Rad und dem Hund durchzukommen.

Als ich aus der Richtung von Landié, einer Bude mit Eis und Essen, Fettgeruch wahrnahm, reagierte mein Magen nervös, die Muschelsuppe lag mir schwer auf.

Neben dem Relais des Pêcheurs stand Viviennes Sendewagen. Aus dem Innern der Bar hörte ich Gesang, begleitet von Banjo, Klavier und einer Geige. Auguste, Aimon und alle anderen saßen jetzt da drin, aber auch Mael Abelas und Corentin Lehenaff – Freund und Feind feierten gemeinsam den verstorbenen Isidore.

Vor einer Anzeigetafel blieb ich stehen. In einer knappen halben Stunde startete die Sonnenuntergangstour zur Île Vierge. Es war ausverkauft, sagte ein Aufkleber.

Ich lehnte das Rad gegen die Tafel, abzuschließen überforderte meinen verletzten Arm, der ansonsten schmerzfrei war, die Pille hatte gewirkt.

»Bleib, Merguez, und pass auf.« Ich legte ihm einige Leckerlis hin, die er jedoch ablehnte. Ach so, der Wackelzahn. »Zu Hause koche ich dir einen Brei.«

Er blinzelte und ringelte sich zusammen, auch für ihn war es ein langer Tag gewesen.

»Keine Angst, bin gleich wieder hier. Muss nur was abliefern.«

Zwischen Büschen und kleinen Bäumen stieg ich eine unauffällige Treppe hoch und kam bald außer Puste. Als ich nach meiner Wasserflasche suchte, bekam ich stattdessen die Kuschelkrevette in die Finger, die mich an Marine erinnerte. Ich rief im Kloster an.

Nominoë war nicht abkömmlich, dafür gab mir eine ihrer Mitschwestern anstandslos die Nummer von Marines Heim.

Nominoë hat mich angelogen, dachte ich, weil sie immer noch sauer ist, dass Marine nicht bei ihr wohnt.

Der Anruf im Heim in Brest war kurz. Marine sei bei der Abendtoilette, und mit Fremden spreche sie nicht.

»Richten Sie ihr bitte aus, dass ich ihr Kuscheltier habe? Ich bringe es bald vorbei.«

Ich trat zu einer Felsnase und blickte hinunter. Der Himmel war von tiefstem Blauviolett, links sank die Sonne, vom Cap de la Chèvre zog eine mächtige Nebelschwade heran. Nun waren es nur noch wenige Stufen, bis ich die Anhöhe erreichte, wo die von Gabriel bezeichneten Briefkästen an einer Auffahrt standen: ein gelber, zwei blaue und ein rostroter.

Mein Handy klingelte. Der Professor. Etwas habe ihm keine Ruhe gelassen. Er habe die Tochter der Vorbesitzerin des Rosthaufens angerufen, sie war Teil der Erbengemeinschaft, die das Haus an die Amerikaner verkauft hatte.

»Hier in Frankreich ziehen sich solche Verkaufsprozesse normalerweise sehr lange hin.«

»Ich habe davon gehört. Der Krieg der Anwälte.«

Er lachte. »Auf jeden Fall hat sie mit Havenac verhandelt. Er war kompliziert, hat dies und das gefordert, Preisreduktion wegen der Heimatschutzauflagen und der Brandschäden und kein Wegerecht zum Meer für die Nachbarinnen. Der Tochter ist es zu mühsam geworden, sie hat Oliver Davies und seine Familie ins Spiel gebracht. Davies habe mehr Geld geboten und sei insgesamt sehr kooperativ gewesen. Und vor allem habe ihm das Haus sehr gefallen. Anstatt einen Vorvertrag zu machen, hätten sie gleich einen Kaufvertrag erstellt.«

»Das heißt, der Umzugswagen stand vor der Tür, bevor Havenac einmal papp sagen konnte.«

»Sie haben es erfasst, Madame Berger.«

»Konnte die Tochter ihn beschreiben?«

»Das ist der Punkt. Sie meinte, es sei keine einzelne Person gewesen, sondern eine Firma, die Georges Havenac Corporation. Das habe auf den Dokumenten gestanden, sie habe auch nie jemanden live gesehen. Es machte sie misstrauisch. Sie wollte das Haus auf keinen Fall einer Firma verkaufen.«

Nachdem ich mich bedankt hatte, ergänzte ich meine Notizen. Georges Havenac war eine Firma. Ein Kollektiv von Leuten auf der Suche nach Gebäuden, die sie aufkaufen konnten, nachdem sie durch Brände, Frettchen, Kaninchen oder Stürme beschädigt worden waren. Um sie hinterher zu renovieren und zu sanieren, teilweise auf Kosten des Staates, weil sie allesamt heimatgeschützt waren.

Wer mochte dahinterstecken? Hatte Isidore das herausgefunden? Er hatte die Gebäude gekannt, weil er da gearbeitet hatte. Bestimmt hatte er verstanden, dass es missbräuchliche Zustände gab. Wer von den Verdächtigen auf meiner Liste wäre so weit gegangen, ihn zu töten, damit er nicht zur Polizei hatte gehen können?

Das war der Moment, in dem ich zugeben musste, dass ich vor lauter Bäumen den Wald nicht mehr sah. Es war an der Zeit, die Strategie zu ändern.

Ich rief Aimon an. Seine Erleichterung, meine Stimme zu hören, war groß.

»*Pardon*, Tereza, für mein Schweigen. Sylvie hat mir verboten, mit dir zu sprechen. Sie wollte nicht, dass du in eine Zwickmühle gerätst.«

»Wusstest du, dass sie die Amèrs von früher kennt? Dass sie sie Sylvia nennen?«

Er gab es sofort zu. »Sie hat es mal erwähnt, aber es schien ihr eher unangenehm.«

»Und warum hat sie es mir verheimlicht?«

»Musst du sie selbst fragen. Wenn sie wieder draußen ist.«

Seine Stimme brach. Ich behielt die Nerven und fragte nach Havenac.

Den Namen kannte Aimon auch. Er brachte ihn in der Tat mit einer Immobilienfirma in Verbindung.

Danach rief ich Vivienne an. Sie sendete live aus dem Relais. Ich verstand sie kaum, so laut war es um sie herum.

»Gerade hat Auguste einen ganzen Song verheult. Es war superemotional, *les émotions*, das zieht beim Publikum.«

Ich bat sie, kurz rauszugehen. Als es ruhiger wurde im Hörer, beschrieb ich ihr die Zustände in der Administration von Crozon.

»Ich denke, Mael Abelas führt da ein willkürliches Regime. Mach einen Beitrag darüber, vielleicht rüttelt das die Leute auf, sich zu melden. Es braucht Beweise, wenn man ihm das Handwerk legen will.«

»Danke, Tereza, für den Tipp, der Mann gehört weg. Und jetzt muss ich los, hier ist das Schlussbouquet angesagt. Ein Männerchor.«

Unten war eine Lichtergirlande angegangen, sie beleuchtete einen kleinen Vergnügungspark mit Karussell und Kirmesspielen, der an den Yacht- und Schiffshafen grenzte. Am Ende des Parkplatzes, längs der schmalen Mauer, die ins Meer führte, legte gerade Xaviers Katamaran an. Von hier oben sah ich, wie er das Boot vertäute und an Land sprang.

Ich holte meine Notizen aus der Boule-rouge. Gabriel hatte ja Zeit zum Lesen. Ein blechernes Klicken ertönte, als ich den Zettelstapel hineinschob und sich die Klappe wieder schloss.

Einige Meter entfernt spiegelte sich die sinkende Sonne in den Fenstern der wenigen Häuser hier oben. Kein Mensch war zu sehen. Alle waren unten im Dorf, am Hafen, wo die Musik spielte.

Mein Blick schweifte zur Mole zurück. Eine kleine Menschengruppe bewegte sich auf den Katamaran zu, vermutlich die Passagiere.

Gleich darauf klingelte mein Handy. Es war einmal mehr Sœur Nominoë.

»Tereza, es tut mir leid. Selimène ist vor einer Stunde gestorben. Der Priester ist gerade hier.«

Was? Meine Knie begannen zu zittern, ich musste mich auf

die Steinmauer setzen. Selimène mit dem eisgrauen Haar und der Latzhose.

»Wurde sie ermordet?«, fragte ich und wunderte mich selbst über die Eiseskälte in meiner Stimme.

»Nein, nein, alles nahm seinen natürlichen Lauf.«

»Was heißt das?«

»Sie ist im Leuchtturm friedlich eingeschlafen. Einfach eingeschlafen.«

»Sind Sie sicher?«

»Warum sind Sie so misstrauisch? Ich bin bei ihr gewesen bis zum Schluss.«

»War sie krank?«

»Entzündliche Arthritis. Sie konnte kaum mehr gehen. Sie hat es geschickt verborgen, aber am Schluss war es unerträglich. Auch Morphium hat nichts mehr geholfen. Niemand sollte solche Schmerzen leiden müssen.«

»Wie ist sie zum Leuchtturm hochgekommen?«

»Jemand hat sie getragen.«

»Aber sie wollte in ihrer Cabane leben. Dafür wollte sie alles umbauen.«

»Es war ein unmöglicher Wunschtraum.«

»Man hätte sie behindertengerecht einrichten können.«

»Es ist zu feucht, Tereza. Das Klima hier, so gesund es ist … für diese Art von Krankheit ist ein Haus direkt am Meer der Tod.«

»Aber im Kloster wäre es gegangen.«

»Es war eine Notlösung. Selimène wollte in ihrem Haus leben oder sonst nirgendwo auf der Welt.«

Ich spürte, wie sich mein Magen hob. »Sœur, sagen Sie mir etwas und wundern Sie sich bitte nicht über die praktische Natur meiner Frage. Hat sie ein Testament gemacht? Wer bekommt das Haus in Kersiguénou?«

»Bevor sie starb, hat sie mir in der Tat ihren Letzten Willen übergeben.« Nominoës Stimme bekam einen blechernen Klang.

»Der da lautet?«

»Das fällt unter die Schweigepflicht.«

»Lassen Sie mich raten, das Haus geht an Georges Havenac?«

Am anderen Ende ertönte ein Seufzen. »Nein. An Xavier Amèr.«

»An wen?« Ich war fassungslos.

»Xavier Amèr. Er hat ihr letztes Jahr viel geholfen, auch wegen des geplanten Umbaus.«

»Das kann ich fast nicht glauben.«

»Mit einem substanziellen Vermögensanteil, damit er die Steuern bezahlen und das Haus behalten kann.«

»Finden Sie das gut?«

»Nein. Sie hat niemanden gefragt. Es war das Morphium, glaube ich.«

Ich bedankte mich und legte auf.

Xavier Amèr erbte die Villa Selimène. Selimènes Tod war ein natürlicher. Das glaubte doch kein Kaninchen und kein Feuersalamander!

Xavier hatte plötzlich ein sehr überzeugendes Motiv. Nicht die anderen, nicht seine Schwester. Er. Der Brand hatte die Grundlage für eine Renovierung geschaffen. Bei einem klugen Investment könnten das Haus und das Grundstück zu einer Goldgrube werden. Möglicherweise hatte Isidore etwas darüber gewusst, vielleicht zu viel gewusst, was ihm zum Verhängnis geworden war.

Ich blickte zur Mole hinunter. Beim Katamaran warteten die Leute vor der kleinen Brücke.

Ich stand auf. Dabei las ich eine Nachricht von Vivienne.

»Eine Information aus Bordeaux, wegen eines Brandes. Ein Haus ist unter ähnlichen Umständen abgebrannt. Und die alte Frau ist gestorben. Das sollten wir uns ansehen, Tereza.«

»Kannst du was checken?«, schrieb ich zurück. »Wer erbt eigentlich Isidores Haus in Le Fret? Es ist wunderschön gelegen und bereits recht schön renoviert. Mit wenig Aufwand wird es vermutlich zur Luxusferienwohnung.«

Noch eine Nachricht kam herein, von einer unbekannten Nummer. Es ging Schlag auf Schlag.

Valérie, die Verkäuferin vom Comptoir am Hafen, schrieb: »Sie wollten doch wissen, wer die Finanzchefin der Agentur Amèr ist? Xavier.«

Ich musste die Worte zweimal lesen. Die Amèrs erweckten den Anschein einer Riesenfirma, und dann waren es zwei Personen. Aude und Xavier. Und Xavier hatte das Sagen.

Schon wieder summte es. Diese Nachricht kam von Alain Sonnett, der auch im Vermietungsgeschäft tätig war und den ich aus einem früheren Fall kannte. Er schrieb mir im Auftrag von Professor Lei: Er würde nie mit den Jeunes de Ménage zusammenarbeiten, die Firma gehöre der Agentur Amèr, und die würde ihr Personal ausbeuten.

Ich sprang die letzten Stufen hinunter und rannte wie eine Verrückte über die Straße zum Parkplatz und dann zur Mole. Vorn beim Katamaran waren alle eingestiegen und im Cockpit verschwunden. Xavier war dabei, die kleine Brücke einzuziehen.

»Moment, Xavier!«

Er drehte sich um. Was sagte man zu einem Mann, den man im Verdacht hatte, der Mörder des besten Freundes zu sein?

28

»Was ist, Tereza? Willst du mitfahren?«

Ich starrte ihn immer noch stumm an. Zwischen dem Schiff und der Mauer war eine Lücke von einem halben Meter.

»Entscheide dich, ich muss ablegen, sonst werden die anderen Passagiere ungeduldig.«

Endlich gelang es mir, wieder einen klaren Gedanken zu fassen. Verwickle ihn in ein Gespräch und versuche, so viel wie möglich herauszufinden.

»Es mag vielleicht blöd klingen, aber es ist wichtig. Woher kennst du Sylvie eigentlich?«

Wenn er über die Frage erstaunt war, zeigte er es nicht. »Aude und sie waren eine Zeit lang im selben Internat in der Nähe von Berlin.«

Ich war vollkommen baff.

»Nicht gewusst?«, fragte er.

»Aber seid ihr nicht aus Frankreich?«

»Wir sind Österreicher.«

»Ihr heißt doch Amèr.«

Er grinste. »Ammer. Mit zwei m. Aber mach mal damit Geschäfte hier oben. Ohne den Namenswechsel hätten wir es niemals geschafft.«

»Wissen das die Leute?«

»Mael Abelas. Und nun du.« Er streckte die Hand aus. »Komm!«

Wie hatte ich übersehen können, dass seine Augen viel zu eng zusammenstanden und er eine gebrochene Nase hatte. Ab und zu spuckte er beim Sprechen.

Ich blickte zu seinen Füßen, er trug eine bekannte Sportmarke. Deren Profil kannte ich, meine Kinder trugen sie auch, es hatte keine Wellen.

Unvermittelt fuhr er die Brücke wieder aus, machte einen

Schritt auf mich zu und packte mich an meinem verletzten Arm. Der Schmerz war unbeschreiblich.

»Sylvie hat Aude vor zwei Jahren den Tipp mit der Presqu'île de Crozon gegeben. Unabsichtlich. Es sei der schönste Ort der Welt. Schöner als der Rest der Bretagne.«

Ich biss die Zähne zusammen. Einfach weitersprechen, Tereza, sagte ich mir, so tun, als ob es ganz normal wäre.

»Dann seid ihr wegen Sylvie hier gelandet?«

»Sie hat uns mit dem Crozon-Virus infiziert. Und sie hat uns am Anfang zwei, drei Kunden vom Campingplatz geschickt. Solche, die im Folgeurlaub bequemer wohnen wollten.«

»Kennst du eine Immobilienfirma namens Havenac?«

Er nickte. »Flüchtig. Aude kennt sie besser. Die lassen ihre Post zu uns liefern. Wir arbeiten manchmal zusammen, alles ganz legal. Warum?«

Er log. Er wusste, dass ich es wusste.

»Kommst du jetzt? Wir haben einen Platz frei.«

»Lieber nicht«, sagte ich und versuchte mich aus seinem Griff zu befreien. Wieso war denn niemand da? Der Pier war leer und die Passagiere im Cockpit verschwunden.

»Wenn du mich nicht loslässt, fange ich an zu schreien.«

»Oha«, sagte er spöttisch. »Das sind ja ganz neue Töne. Dann schmeiß ich deinen Hund ins Wasser.«

Ich blickte zum Deck. Bei einer der beiden Freiluftduschen stand Merguez. Er war angebunden und wedelte mit dem Schwanz.

Das war ein Schock. »Was macht er hier?«

»Er hat friedlich neben deinem Rad gelegen. Und genauso friedlich ist er mitgekommen, schließlich kennt er mich.«

Er musste Merguez gleich nach der Ankunft des Katamarans geholt haben. Hätte ich von der Plattform oben etwas länger hinuntergeschaut, hätte ich es beobachtet.

»Wieso hast du gewusst, dass ich in Morgat bin?«

»Aude hat dich gesehen. Sie sitzt im Relais bei den anderen.«

»Weiß sie von dir?«

Er verstand genau, was ich meinte. »Nein, allein fahre ich viel besser.« Er lachte. »Wobei ... jetzt habe ich ja dich am Hals. Ich warne dich. Kein Wort zu niemandem auf dem Schiff. Sonst ist Merguez dran.«

***

Die Gruppe bestand aus vielleicht fünfzehn Passagieren, die sich nach Besichtigung des Cockpits auf der schmalen Plattform, die das Deck umrundete, drängten. Xavier verteilte Schwimmwesten und erklärte weitere Regeln. Nicht unnötig aufstehen. Nicht rauchen. Nicht unter dem Segel durchgehen. Das Cockpit durfte während der Fahrt nur für Toilettengänge betreten werden.

Langsam fuhren wir aus der Bucht heraus.

Noch könnte ich springen, dachte ich. Ich könnte Gabriel anrufen oder Emil. Aber Xavier ließ mich nicht aus den Augen.

Links der Blick auf die Plage du Porzic, das Grandhotel, in dem ich einen Auftritt im kleinen Schwarzen gehabt und den englischen Adligen Henry Beaumont sowie den Zürcher Kommissar Meier kennengelernt hatte. Rechts dann der Morgater Leuchtturm, der sich majestätisch aus dem Wald von Kador hob.

Das Licht war luzid. Da die Sonne im Westen bald hinter der Hügelkuppe verschwinden würde, musste es ungefähr zweiundzwanzig Uhr sein. Der Himmel trug alle Schattierungen von Rot, Orange und Violett, der Feuerball glühte von innen heraus. Nun war er noch halb sichtbar, nun noch ein Viertel, schließlich war er weg. Das tat dem Farbenspiel keinen Abbruch, das noch verstärkt wurde durch den nebligen Schleier, der sich über alles legte und einen violetten Schein erzeugte. Die Stimmung sei magisch, fanden die anderen Passagiere. Mir war so schlecht wie noch nie in meinem Leben.

Ich lehnte ein Glas Kir Breton ab und fragte nach der Toilette.

»Unten, Tereza«, flüsterte mir Xavier ins Ohr. »Gib mir als Pfand dein Handy. Und falls du dich weigerst …« Sein Blick zu Merguez war eindeutig.

Was blieb mir anderes übrig? Ich lieferte ihm mein Gerät aus und beobachtete, wie er es in seiner Hosentasche verschwinden ließ.

Im Cockpit herrschte ein ziemliches Chaos. Gebrauchtes Geschirr lag herum und eine große Anzahl verschiedener Flyer. Die gleichen hatte ich beim Rosthaufen gesehen und in der Villa Havenac. Einen davon steckte ich ein, es könnte ein Beweismittel sein.

Ich überlegte, wie ich mich aus der misslichen Lage befreien könnte, ohne Merguez zu gefährden. Erst brauchte ich mein Handy wieder. Danach wäre es vermutlich das Beste, mich still zu verhalten und zu versuchen, das Boot im Schutz der Passagiergruppe zu verlassen.

Plötzlich begann es zu schaukeln, und mir wurde noch schlechter. Als ich die Toilette öffnen wollte, war sie geschlossen. Ein kleines Schild besagte: »Außer Betrieb«.

Mir war, als ob ich Musik hörte. Es war das Wiegenlied von Selimènes Veranda. Mein Magen hob sich. Nach oben, frische Luft, das hatte ich gelernt auf der Überfahrt nach Ouessant.

Bei meiner Rückkehr saßen die meisten Passagiere am Rand des Decks. Ich lehnte mich an die Reling.

Einfach nicht runterschauen, sagte ich mir. Einfach Xavier beobachten. Es musste einen Moment geben, in dem ich ihm das Handy wieder entwenden könnte. Ein Anruf bei Vivienne oder Gabriel und ich wäre gerettet.

Vielleicht konnte mir jemand der Passagiere helfen? Als ich mich einer Frau näherte, um sie anzusprechen, drehte sie sich angewidert weg.

»Kein Bedarf«, sagte sie.

Ich sah mich durch ihre Augen. Verdrecktes Kleid mit Blumenmotiv, kaputte schwarze Jacke. Fettiges Haar, Spuren im Gesicht. Der blutige Verband.

»Geht's, Tereza?« Xavier stand unter dem Segel auf der schmalen Kommandobrücke und winkte mir zu.

»Die Toilette ist abgeschlossen«, sagte ich laut.

»Muss Aude gewesen sein. Entschuldigung.«

Aude? War sie auch hier? Nein, natürlich nicht. Es war eine subtile Taktik.

»Du bist blass.« Xavier war näher gekommen. »Da vorn ist die Île Vierge. Da wird es ruhiger.«

Er griff nach einem Mikrofon, und seine warme Stimme verbreitete sich über das Meer. Er gab einige Informationen zur Île Vierge, beschrieb die Landzunge, zeigte auf die steilen Klippen, alle mit dunkelrotem Heidekraut bewachsen, von gelbem Ginster getupft und mit Farnen durchsetzt.

»Wir werden uns nun dem Strand nähern. Wer mag, darf ins Wasser springen und ans Ufer schwimmen.«

Unter den Passagieren brach Geschäftigkeit aus. Einige zogen sich um, andere hatten die Badekleider bereits darunter an.

»Willst du auch rein, Tereza?«

Xavier hatte unser Boot etwa zweihundert Meter vom Strand entfernt an einer Boje festgemacht. »Wir werden eine halbe Stunde hier ankern. Danach wird es zu gefährlich, wegen der Lichtverhältnisse.«

Ich setzte mich auf den Boden. Ich fühlte mich sehr schlapp. Der Arm schmerzte.

Erst jetzt bemerkte ich, dass meine Tasche fehlte. Ich musste sie im Cockpit vergessen haben.

Mühsam stieg ich wieder hinunter. Die Toilette war immer noch verschlossen, und meine Tasche lag da, wo ich sie vermutet hatte. Als ich jedoch nach meinem Notizbuch greifen wollte, war es weg. Wenn Xavier meine Aufzeichnungen las, dann war nicht nur ich in Gefahr, sondern auch Vivienne und Gabriel, alle, deren Namen ich aufgeschrieben und mit denen ich meine Gedanken geteilt hatte.

Ich schloss die Augen. Öffnete sie wieder. Etwas war komisch. Es hing mit den Schuhen zusammen, die in einer Ecke standen, neben einem Kleiderhaufen.

Ich schrak zusammen. Ganz deutlich hörte ich »Au claire de la lune«. Es klang blechern wie von der alten Spieldose, die ich in Selimènes Haus gehört hatte.

»In fünf Minuten fahren wir wieder los«, rief Xavier von oben.

War bereits eine halbe Stunde vergangen? Ich hatte jegliches Zeitgefühl verloren. Das Lied war verstummt. Ich blieb in meiner Ecke sitzen.

»Alle Mann zurück an Deck!«

Ich rappelte mich hoch und ging zum Kleiderhaufen. Die Turnschuhe waren nicht von Naturalis, ich hatte mich getäuscht. Daneben lag eine längliche Sporttasche. Sie schien leer, bis auf einen Gegenstand, der die Seite ausbeulte. War das ein Gewehr? Als ich hineingreifen wollte, stand Xavier da.

»Tereza, Merguez fragt nach dir.«

An Deck bemerkte ich den Nebel. Während rechts das Meer glitzerte, war die Landschaft links bereits in einen wattigen Schaum gehüllt, Lila vermischt mit Violett und Dunkelgrau, phosphoreszierend. Es wirkte unheimlich schön. Gefährlich. Nicht so, dass man freiwillig da reingefahren wäre.

Unter den Passagieren brach Unruhe aus, bis Xaviers Bass ertönte.

»Keine Angst, ich mache diesen Ausflug täglich, ich kenne jede Welle und finde den Weg blind. Bleiben Sie zur Sicherheit in der Mitte des Decks und setzen Sie sich hin. Wir fahren gleich weiter.«

Während die anderen sich verteilten, entstand ein Gewusel, Xavier hatte alle Hände voll zu tun. Ich nahm mich zusammen. Wenn es eine Chance gäbe, dann jetzt. Ich hängte die Boule-rouge um. Als ein Passagier an mir vorbeiging, sprach ich ihn an.

»Da vorn ist mein Hund. Er heißt Merguez. Würden Sie ihm bitte Wasser bringen, mir ist gerade etwas übel. Vielleicht können Sie ihn losbinden.«

Der Mann nickte. Ich hatte Glück, er mochte Hunde. »Klar, mach ich gleich. Ist ja auch ein tapferer Kerl.«

Ich bemerkte, dass Xavier in meine Richtung schaute, bevor er sich über die Reling beugte, um das Seil von der Boje zu lösen. Das Schiff regte sich, als ob ein Löwe sich rekeln würde. In der Luft war ein Rauschen. Als ich hochsah, flog eine Leine direkt auf mich zu und knallte voll auf meinen verletzten Arm. In dem Moment fuhr das Schiff los.

»Servus, Tereza«, formten Xaviers Lippen.

Ich machte einen Ausfallschritt, hinter mir gab das Geländer nach, und ich stürzte ins Meer.

29

Unter Wasser musste ich mich erst orientieren. Ich öffnete die Augen und schwamm, ohne den rechten Arm zu benutzen, mit kräftigen Beinschlägen nach oben, bis ich durch die Wasseroberfläche schoss. Der Katamaran befand sich einige Meter vor mir, in der beginnenden Dämmerung sah ich nur noch die beiden Rumpfteile, die sich unmissverständlich entfernten.

»Halt!«, schrie ich. Und noch mal, bis ich einen Knall hörte.

Da ich das bereits am Vortag erlebt hatte, dachte ich sofort an einen Schuss. Automatisch tauchte ich ab. Mit dem verletzten Arm presste ich die Boule-rouge an mich und schwamm orientierungslos hierhin und dorthin, zusätzlich behindert durch mein Kleid, bis ein helles Blitzen mich zwang, die Augen zu öffnen. Wenn das eine Kugel gewesen war, schoss Xavier ins Wasser. Und niemand bemerkte es, weil alle auf dem Deck nach vorn blickten.

Weiterschwimmen, dachte ich, auf keinen Fall an Ort und Stelle bleiben, er kann dich nicht sehen.

Ich wechselte sicher dreimal die Richtung, bis meine Lunge brannte und ich auftauchen musste. Als ich nach Luft schnappte, peitschte erneut ein Schuss. Das waren keine Warnschüsse, er wollte mich töten, weil es ihm gestern nicht geglückt war. Auch da war es Xavier gewesen, natürlich. Er hatte mich beim Aussichtsplatz in Crozon aus seinem Auto gelassen – und war mir gefolgt. Er musste ein Gewehr haben, vermutlich hatte er es in der Sporttasche transportiert. Er war mittelgroß, Schuhgröße vierzig könnte knapp hinkommen.

Noch einmal peitschte ein Schuss. War das über die Distanz möglich?

Erneut tauchte ich ab und schwamm in die Gegenrichtung, bis die Luft knapp wurde und ich wieder auftauchen musste.

Da war der Katamaran nur noch ein Punkt in der Ferne.

Es erfolgte auch kein Schuss mehr, dafür war das Ufer mit dem Sandstrand weiter entfernt als am Anfang. Obwohl es nun schnell dunkel wurde, musste ich mich kurz erholen.

Ich wollte mich auf den Rücken legen. Aber die Boule-rouge, aus feinem Leder und plastifiziertem Stoff, eigentlich ein Minischiff, drohte abzusaufen.

Die Krevette, dachte ich, sie saugt sich voll.

Während ich strampelte, um mich über Wasser zu halten, zerrte ich Marines Stofftier heraus. Sie würde ein neues bekommen, aber für den Moment musste ich es opfern. Es sank wie ein Stein. Zum Glück war der Wellengang moderat.

Der Nebel hatte sich wieder verzogen, er schien schwadenweise zu kommen. Mein Arm fühlte sich taub an. Vermutlich war die Naht aufgeplatzt, ich würde es noch mal neu nähen lassen müssen. Aber ich lebte.

Langsam drehte ich mich in Richtung Ufer und begann zu schwimmen. Ich peilte den Strand der Île Vierge an, der in der Dämmerung perlmuttfarben schimmerte. Zu Beginn war ich getragen von Euphorie, dem Angreifer entkommen zu sein. Mit der Zeit jedoch wurden meine Beine müde.

Wie dumm ich gewesen war, dass ich mich dem Katamaran genähert hatte, wie naiv, dass ich angenommen hatte, Xavier mit meinem Verdacht konfrontieren zu können.

Er wollte dich töten und denkt, dass er erfolgreich war, darum ist er weggefahren.

Niemand würde kommen, um mich zu retten. Die Passagiere würden von einer verwirrten Touristin mit blutigem Verband berichten, die mehrfach ins Cockpit hinabgestiegen war und sich den Anordnungen des Kapitäns widersetzt hatte. Merguez würde winseln, und der Mann, den ich gebeten hatte, ihn abzuleinen, würde ihn Xavier übergeben. Vivienne und Basile würden ihn adoptieren, und alle würden an meinem Grab weinen. Über den Verlust genauso wie über meine Dummheit. Wer fällt schon von einem Touristen-Katamaran? Xavier würde Selimènes Haus erben und da eine weitere Residenz eröffnen.

Er war Monsieur Havenac, es war offensichtlich. Der Filz in der Gemeinde hatte schon bestanden, als er vor ein, zwei Jahren mit seiner Schwester hergekommen war. Er hatte ihn lediglich benutzt. So wie er ihn vielleicht bereits in Bordeaux benutzt hatte.

Eine Welle schwappte mir ins Gesicht, ich schluckte, fast ging ich unter. Der Strand war vielleicht noch fünfzig Meter entfernt. Da bemerkte ich, dass ich kaum mehr vorwärtskam. Es musste eine Strömung sein. Nun spürte ich auch den Sog an meinen Beinen. Diese Ecke der Halbinsel Crozon war bekannt für die tödlichen Strömungen, vor einigen Jahren war Severin Lukesch ein Opfer davon geworden.

Ayala hatte mir beigebracht, wie man sich in so einem Fall korrekt verhielt, damals war es mir übertrieben erschienen, nun war ich ihr dankbar dafür. Diesmal gelang es, ich legte mich auf den Rücken und ließ mich heraustreiben, auch wenn das bedeutete, mich noch mal vom Ufer zu entfernen.

Als der Sog nachließ, schwamm ich mit meinen letzten Kräften parallel zu den Wellen einen Bogen und erreichte das seichte Wasser. Trotzdem war es schwierig, an Land zu kommen, die Flut hatte eingesetzt, und immer wenn sich das Wasser zurückzog, führte es Steine mit sich. Auf Knien robbte ich ans Ufer und brach zusammen.

Eine ganze Weile lag ich nur da und atmete tief. Der Sand wärmte mich, er war noch erhitzt von dem heißen Tag. Endlich traute ich mich, aufzusitzen und mich umzuschauen.

Der Landweg führte nach oben zum Kliff, vielleicht hundert Höhenmeter. Wenn ich es schaffte, dort hinaufzukommen, wäre der Rest ein Klacks. In weniger als einer Stunde könnte ich die Straße erreichen, und jemand würde mich mitnehmen. Mit dessen Handy würde ich Gabriel anrufen, und er würde Xavier Amèr festnehmen.

Aber mein Versuch aufzustehen scheiterte, jeder einzelne Muskel in meinem Körper befand sich im Zustand der Verspannung. Das Knie brannte, der Arm war eine einzige Schmerzzone, die schwarze Jacke nass, das Kleid zerrissen, einmal mehr, es wurde zu meinem neuen Look. Ich könnte hier liegen bleiben, mich in die Höhle schleppen, die sich links in den Felsen hineinwölbte. Ich könnte mich mit Blättern zudecken, meinen Kopf auf die Boule-rouge legen und schlafen. Zwölf Stunden Schlaf, wie absolut verlockend. Am Morgen, bei Sonnenlicht, würden die ersten Kanuten von Morgat herkommen und mir helfen.

Die Vorstellung ließ mich schwer werden, meine Augen fielen zu. Bis ich hochschoss.

Es gab keinen Grund zur Entspannung. Xavier hatte meinen Hund. Und er konnte nicht sicher sein, dass ich ertrunken war. Die Gewissheit brauchte er aber, und darum würde er mich weiterverfolgen, bis er mich hatte.

Wer mich einmal töten wollte, würde auch ein zweites Mal nicht davor zurückschrecken.

30

Ich hatte bereits etwa die Hälfte der Höhenmeter geschafft. Mit den nassen Turnschuhen und dem Kleid zu klettern war mühsam, ein weiteres Handicap war mein Arm. Ich hatte ihn mir mit einem Stück Wollschnur an den Körper gebunden, so war ich zumindest nicht dauernd versucht, ihn zu benutzen. Zum Glück war der Weg noch vorhanden, zugewachsen, aber erkennbar. Das Zwielicht gab genügend her, um lose Kiesel von festem Felsen zu unterscheiden.

Ich machte einige weitere Schritte auf dem steilen Pfad. Danach ging ich auf die Knie und kraxelte so weiter. Ich dachte schon, ich hätte es geschafft, als ein letztes Steilstück vor mir auftauchte. Ein Seil baumelte an einem Haken, es war schon lange nicht mehr benutzt worden.

Mit meiner freien Hand zog ich mich vorsichtig nach oben. Ich rutschte kein einziges Mal aus, nur ganz oben stolperte ich ein wenig. Einige Kiesel lösten sich und kullerten bis zum Rand, bevor sie in der Tiefe verschwanden.

Ich wagte einen Blick hinunter. Da waberte die violette Nebelwolke, und der Strand lag da wie eine weiße Sichel, an der das Meer mit großen Wellen leckte. Er war nur noch ganz schmal.

Umdrehen, nicht nachdenken, weiter.

Ich wusste ungefähr, wo ich mich befand. Vor zwei Jahren hatte ich mit Gabriel bei einem Sagenspaziergang mitgemacht. Josephine, die Erzählerin, war eine Freundin geworden, sie kannte die Gegend hier, den Wald von Kador, wie ihre Westentasche. Ich versuchte mir vorzustellen, wozu sie mir raten würde. Ich könnte zum Mineralmuseum gehen, wo ich eine leichte Beute für Xavier abgeben würde, sollte er mich denn suchen. Oder ich könnte den Küstenweg nach Morgat wählen. Aber der war so schmal, steil und anspruchsvoll, dass ich ihn nicht schaffen würde. Also blieb nur, mich quer durch den Wald nach Rundaoulin zu kämpfen. Der Weiler grenzte auf der einen Seite an den Wald an, auf der anderen an Morgat, man erreichte ihn über eine bucklige Piste, die nur Einheimische benutzten.

Bevor ich das in Angriff nahm, sollte ich mich präsentabel machen. Meine Boule-rouge erwies sich einmal mehr als Glück. Ich kippte den nassen Inhalt auf den sandigen Boden. Eine kleine Wasserflasche war noch halb voll, die trank ich aus, den Rest des Salzgeschmacks vertrieb ich mit einem Kaugummi. Aus der mit einem Reißverschluss verschlossenen wasserdichten Plastiktüte holte ich den Badeanzug und das Ringelshirt sowie ein dünnes Strandtuch und zog mich um. Das Tuch verwendete ich als Rock, an die Stelle des Verbands klebte ich, ohne die Wunde genau anzusehen, ein Riesenpflaster – ich war bereit. Als ich noch einen durchweichten bretonischen Keks fand, war ich sozusagen wiederhergestellt.

Noch ein Blick zum Himmel. Ich sah eine dunkelgraue Kuppel, und vom Meer her kroch der Nebel heran. Es war höchste Zeit.

Ich machte mich auf den Weg durch die Büsche und Bäume, die ab und zu von einem Stück Wiese oder von tiefen Natursteinmauern unterbrochen wurden. Immer der Nase nach in die Richtung, in der ich ungefähr die Schotterstraße vermutete.

Zu Beginn war es mühsam, eine Blase bildete sich am rechten Fuß. Immer wenn die Nebelschwaden mich fast einholten, zog ich das Tempo an und lief auf den lilavioletten Streifen im Westen zu. Da lag Rundaoulin, von da wären es Luftlinie nur wenige Kilometer nach Kersiguénou, und danach würde ich sozusagen schon die Lichter von Camaret sehen können.

Plötzlich hörte ich ein Motorengeräusch, vor mir leuchteten Scheinwerfer auf, die gleich darauf erloschen.

War er es? War es möglich? Ich hatte keine Ahnung, wie viel Zeit vergangen war. Die Fahrt zurück mit dem Katamaran hätte etwa eine Stunde gedauert, die Autofahrt hierher vielleicht fünfzehn Minuten.

Der Nebel erreichte mich und hüllte mich ein. Starr blieb ich stehen und wagte kaum zu atmen. Irgendwann gingen die Scheinwerfer wieder an, der Motor wurde gestartet, das Auto setzte sich in Bewegung, drehte um und verschwand.

Ich blieb wachsam, den Schutz des Nebels ausnutzend, nun suchte ich seine Nähe, anstatt ihm zu entfliehen. Mit der Zeit bekam ich Übung, ich konnte die Umrisse von Büschen und Felsen unterscheiden, bis ich einen Nebenweg fand, der an einigen Häusern vorbei zur kleinen Hauptstraße nach Morgat führte. Die war komplett nebelfrei und gut befahren, ich traute mich, den Daumen herauszuhalten.

Keine zwei Minuten später hatte ich eine Mitfahrgelegenheit nach Camaret. Es war nicht irgendjemand, es war Valérie vom Comptoir, auf dem Weg von einer Freundin in Saint-Hernot nach Hause. Die Uhr im Wageninnern zeigte zwei Uhr fünfunddreißig.

»Ich kann dich in Morgat ausladen«, sagte sie, nachdem ich ihr geschildert hatte, wie ich mich beim Wandern verlaufen hatte und dass meine Sachen, insbesondere mein Handy, immer noch im Relais lägen. Das war mir in der Schnelle als Ausrede eingefallen. Ich war ihr dankbar, dass sie diese so akzeptierte, ohne darauf herumzureiten, wieso ich in abgelatschten Turnschuhen und einem Badetuch auf eine Nachtwanderung ging.

»Oder wir fahren zur Krankenstation, du siehst aus, als hättest du einen Arzt nötig.«

»Nein, erst will ich nach Morgat. Ich muss meinen Hund abholen.« Ich hoffte, dass Xavier ihn hatte laufen lassen.

Beim Relais, wo sie offenbar eine Freinacht feierten, schickte ich Valérie vor. »Ich bin nicht präsentabel. Kannst du nachschauen, ob er da drin ist. Sein Fell ist schwarz, mit hellen Flecken, und er hat einen Eiterzahn.«

Während sie hineinging, kauerte ich mich tief in den Sitz, aus Angst, Xavier könnte nach mir Ausschau halten. Mittlerweile waren aber keine Menschen mehr unterwegs.

Nach kurzer Zeit kam Valérie wieder heraus. »Er ist nicht da.«

Ich spürte, wie mir die Tränen kamen.

»Nein, beruhig dich, er war offenbar hier, und jemand hat ihn zu dir nach Hause gebracht.«

»Wer?«

Sie konnte es nicht sagen.

»Also, ich fahre dich jetzt zu deinem Kuschelmonster.«

Ihr Lachen löste meine Anspannung ein wenig. Sie startete den Motor und fuhr los.

»Immerhin«, sagte sie und warf mir einen Blick zu, »du trägst das Ringelshirt. Hast du es am Ende doch nicht verschenkt?«

Ich verneinte. »Es hat mir sogar große Dienste erwiesen. Darf ich dein Handy ausleihen?«

Während sie fuhr, erledigte ich eine ganze Reihe von Anrufen, wobei ich niemanden persönlich erreichte. Ich besprach die Mailbox von Vivienne, von Aimon, von Ayala, Nominoë und auch die von Gabriel. Suspendierung hin oder her, der Präfekt würde ihm dankbar sein, wenn er Xavier als Schuldigen überführte.

Zum Schluss erreichte ich eine Pflegeperson im Heim von Marine.

»Geht es ihr gut?«, fragte ich.

Auf mein Drängen sah sie nach.

»Alles in Ordnung«, sagte sie nach einer gefühlten Ewigkeit. »Wovor haben Sie Angst?«

»Ich war nur unruhig, wegen der Beerdigung ihres Bruders.«

Ich verschwieg, dass es der Gedanke an die aufgeschlitzten Kuscheltiere war und an Xavier, den ich vor mir sah, mit einem Messer in der Hand.

31

»Vielen Dank für alles.«

Valérie nahm mir das Versprechen ab, am nächsten Tag gleich zum Arzt zu gehen, und ließ mich nicht aus den Augen, bis ich die Villa Wunderblau betreten hatte. Sie war wirklich ein Schatz. Dass sie keine weiteren Fragen zu meinem Zustand gestellt hatte, rechnete ich ihr hoch an.

»Merguez?«

Aber er war nicht in der Küche. Weder im Laden noch oben, auch nicht im Atlantique oder in einem anderen Zimmer.

Mein Herz trommelte, ich begann zu schwitzen. War er zur Cabane hochgetappt, auf der Suche nach menschlicher Wärme?

Im Vorbeigehen trank ich ein Glas Wasser in einem Zug leer, dann trat ich durch den Hintereingang in den Garten. Als Erstes bemerkte ich den sirrenden Gesang der Zikaden und gleich darauf die schmale Rauchfahne, die oberhalb der Cabane über den Bäumen waberte. Grillte Team Elke etwa zur nächtlichen Stunde, trotz meines Verbots?

Obwohl jeder Muskel in mir Nein schrie, rannte ich die Stufen hinauf. Doch der Grill war zugedeckt, die Naturdusche trocken, das Haus atmete Stille aus. Keiner da. Kein Merguez, kein Team Elke.

In dem Moment vernahm ich ein Jaulen aus dem kleinen Schuppen direkt neben der Cabane. Als ich die Tür öffnete, quoll mir Rauch entgegen.

Xavier, dachte ich, dieses Dreckschwein verbrennt meinen Hund.

Das Jaulen klang nun ganz nah und entsetzlich jämmerlich. Mein erster Impuls war, hineinzugehen und Merguez herauszuholen, aber in dem Rauch würde ich nichts sehen.

Ich lief wieder in den Garten hinunter. In Gedanken wand ich Isidore ein Kränzchen und schleppte den Feuerlöscher mit dem gesunden Arm nach oben. Die Gebrauchsanleitung war auf Französisch, aber ich verstand auf Anhieb, dass ich einen Sicherheitsstift lösen musste. Davor riss ich ein Badetuch von der Wäscheleine, rannte zur Gießkanne, die zum Glück gefüllt war, tränkte es und wickelte es mir um Mund und Nase. Danach platzierte ich den Löscher auf dem Gartenstuhl, zog den Stift und ließ einen Schuss Löschmittel auf die Flammen los, die bereits aus dem Dach züngelten. Es wirkte sofort, nach drei Pumpstrahlen war das Feuer eingedämmt, und ich traute mich, den Raum zu betreten.

Durch den Rauch erblickte ich Merguez, der an dem mittleren Stützbalken festgebunden war. Ich machte das Halsband los.

»Komm, mein Lieber.«

Er wedelte wie verrückt, bellte und winselte vor Freude und war wieder ganz sein altes Selbst, der Rauch schien ihm nichts anzuhaben.

Im Hinausgehen stolperte ich über etwas. Plötzlich ertönten einige Töne der inzwischen vertrauten Melodie.

»Die Spieldose«, sagte ich und bückte mich.

Da lag sie, neben meinem Notizbuch, und dudelte vor sich hin. Mittlerweile kannte ich sogar den Text. »Im Mondschein sieht man wenig, man sieht, ich weiß nicht, was …« Xavier musste sie hier liegen gelassen haben, um mich einmal mehr zu erschrecken. Mit etwas Glück gab es Fingerabdrücke.

Ich fasste in die immer noch ziemlich nasse Boule-rouge, holte eine Plastiktüte heraus und packte Dose und Notizbuch ein. »Selbst schuld, dieser Idiot.«

Danach drehte ich mich um und versprühte den letzten Rest Löschmittel.

»Nun müssen wir nach unten und die Feuerwehr rufen.«

***

Als der Löschzug ankam, war das Feuer im Schuppen erneut ausgebrochen. Ich zeigte den Feuerwehrleuten den Weg zur

Quelle, wo sie Wasser anzapfen konnten, und sah zusammen mit Merguez einigermaßen apathisch zu, wie sie den Schuppen den Flammen überließen und dafür die Cabane retteten.

Eine halbe Stunde später war der Spuk vorbei. In dem Moment hielt unten ein Motorrad, und gleich darauf stand Gabriel vor uns.

»Was, verdammt, ist passiert?«

Ich blickte ihn an. »Ich wurde fast ertränkt, fast erschossen und überfahren, und mein Hund wurde fast verbrannt. Dahinter steckt Xavier Amèr. Wenn du ihn gleich befragst, wird er vermutlich frisch aus der Dusche gekommen sein und ein prima Alibi präsentieren. Aber …«, ich zeigte zum abgebrannten Schuppen, »davor habe ich eine Spieldose mit einem Schlaflied gefunden und beweissicher verpackt.« Ich klopfte auf die Boule-rouge. »Er hat sie vermutlich bei Selimène mitgehen lassen, bevor er den intakten durch einen kaputten Wasserkocher ersetzt und damit den Brand ausgelöst hat. Danach hat er sie erneut laufen lassen, als er den kaputten Toaster platziert hat, und vorhin auf seinem Katamaran ein drittes Mal. Ein genialer Schachzug. Aber auch ein Amèr wird irgendwann nervös. Besonders im Angesicht eines wilden Hundes wie Merguez. Es würde mich nicht wundern, wenn du bei ihm Bissspuren findest.« Damit zeigte ich auf meinen Hund, der ein schlaffes Wedeln von sich gab.

Ich griff in meine Tasche und holte ein Leckerli heraus. Beim Anblick des aufgeweichten Butterkekses bellte Merguez begeistert. In seinem geöffneten Mund fehlte an der Vorderfront der Eiterzahn.

»Woran hast du dir den ausgebissen?«

32

Camaret-sur-Mer, Freitag, 21. Juli

»Du hast Bettwanzen, Tereza.« Vor mir stand Elke, in jeder Hand einen Koffer, die sie nun fallen ließ.

Während ihr Gesicht ganz normal aussah, waren die Ellbogen und die Kniekehlen mit Stichen übersät. »Und schau mal hier.« Sie wollte sich gerade ihre Trainingshose runterziehen, aber ich hinderte sie daran.

»Lass, ich kann es mir vorstellen. Juckt es?«

»Und wie.«

Ich schäumte Milch auf. »Willst du auch einen *café avec énormément du lait*?«

Das brachte sie aus der Fassung. »Wie kannst du hier Kaffee trinken, während dein ganzes Haus voller Wanzen ist?«

Ich schaufelte Kaffeemehl in den Kolben, klemmte ihn fest und stellte zwei Tassen darunter. Es zischte so laut, dass Merguez ein Lid hob, nur um gleich darauf wieder in Tiefschlaf zu verfallen. Selbiges hatte ich auch vor. Vierundzwanzig Stunden Schlaf hatten nicht gereicht, mein Körper schrie nach mehr. Aber erst musste ich Team Elke verabschieden.

Ich warf einen Blick auf die Stiche. »Es sieht übel aus. Aber ich denke, es waren keine Wanzen, sondern eine Mücke.«

»Die Hunderte von Malen sticht? So was habe ich noch nie gehört.«

»Es ist eine seltene Art. Die gehen nur auf wenige Menschen los.«

Sie hatten die Nacht im Turquoise verbracht, alle vier zusammengepfercht, nachdem die Cabane unbewohnbar gewesen war. Dass die Mücke, von deren Existenz ich wusste, weil sie normalerweise Giorgio überfiel, der ab und zu unangemeldet anreiste, nun Elke zerstochen hatte, war wirklich Pech.

»Du musst den Kammerjäger holen, Tereza. Das ist eine biblische Plage.«

Vielleicht hatte sie recht. Vielleicht hatte mir der teuflische Xavier tatsächlich aus der U-Haft heraus eine Bettwanzenplage ins Haus gezaubert.

»Sie muss gar nichts.«

Im Türrahmen stand Gabriel. Zerknautscht, mit einem Dreitagebart und Ringen unter den Augen. »Haben Sie gepackt? Draußen wartet Ihr Transport.«

Jennifer kam in die Küche geschossen. Sie trug ein Ringelshirt in Orange und sah eigentlich recht niedlich aus. Als sie Merguez erblickte, machte sie große Augen.

»Ist das der Feuerwehrhund? Meine Mami hat gesagt, er hat uns gerettet.«

Ich nickte. »Ja, er hat den Brand gerochen und mir mit seinem Winseln Bescheid gesagt. Sonst hättet ihr euch vielleicht oben schlafen gelegt und nichts gemerkt.«

Jennifer näherte sich Merguez vorsichtig. »Darf ich ihn denn streicheln?«

Hoppla, was war denn da los?

Nun kam Luana, die Teenagerin, herein. »Am neuen Ort gibt es kein WLAN«, sagte sie zu mir. »Kann ich bei dir im DEJALU mein Handy aufladen?«

»Klar, du bist immer willkommen.«

Sie würden in ein Airbnb vorn an der Hafenzeile ziehen. Es lag direkt beim Supermarkt, war luxussaniert und hatte kein WLAN, um den Gästen die totale Auszeit zu garantieren. Die Besitzerin hatte eine eigene, unabhängige Webseite, so wie ich das auch plante.

»Komm jetzt, Jennifer, gehen wir«, sagte Elke.

»Nein.«

»Aber wir haben eine Katamarantour gebucht.«

Ich zuckte zusammen, und mein Blick ging zu Gabriel. Nicht bei Xavier, sagten seine Augen. Der macht so schnell keine Tour mehr.

»Ich will sicher nicht Katamaran fahren, da wird mir ganz schlimm schlecht. Ich will bei Tereza und dem Hundi bleiben.«

»Der ist müde.«

»Das weißt du gar nicht, du …«

»Jennifer!«, schrien Anna und Elke im Chor.

»… du Katze«, schloss Jennifer und sah ihre beiden Mütter triumphierend an.

Elke hob zu einer Entgegnung an, aber Anna verschloss ihr den Mund mit einer zärtlichen Geste.

»Gehen wir, Tereza muss sich ausruhen. Sie hat viel erlebt.«

Und schon waren die Mädchen und Anna weg. Sie hatten auch ihren Teil abbekommen. Zwei Brände in einer knappen Woche.

»Meerwasser hilft am besten gegen den Juckreiz«, sagte ich zu Elke, die noch mit den Koffern kämpfte.

Sie verzog den Mund. »Ich geh erst mal in der Apotheke fragen. Sollte die doch auf Bettwanzen tippen, gebe ich dir Bescheid.«

Damit war auch sie draußen.

Gabriel schenkte uns beiden Kaffee ein, und wir setzten uns an den Küchentisch.

»Du hast Glück gehabt. Die Cabane ist praktisch unversehrt. Und nachdem der Schuppen abgebrannt ist, kannst du da auch was Neues aufstellen.«

»Ich habe an ein Verlagsgebäude gedacht. Aber ich brauche zuerst eine Bewilligung.«

»Das kann eine Weile dauern. Mael Abelas hat sich abgesetzt, die Stelle ist vakant.«

»So schnell?« Da schlief ich einmal vierundzwanzig Stunden durch, und schon ging hier die Post ab.

»Nach Viviennes Sondersendung haben sich viele Leute gemeldet, die genau wie du gegen Geldgeschenke Bewilligungen erhalten haben. Der Präfekt hat gerade ein großes Problem. Er behauptet, nichts davon gewusst zu haben, aber …« Er grinste schief. »Wir werden sehen. Die wichtigste Aussage gegen Mael Abelas kam von Myrthe, seiner Frau.«

»Hat sie sich aus dem Schatten getraut?«

»Sie hat beide belastet, ihren Mann mit seinen Mauscheleien und Hérvé. Sie hat ihn fotografiert, wie er ein Rudel Frettchen in der Villa Havenac platziert hat.«

»Diese Trottel. Haben jahrelang gemauschelt, und alle haben sie gedeckt.«

»Bis Isidore gekommen ist und herumgepult hat. Wie müssen sie erleichtert gewesen sein, als er gestorben ist.« Er seufzte schwer. »Er war leider einfach zur falschen Zeit am falschen Ort.«

»Aber wieso ist er gefallen?«

»Xavier schweigt sich aus. Vielleicht wollte er ihn erschrecken und ist zu ihm hochgeklettert.«

Etwas an dem Bild störte mich. »Und das Ringelshirt?«

»Xavier hat die Quittung bei Sylvie im Camper versteckt, um den Verdacht auf sie zu lenken. Er hat sie von Selimènes Villa wegfahren sehen und die Gelegenheit genutzt.«

»Aber warum hat Isidore es getragen?«

Gabriel trank seinen Kaffee aus. »Alle Rätsel können wir nicht lösen.«

»Und was ist mit dem Abdruck auf seinem Rücken?«

»Vielleicht hat er sich den einen Tag früher geholt. Es muss irgendeinen Streit gegeben haben. Miguela will sich diesbezüglich zeitmäßig nicht festlegen. Wir haben kein Geständnis. Dafür mehren sich die Indizien. Den Badeanzug vom Rosthaufen haben wir bei Xaviers Sachen gefunden. Er hat ihn aufgehängt, um dich zu verwirren, und danach mitgenommen.«

»Bevor er auf mich geschossen hat. War der Schuhabdruck im Garten wenigstens von ihm?«

»Vermutlich. Er hat erstaunlich kleine Füße für seine Größe und unendlich viele Turnschuhmodelle. Naturalis ist nicht darunter. Aber ein sehr ähnliches Modell, auch mit Rillen und Wellen an der Sohle.«

»Und was ist mit Selimène?«, fragte ich. »Ist es ganz sicher, dass Xavier nicht an ihrem Tod beteiligt war?«

»Er hat das Testament manipuliert, das reicht schon mal als Anklagepunkt. Was ihren Tod betrifft ... ich denke, da waren göttliche Finger im Spiel.« Er legte die Hand an die Lippen. »Ich habe gerade den Bericht bekommen. Die Staatsanwaltschaft will keine Autopsie, der Todesfall ist abgeschlossen. Aber, unter uns gesagt, ich denke, dass Sœur Nominoë möglicherweise ein wenig geholfen hat. Selimène wollte gehen, und Nominoë hat das ermöglicht. Vielleicht. Vielleicht auch nicht. Lassen wir es dabei bewenden.«

Das fand ich gut so. Mein letztes Bild von Selimène Lacroix war das einer alten Dame, die verbunden war mit dem Meer und der Landschaft. Völlig frei. So würde ich es für immer bewahren.

Gabriel musterte mich. »Du bist wieder ganz blass um die Nase. Geh ins Bett, *my hen.*« Er umarmte mich vorsichtig. »Die Krankenpflegerin von der Station Crozon lässt dir ausrichten, dass du den Arm ruhig halten musst. Ansonsten übernimmt sie keine Verantwortung.«

Widerspruchslos ließ ich mich nach oben führen. Gabriel bettete mich in die Kissen.

»Was ist mit dem Ring?«, flüsterte ich.

»Kriegst du, wenn du wieder gesund bist. Ich habe mir gedacht, wir könnten einen Besuch in meiner Heimat machen. In Schottland sind die Ringe auch sehr schön. Wir lassen es uns eine Woche lang gut gehen, spazieren durch Aberdeen, schauen uns die Nordsee an, essen Krabbenbrötchen ...«

Da zerriss der Nebel in meinem Kopf. »Gabe«, sagte ich und packte meinen Liebsten am Arm. »Ruf den Koch in Le Fret an. Frag ihn nach Isidores Lieblingsdessert.«

»Mandelcrêpe mit Schokolade«, sagte er fünf Minuten später.

»Und frag ihn, wie Isidore seine Frauen genannt hat.«

Gabriel hielt mir sein Handy hin. »Frag selbst, ist einfacher.«

»Monsieur le Chef?« Ich wiederholte die Frage.

Er lachte. »Meine Krevette und meine Laus.«

»Könnte die Laus auch ein Floh sein?«

Er überlegte. »Ein Floh? Klar. *Crevette* und *puce*. Die krabbeln beide.«

»Und die *puce* hatte rotes Haar?«

»Na klar. Hab ich doch schon mal gesagt.«

»Gabriel?«, sagte ich. »Wie kommen wir am schnellsten nach Brest?«

33

Wir fuhren mit der Royal Enfield in flottem Tempo über die Autostraße, ich an Gabriels Rücken gepresst, meinen verletzten Arm in einer Schlinge, mit dem gesunden hielt ich mich an ihm fest. Die Position war bequem, der Fahrtwind warm, der Berufsverkehr vorbei, die Touristen saßen noch beim Frühstück. Wir überquerten die Brücke über die Meerenge und fuhren links Richtung Hafen. Gabriel drosselte das Tempo und wählte den Weg über die Haarnadelkurve zum Bahnhof hoch. Das Pflegeheim lag im hinteren Teil der Rue Jean Jaurès, nicht weit vom Friedhof.

Vor einem tristen, etwas heruntergekommenen Betongebäude stiegen wir ab, Gabriel parkte auf einem Feld direkt neben dem Haupteingang.

»Ich gehe zur Rezeption. Du hältst dich bitte im Hintergrund.« Unsere Blicke verhakten sich.

»Hoffentlich hast du recht«, sagte er leise.

Aude Amèr war seit dem Vortag verschwunden. Xavier hatte auch zu ihr jede Aussage verweigert. Und nun befürchteten alle, dass er ihr etwas angetan hatte. Niemand kannte sie wirklich, niemand wusste etwas von ihrem Privatleben. Bis ich durch die Aussage des Kochs darauf gekommen war, dass sie *ma puce* sein könnte. Marine könnte das als Einzige bestätigen. Sie würde traurig sein, dass ihre Krevette im Meer versunken war. Als Ersatz hatte ich ihr einen Teddybären von Mathilde eingepackt.

Wir betraten ihr Zimmer. Marine kauerte in einer Ecke auf dem Bett. Den Teddy nahm sie entgegen und erlaubte mir, dass ich mich zu ihr setzte. Ich erzählte ihr von Mathilde und von meinen Kindern. Von Merguez. Und wie sie alle Isidore geliebt hatten. Schließlich nahm ich mein neues Handy hervor und zeigte ihr das Foto der Grußkarte aus ihrem Zimmer. Gabriel hatte es mir geschickt.

»Wer hat das unterschrieben, Marine?«

Sie warf einen Blick auf das A. Dann nahm sie einen Stift und schrieb »ude« dazu. Marie war *ma crevette* und Aude *ma puce*, Isidores heimliche Geliebte. So schwer es fiel, sie sich mit dem Kosenamen vorzustellen, so sehr machte es Sinn. Sie war schön. Sie war engagiert. Und sie verstand sich gut mit Marine, sonst hätte sie ihr nicht diese Karte geschrieben.

Zu Beginn mochte es eine rein berufliche Bekanntschaft gewesen sein. Über Isidore hatte Aude viel über den baulichen Zustand der Häuser erfahren und die Informationen an Xavier weitergeleitet. Dabei waren sich Isidore und sie nähergekommen. Vermutlich hatte sie das geheim gehalten, weil Xavier eifersüchtig war, weil er seine Schwester für sich wollte, weil er sie für die Drecksarbeit in der Agentur brauchte. Während sie versucht hatte, in dem wachsenden Chaos – die Agentur war von Anfragen nur so überrannt worden, wie sich herausgestellt hatte – Ordnung zu halten, hatte Xavier seine Katamarantouren durchgeführt und als Georges Havenac einige ältere Ladys zu Erbschaften überschwatzt. Er war auch nicht vor Plagen wie Frettchen oder Brandstiftungen zurückgeschreckt. Als Aude das entdeckt hatte, war sie außer sich gewesen. Den Streit zwischen den beiden, den ich bei Selimènes Brand beobachtet hatte, konnte man auch anders interpretieren, als ich es damals gemacht hatte: Aude hatte Xaver vorgeworfen, hinter dem Brand zu stecken, und er hatte es von sich gewiesen.

Wie dumm ich gewesen war, wie voreingenommen, wie falsch ich hingeschaut hatte. Und nur weil Aude mich an Nadège erinnerte.

Marine blickte mich aus ihren blassen Augen an. Dann kramte sie in der Tasche ihres Sweatshirts und holte einen Anhänger heraus. Es war ein Feuersalamander aus Plüsch.

»Für Aude«, sagte sie mit einer hohen, ungelenken Stimme.

***

Eine halbe Stunde später gingen wir zum Motorrad, beide mit einem Helm in der Hand.

»Wieso ein Feuersalamander?«, fragte Gabriel.

»Die Sage vom Feuersalamander hat Aude ihr wohl immer wieder erzählt.« Ich kannte die Geschichte von Selimène. »Wir müssen dringend wieder zurück. Ich glaube, ich weiß, wo Aude ist. Wann geht eine Fähre?« Das war der direkte Weg und wesentlich schneller als über die Autostraße.

Wir fuhren hinunter zum Hafen, Gabriel schnitt die Kurven, die Reifen quietschten. Gerade als die Fähre nach Le Fret ablegen wollte, kamen wir an. Auf Gabriels Kommando fuhren sie den Steg noch mal aus, und wir durften an Bord.

Und, was soll ich sagen, ich wurde mit einer zauberhaften Überfahrt belohnt, die mich alles andere vergessen ließ. Die Rade de Brest, so wurde die Meerenge genannt, zeigte sich von ihrer besten Seite, und das Wasser wogte nur leicht wie türkisgrüner Champagner. Ich stand ans Geländer gelehnt, Gabriels Arme um mich, und das Trauma der Katamarantour fiel mit jedem Meter von mir ab. Viel zu früh kam die Landerampe von Le Fret in Sicht.

»Nominoë hat mir erzählt, dass hier die Familie von Jacques, Selimènes erster und einziger Liebe, mit Schimpf und Schande davongejagt wurde, weil sie mit den Besatzern kollaboriert und für sie gekocht haben«, sagte Gabriel. »Sie hat sich nie davon erholt und blieb nach einer unglücklichen Heirat zeitlebens allein. Die Cabane sollte damals ihr Zuhause werden.«

Es war eine dieser vielen Kriegsgeschichten, in denen Freundschaften nicht sein durften, weil die Feindschaften es nicht zuließen. Wie traurig. Wie unendlich traurig.

Die Fähre legte an, und wir stiegen aus. Gabriel half mir über den Steg, um danach das Motorrad zu parken. Die Rampe war voll mit Menschen, es herrschte Willkommensstimmung. Am Quai war jeder Platz in der Pizzeria besetzt.

»Gehen wir über den Strand.«

Wie beim letzten Mal war er mit Muscheln übersät. Wir

kamen an der Crêperie vorbei. An der blauen Tür. An der Weide.

»Da ist sie.«

Aude stand unter den Ästen und blickte hinaus aufs Meer. Sie sah aus wie eine Statue.

Ich bat Gabriel zu warten, ich wollte allein mit ihr sprechen.

»Aude. Es tut mir leid.«

Sie verzog keine Miene.

»Xavier wurde verhaftet, Sie müssen keine Angst mehr haben.«

Sie regte sich. »Wieso Angst? Für mich war er Xavier, mein Bruder. Der andere Typ, dieser Havenac, den kenne ich nicht.«

Ich schon. Ich hatte ihn kennengelernt, auf dem Katamaran. Er hatte mich ins Wasser gestoßen, auf mich geschossen und hinterher mein Haus angezündet. Es erstaunte mich nicht. Wer einmal Macbeth gelesen hat, der weiß, dass das Böse viele Gesichter haben kann.

»Hat Isidore Sie *ma puce* genannt?«

Sie lachte leise.

Ich blickte auf ihre Schuhe. Naturalis, etwas größer als meine. Ziemlich abgelatscht.

»Sie waren bei ihm auf dem Gerüst oben, am Tag nach dem Brand?«

»Ja. Gleich nachdem Sylvie weg war. Isidore hat Xavier verdächtigt, der Brandstifter zu sein. Wir haben gestritten. Eines der ganz wenigen Male.«

»Und dabei haben Sie ihn getreten?«

Sie blickte mich an. »Wie kommen Sie auf so was? Wir haben uns versöhnt. Ich bin wieder gegangen. Wir wollten uns abends treffen, hier, wie immer.« Sie zeigte zum Haus, das verdeckt hinter den Büschen lag. »Aber er ist nicht gekommen …«

»Das tut mir sehr leid. Und Sie konnten Ihren Schmerz nicht zeigen.«

»Niemand wusste es, wir haben es immer geheim gehalten.

Wegen Marine, er wollte Marine nicht aufregen. Aber sie hat sich an mich gewöhnt. Ich wäre zu ihnen gezogen.«

»Haben Sie das Xavier mitgeteilt? Dass Sie ausziehen wollten.«

Sie bejahte. »Am Tag vor dem Brand. Ich hätte es nicht tun sollen. Es lief schon mal so.«

»In Bordeaux, nicht wahr? Es gab da einen Brand, habe ich einem Zeitungsartikel entnommen.«

Sie nickte wieder. »Er verträgt es einfach nicht, wenn ich gehen will.«

Xavier Amèr musste immer der König sein. »Hat er nie eine Freundin gehabt?«

»Viele, aber immer nur kurz. Du bist meine wahre Liebe, hat er immer gesagt.«

Ach, was für eine unendliche Last. Und was für eine Befreiung, dachte ich in einem kleinen Winkel meines Herzens. Zwei Geschwisterpaare – Isidore und Marine, Aude und Xavier –, die unterschiedlicher nicht sein könnten.

»Die Turnschuhe da. Wo bewahren Sie die auf?«

»Sie waren verschwunden. Eben habe ich sie hier wiedergefunden, unter Marines Bett.«

»Und haben Sie im Comptoir ein Matrosenshirt gekauft?«

»Ja. Für Xavier.«

Und so lösten sich auch diese Rätsel. Vermutlich hatte Xavier Isidore das Shirt aufgezwungen und die Schuhe hier deponiert, nachdem er ihn damit auf dem Gerüst getreten hatte. Und ganz nebenbei hatte er Marines Plüschtiere aufgeschlitzt, um ein Zeichen zu setzen.

»Ich lasse Sie wieder«, sagte ich leise zu Aude. »Bevor ich gehe … das hat mir Marine für Sie mitgegeben.« Ich überreichte ihr den Plüschsalamander. »Ich glaube, sie meinte, dass Sie sie besuchen sollen.«

Aude lächelte. Sie sah sehr jung und schön aus. Ich konnte mir vorstellen, wie sehr Isidore sie geliebt hatte.

»Okay. Das werde ich tun.«

Sie winkte Gabriel zu und lief zurück zum Haus.

Sein Handy brummte. Nachdem er die Nachricht gelesen hatte, kam er zu mir. »Du hast mit allem recht gehabt. Isidore hat das Haus Aude und Marine gemeinsam vermacht. Xavier hat bereits eine Anfechtung deponiert, mit Vermerk auf Marines Unzurechnungsfähigkeit.«

»Die kann er sich nun so was von sonst wohin stecken«, sagte ich.

Gabriel blickte mich an. »So ordinär kenne ich dich gar nicht, *my hen*.«

Ich grinste. »Immer wenn ich Hunger habe, du Gwaggli.«

Er machte große Augen. »Gwaggli? Ist das ein Schweizer Kosename?«

»Erzähl ich dir ein anderes Mal. Was meinst du, ob der Kaffee da vorn gut ist?«

»Er ist schon bestellt. Mit richtig viel Milch.«

Hand in Hand schlenderten wir zurück. »Mathilde hat mir geschrieben. Sie kommt am Wochenende mit Kai. Sie ist sehr stolz, dass ich die Fahrradchallenge bestanden habe. Und sie wäre einverstanden, dass ich mir ein Elektroauto kaufe, sollte ich denn irgendwann genügend Mittel haben.«

Gabriel sagte nichts dazu. Das hieß, es war in Ordnung.

»Und wegen des Rings …«

Er legte einen Finger an meine Lippen. Er hatte einen Plan, und zu gegebener Zeit würde ich den Schmuck bekommen.

Wir gingen weiter. Mit jedem Schritt taten mir meine Muskeln weniger weh. Mein Körper war auf dem Weg der Genesung.

Gabriel summte leise. »O Breizh«, die bretonische Hymne.

»Für Isidore«, sagte er. »Und für Selimène.«

Ich fiel mit ein, und wir summten zusammen.

Unter unseren Füßen knirschte der Muschelsand. Eine Welle plätscherte. Und über uns wölbte sich der immerblaue Himmel.

Dank der Autorin

Ach. Wie konnte ich nur? Aber als der echte Isidore, mein Vorbild für diese wunderbare Figur, vor zwei Jahren starb, war mir klar, was ich als Autorin zu tun hatte. Ich wollte ihm ein kleines Denkmal schaffen. Was mir hoffentlich ein wenig gelungen ist.

Wie jedes Mal haben viele Menschen dazu beigetragen. Ich sage ein großes *Merci* an Nadine Assir und an Gilles Laurec, meine Bretagne-Insider. Ohne die beiden gäbe es keine Tereza Berger. *Un supergrand Merci* an Jean Le Menn, dem ich die Geschichten über Kersiguénou verdanke. Die *Boule bleue* gibt es wirklich, die Sage von Prinzessin Dahut und von Rann, dem Kaninchenkönig, habe ich erfunden. Es gibt auch keine besonderen Bestimmungen für Crozon in Form der Lex Dahut. Aber der Küstenschutz ist intakt, das Consérvatoire littoral und die ABF achten darauf, dass keine Bausünden passieren und die Küste meiner Lieblingshalbinsel so bleibt, wie sie ist: ein wunderbar wilder Fleck Erde.

Seit dem ersten Band hat die Boule-rouge Tereza begleitet. Sie ist so viel mehr als eine Tasche. Nun hat der »echte« Boule-rouge-Laden die Pforten geschlossen. Ich bedanke mich bei Beatrice Graf für dieses wunderbare Requisit. Mit Tereza lebt es weiter.

Ein riesengroßer Dank geht an das ganze Emons-Team und an Magdalena, Nicole und Beni, meine treuen Gegenlesenden der ersten Stunde, sowie an meine Lektorin Susann Säuberlich: #wediditagain! Und, as always, to my family, in Zürich und London!

Alle Bücher von Gabriela Kasperski

Auch als eBook erhältlich

Bretagne-Krimis

Bretonisch mit Meerblick
ISBN 978-3-7408-0796-2

Bretonisch mit Aussicht
ISBN 978-3-7408-1158-7

Bretonisch mit Herz
ISBN 978-3-7408-1497-7

Bretonisch mit Sturm
ISBN 978-3-7408-1661-2

Zürich-Krimis

Quittengrab
ISBN 978-3-7408-0430-5

Nachtblau der See
ISBN 978-3-7408-0642-2

Zürcher Filz
ISBN 978-3-7408-0930-0

Zürcher Glut
ISBN 978-3-7408-1348-2

Zürcher Verstrickungen
ISBN 978-3-7408-1588-2